Australien anders als gedacht

ANNA-MARIA DANZEISEN

Australien anders als gedacht

Bibliografische Information der Deutschen Nationalbibliothek:
Die Deutsche Nationalbibliothek verzeichnet diese Publikation
in der Deutschen Nationalbibliografie; detaillierte bibliografische
Daten sind im Internet über dnb.dnb.de abrufbar.

© 2019 Anna-Maria Danzeisen
Satz, Herstellung und Verlag:
BoD – Books on Demand, Norderstedt

ISBN: 978-3-7357-9312-6

Inhalt

Vorbereitungszeit

Work and Holiday in Australien sollte es werden. Das war mein Traum. Nach langem Reden konnte ich auch Sando davon überzeugen mitzukommen. Also hieß es drei Jahre lang erst mal sparen, sparen und noch mal sparen, da wir genügend Geldreserven haben wollten. Nach unendlich erscheinenden zweieinhalb Jahren war es bald so weit. Aber wir wussten erst mal nicht so richtig wie man das am besten anstellt. Also suchten wir stunden- und tagelang im Internet nach Tipps und Tricks. Dieser Schwall an Informationen überforderte mich manchmal ganz schön. Die Tatsache, das jeder etwas in dieses Forum schreiben kann, ohne jemals in Australien gewesen zu sein, machte die Sache nicht einfacher. Doch Organisation wollten wir auch keine nehmen. Wir waren der Meinung, dass wir das alles alleine hinbekommen. Eigentlich sollte es ja nicht so schwer sein: Einen Flug buchen, Auslandskrankenversicherung raus suchen, Visum beantragen und dann kann es losgehen. So einfach war es dann doch wieder nicht, denn da hängt noch vieles Andere dran. Man muss eine australische Steuernummer und einen Reisepass beantragen, die Auflösung oder Untervermietung der eigenen Wohnung organisieren und zu guter Letzt die Abschiedsfeier vorbereiten. Natürlich hat man es gut, wenn man noch keine eigene Wohnung hat. Wir hatten dieses Glück nicht.

Nachdem wir die notwendige Hilfe für den Visumsantrag hatten, wollten wir ihn auch gleich ausfüllen. Dabei merkten wir, dass es gar nicht so kompliziert war, wie wir immer dachten. Man gibt ganz normal seinen Namen an, ob man irgendwelche Krankheiten hat oder strafrechtlich verfolgt wurde. Der Antrag ist zwar in Englisch aber man kann dieses ja über das Internet übersetzen lassen. Im Grunde war es einfach nur ein Kreuztest. Also nicht wirklich kompliziert. Nach 30 Minuten war es auch schon geschafft und wir konnten das Formular online abschicken. Nach zwei Tagen voll bangen kam dann die erlösende Nachricht:»Congratulation your VISA has been granted. Die E-Mail war so unscheinbar, dass wir die Tatsache erst beim zweiten Hinschauen realisierten. Die Freude war riesig, denn damit stand uns nichts mehr im Weg. Nun konnten wir auch endlich den Flug buchen. Da wir das günstigste Angebot bekommen wollten, hat auch das einige Stunden in Anspruch genommen. So probierten wir verschiedene Städte wie Frankfurt, München oder Berlin sowie verschiedene Ziele wie Adelaide, Sydney und Melbourne aus. Wir haben auch verschiedene Tage getestet, da dies manchmal einen Unterschied von 100 bis 200 € ausmachen kann. Weil wir nicht wirklich 34 Stunden am Stück fliegen wollten, haben wir uns entschlossen in Singapur eine viertägige Pause einzulegen. Es ist zu empfehlen, dass man einen Flug von Deutschland nach Singapur beziehungsweise Kuala Lumpur oder andere asiatische Städte bucht und dann mit einer der asiatischen Billigairlines weiterfliegt. Wir hatten von Singapur einen Weiterflug nach Adelaide, da diese Zielstadt am günstigsten war. Zwar hatten wir bei dem letzten Flug absolut keinen Luxus, wie Essen oder Unterhaltung. Nicht mal eine Decke zum Schlafen aber wir haben so insgesamt nur etwa 650 € bezahlt.

Als wir endlich den richtigen Flug gefunden hatten und buchen wollten, mussten wir feststellen, dass unser Kreditkartenlimit ja auf 500 € beschränkt war und der Betrag somit nicht für zwei Flugtickets ausreicht. So mussten wir erst mal zur Bank gehen und das Limit erhöhen. Nach ein paar Tagen konnten wir den zweiten Anlauf starten. Dabei sind wieder vier Stunden vergangen, da die Fluglinien ihre Preise jeden Tag ändern.

Nachdem das geschafft war, mussten wir uns für eine Auslandskrankenversicherung entscheiden. Bei dem heutigen Angebot und den Kleinklauseln ist das gar nicht so einfach. Also versuchten wir im Internet passende Versicherungsvergleiche zu finden. Da wir uns den Zeitpunkt unserer Rückkehr offen halten wollten, haben wir eine passende Versicherung für zwei Jahre mit einer Selbstbeteiligung von 50 € abgeschlossen. Trotz dem wir unserem Ziel näher gekommen sind, gab es immer noch so Vieles zu erledigen. Weil wir als Backpacker mit Rucksack unterwegs sein wollten, musste das passende Gepäck erst mal gefunden werden. Oft wird die Frage gestellt, ob ein Tragerucksack oder ein Koffer für so eine Reise besser sei. Dabei müssen wir sagen, dass wir einen Rucksack bevorzugen, da man gut mal einen Tag durch eine Stadt laufen kann und keinen Koffer hinterher ziehen muss. Es kommt auch immer darauf an, wie man reisen will. Wenn man nur mit dem Bus von Hostel zu Hostel fahren will, kann so ein Koffer praktischer sein aber wenn man trampen will, ist ein Rucksack praktischer. Natürlich gibt es auch Rucksäcke mit Rollen dran, doch meistens haben diese nicht so bequeme Tragegurte und sind nicht unbedingt dafür geeignet, stundenlang getragen zu werden. Aber das muss jeder für sich selbst entscheiden. Für uns war klar, dass wir einen ordentlichen Tragerucksack haben wollten. Da wir beide Kinder vom Dorf sind, mussten wir zur nächsten größeren Stadt fahren, um uns einen zu besorgen. Natürlich kann man das im Internet bestellen aber ich habe gemerkt, dass nicht jeder Rucksack für mich passt. Selbst im Fachgeschäft mit Fachverkäufer hat es stundenlang gedauert, bis ich den richtigen gefunden hatte. Daher würden wir von einem Internetkauf abraten. Nachdem auch diese Hürde überwunden war, konnten wir uns endlich auf die bevorstehende Reise vorbereiten. Doch vorher mussten wir noch unsere Sachen einlagern und unsere Wohnung abgeben. Dann konnten wir endlich die Abschiedsparty feiern. Natürlich sind Tränen geflossen und das Herz wurde schwer aber für die Verwandten und Freunde ist es immer schlimmer als für einen selbst, weil man sich auch auf das Abenteuer freut.

Nun war es endlich soweit und der Rucksack wurde ganz stolz gepackt. Aber bei 65 Litern muss man sich ganz genau überlegen was man mitnimmt. Am besten man packt den Rucksack und dann nimmt man die Hälfte weg und packt ihn noch mal neu. Dann hat man kein unnötiges Zeug dabei, das man mit sich rumschleppen muss. Des Weiteren ist es ratsam, dass man wirklich nur praktische Sachen einpackt, also warme und kurze Sachen, alle gleiche Farben und am Besten nicht gerade das Lieblingsoberteil, da man die Sachen aller 14 Tage wäscht und die Sachen dadurch ausbleichen und die Wäsche dabei nicht sehr sauber wird. Daher empfehle ich keine weißen Sachen mitzunehmen und keine Jacke, die nur offen gut aussieht. Aber auch das haben wir gemeistert und nun konnte es endlich los gehen.

Flug nach Singapur als kleiner Zwischenstopp

Nach einer kleinen Verabschiedung von Sandos Familie schaffte uns Oma zum Zug. Dort trafen wir auch kurz noch einmal meine Schwester; zu kurz im Nachhinein. Als wir nach Dresden fuhren, fühlten wir uns wie ein nervöser Kolibri auf Speed. Dort hat uns noch einmal meine Mutter verabschiedet.

Um 23:00 Uhr trennten wir uns von ihr. Langsam stellten wir auch fest, dass die Rucksäcke ganz schön schwer sind und wir eventuell zu viel mitgenommen hatten.

Eine halbe Stunde später kam der Bus nach Frankfurt an. Wir konnten die schweren Rucksäcke verstauen und endlich schlafen, wenn man das so nennen kann in einem Bus.

Nachdem wir die Nacht relativ gut durchschlafen konnten kamen wir in Frankfurt an und frühstückten erst einmal standesgemäß bei Starbucks.

Nun hieß es die Zeit bis zum Abflug herum bringen. Nachdem wir wussten, wie wir am besten zum Flughafen kommen würden, haben wir uns noch etwas die Stadt angesehen. Für mich war es das erste Mal in Frankfurt am Main. Also haben wir uns den Römer, den Dom, die Frankfurter Börse und die europäische Zentralbank angeschaut.

Leider nur von außen, denn erstaunlicherweise war alles erst ab um zehn geöffnet. Eins wussten wir zu dieser Zeit auf jeden Fall: Ja, die Rucksäcke waren zu schwer und ja, wir haben definitiv zu viel mitgenommen. Als nächstes besuchten wir Sandos alte Kollegen um ihnen mit einem breiten Grinsen verkünden, dass wir für eine Weile aussteigen! Ein tolles Gefühl.

Danach haben wir uns entschieden die Rucksäcke erst einmal abzusetzen, statt weiter durch die Stadt zu laufen. Also gönnten wir uns eine Pause an der Uferanlage des Mains.

Nachdem endlich genug Zeit verstrichen war, konnten wir abends am Flughafen einchecken. Dabei haben wir gelernt, dass man keine Kaugummis nach Singapur mitnehmen darf. Diese machen sich nicht so schön auf den blank geputzten Straßen dieser Stadt.

Etwas zerknittert aber glücklich kamen wir bald am Flughafen in Singapur an und haben erst einmal unser Hostel gesucht. Wir wollten die Rucksäcke nun wirklich nicht noch länger tragen. In der Unterkunft angekommen, haben wir erst einmal schön warm geduscht, da wir ja total durchgeschwitzt vom Flug waren. In Singapur waren es angenehme 30 Grad. Nach dem wir erfrischt waren, gingen wir durch die Straßen und bemerkten, dass diese Stadt wirklich sehr sauber war. Die Strafen für das Wegwerfen von Müll betragen bis zu 1000 Singapur – Dollar (SD) und für eine weggeworfene Zigarette sogar 5000 Singapur – Dollar. Echt heftig, aber es hilft. Vielleicht sollten wir das einmal in Deutschland einführen.

Auf dem Weg durch die Stadt sahen wir eine Moschee. Da war ein kleiner Park, aus dem man den Gebetsaufruf hören konnte. Auch wir, die sich ganz klassisch europäisch Pizza geholt hatten, lauschten diesem Aufruf. Dabei mussten wir feststellen, dass es etwas Beruhigendes hatte. Allgemein ist uns aufgefallen, dass in Singapur sehr viele Kulturen und Religionen zusammen leben.

Am nächsten Tag trafen wir eine Freundin, welche ich als Au Pair in den USA kennen gelernt hatte. Gemeinsam wollten wir die Stadt erkunden.

Nach Sushi zum Mittag gingen wir zu einem Hotel, das einem Schiff ähnelte und auf dessen Dach ein Schwimmbecken war, das direkt an der Kante des Gebäudes endete. Wir wollten schauen wie weit man da an diesen Pool ran kann. Oben gab es auch eine Bar an der man für acht Singapur – Dollar, circa vier Euro, ein Glas Wasser bestellen konnte. Darauf haben wir dann doch verzichtet. Wir waren zwar oben und haben auch schöne Fotos gemacht, zum Pool jedoch konnten wir nicht, da dieser nur den Hotelgästen zur Verfügung stand. Nach dieser schönen Aussicht gingen wir zum »Garden of the Bay«. Da gab es total viele Pflanzen und ganz hohe Bäume, die denen im Film »AVATAR« glichen und wir konnten uns eine wundervolle Lichtshow ansehen. Danach haben wir diesmal traditionell asiatisch gegessen, es gab Rochen, Muscheln und chinesische Nudeln. Ich musste an diesem Abend feststellen, dass man meiner Freundin, die Asiatin ist, nicht trauen sollte wenn sie sagt, dass es nur ein bisschen scharf sei. Ich habe mir doch glatt den Hals verbrannt.

Abends mussten wir uns leider schon wieder von meiner Freundin verabschieden, da sie keine Zeit mehr hatte.

Am nächsten Tag fuhren wir zur Insel Sentosa und legten einen Badetag ein. Dort war es anfänglich wie im Paradies. Doch leider mussten wir feststellen, dass diese Insel ein reiner Vergnügungsort ist, ausgestattet mit vielen Adventureparks, Hotels und ähnlichen Etablissements. Voll entspannen konnte man da nicht wirklich.

Außerdem ist uns aufgefallen, dass die komplette Insel einfach nur künstlich gebaut wurde. Selbst die Steine waren nur aus Beton nachgebaut und der Sandstrand nur aufgeschütteter Sand. Wir haben auch gemerkt, dass wir uns doch besser hätten eincremen sollen. Naja, shit happens. Rot ist ja auch mal eine andere Farbe, als immer nur weiß.

Am Abend aßen wir zur Abwechslung mal indisch. Das Essen war auch sehr scharf und wurde nur auf einen Tablett ohne Teller serviert. Wir bekamen wahrscheinlich auch nur deshalb Besteck, weil wir Europäer sind.

Am nächsten Morgen schlenderten wir durch Chinatown und besuchten einige buddhistische und hinduistische Tempel. Dort konnten wir auch bei den Gebeten zuschauen. Das war sehr interessant anzusehen.

Nach der kulturellen Einlage gingen wir noch zum Hafen und sahen uns den berühmten, Wasser spuckenden Löwen an. Abends fuhren wir dann ganz romantisch mit den Cable Cars von Singapur. Das ist ähnlich wie eine Berggondel, die einmal über den Hafen fährt. Wir hatten sogar in einer Gondel echt schöne Blumen drin. Singapur ist in der Nacht auch einfach wunderschön.

Doch wir wollten ja Australien sehen. Also verließen wir Singapur, um das richtige Abenteuer zu starten.

Ankunft in Adelaide

Wieder voll bepackt, machten wir uns auf den Weg zum Flughafen und da dieser sehr sehenswert ist, checkten wir schon fünf Stunden vorher ein. Der Flughafen ist aber so groß, dass man sich verlaufen kann und natürlich haben wir uns prompt verlaufen. Dadurch haben wir leider eine kostenlose Tour verpasst. Ja richtig gelesen, der Flughafen soll so sehenswert sein, dass man zweistündige Touren machen kann. Stattdessen haben wir uns die Gärten, einen Orchideengarten, einen Sonnenblumengarten und einen Kakteengarten, angesehen. Dabei sind manche Gärten draußen an der Luft, wo man direkt die Flugzeuge sehen konnte. Das war schon echt klasse gemacht. Falls man mit Pflanzen nichts am Hut hatte, konnte man in ein kostenloses Kino gehen, Battle Field 3 oder Play Station spielen, shoppen gehen oder die Kois in den Teichen beobachten. In diesem Flughafen gab es alles, was man so brauchte, um sich die Zeit zu vertreiben. Wir mussten ganz schön aufpassen, dass wir den Flieger nicht verpassen. Deshalb mussten wir leider auch den Schmetterlingsgarten weglassen, da dieser sich auf einem anderen Terminal befand und unsere Zeit zu knapp wurde. An unserem Gate angekommen, wurde es uns irgendwie mulmig zumute, da wir in den Nachrichten gehört hatten, dass ein Flieger auf dem Weg von China nach Kuala Lumpur verschwunden ist. Unser Flieger hatte auch noch Verspätung, was dieses Gefühl auch nicht besser machte. Aber zum Glück sind wir gut angekommen, auch wenn der Unterschied vom Singapurer Flughafen und dem von Kuala Lumpur wie Tag und Nacht war. Gestartet sind wir von einem super modernen Flughafen und umsteigen mussten wir in einem Flughafen, in dem man vom Flugzeug über die Landebahn und, so fühlte es sich jedenfalls an, einmal um den ganzen Flughafen herum zum Terminal laufen musste. Und das alles auch noch ohne Beschilderung und ohne Personal, welches einem den Weg weist. Da hieß es erst einmal dem Herdenprinzip zu folgen: Einfach der Masse nachlaufen. All das ähnelte für mich einer Zeitreise zurück in die siebziger Jahre. Aber gut, zum Umsteigen musste es reichen. In dem Moment bezweifelten wir, dass unser Gepäck auch richtig ankommen würde, wenn man sich da so die »motivierten« Mitarbeiter anschaute, die nur herum saßen und miteinander quatschten.

Zum Glück hat letztendlich doch alles super geklappt. Nach einer Gesamtflugzeit von acht Stunden sind wir gut in Adelaide angekommen. Leider mussten wir feststellen, dass keine U-Bahn vom Flughafen aus in Richtung Stadt fuhr. So waren wir gezwungen uns irgendwie durchzufragen, um herauszufinden mit welchem Bus wir zu unserem Hostel kommen würden. Zum Glück hatten wir einen super netten Busfahrer, der uns sehr geholfen hat.

Übermüdet, genervt und total hungrig fanden wir endlich das Hostel. Jetzt erst mal richtig was essen gehen! Am Anfang waren wir etwas geschockt, weil der Ort doch sehr den USA ähnelte. Gerade in dem Restaurant gab es ganz viele dicke Menschen, aber das muss wohl an dem Restaurant gelegen haben, denn so dick sind die Australier nicht.

Aber auch der ganze Ort, die kleinen flachen Häuser, die großen neuen Autos und die großen Straßen glichen in vielem der USA.

Da wir dem Jetlag entgegen wirken wollten, haben wir versucht es zu vermeiden schon nach australischer Zeit um 14:00 Uhr ins Bett zu gehen. Das war in Deutschland immerhin 4:30 Uhr Morgens. Deshalb machten wir eine Bootstour mit, bei der man Delphine beobachten konnte. Doch da wir in der Nacht geflogen sind, man im Flugzeug nicht wirklich schlafen konnte und wir zu diesem Zeitpunkt mehr als 24 Stunden wach waren, waren wir leider so übermüdet, dass wir diese Tour nicht wirklich genießen konnten. Wir haben zwar Delphine gesehen aber wir waren mehr damit beschäftigt wach zu bleiben, als uns darüber zu freuen. Nach dieser Tour wollten wir etwas im Supermarkt einkaufen gehen. Die Australier sind so schlau, wenn am Sonntag ein Feiertag ist, den Sonntag einfach auf Montag zu verlegen, damit sie nicht um einen freien Arbeitstag beschissen werden. Also war natürlich alles geschlossen. Wobei wir das System im Nachhinein auch für Deutschland ganz gut fänden! Glück im Unglück: Eine Fast-Food Pizzeria war gleich um die Ecke und hatte sogar Montag als Angebotstag. Ich musste mich danach hinlegen, weil mir ständig die Augen zufielen. Sando hat sich in der Zeit mit anderen Backpackern unterhalten. Die meisten waren ebenfalls aus Deutschland. Also wird erst mal nichts, mit Englisch lernen.

Die nächsten zwei Tage waren mit wichtigen Erledigungen gefüllt: Wir waren einkaufen, haben uns um eine australische Handynummer gekümmert, eine Steuernummer beantragt, Bankkonten eröffnet und den Lebenslauf noch einmal aufgeräumt. Das war irgendwie echt anstrengend, da man nach der Erledigung seiner Aufgaben immer so einen halb angefangen Tag hatte und wir dann nicht wirklich wussten, was wir mit dem Rest des Tages machen sollten. Hier machte nämlich alles schon um 17:00 Uhr zu. Das Hostelleben insgesamt ist eine reine Nervensache. Man muss sich erst daran gewöhnen, dass man in der Küche keinen Platz zum Kochen hat weil acht andere gleichzeitig kochen wollen. Beim Duschen muss man sich mehr oder weniger beeilen, weil schon der nächste an der Tür steht. Oft mussten wir mit angeschaltetem Licht einschlafen, da Mitbewohner in unserem Zimmer es anließen. Und natürlich war nicht immer alles so sauber, wie man es von zu Hause kennt.

Aber gut, man kann sich an alles gewöhnen. Sando möchte anmerken, dass diese Beschwerden hauptsächlich von mir kommen, da die Montage ihn für solche Lebenssituationen doch recht gut vorbereitet hat. Das fehlte uns nach unserer Familie und Freunden am meisten, dass man einfach irgendwo ein bisschen Ruhe und Sauberkeit hat. Aber naja, wir wollten das ja so!

Man könnte sich auch einfach ein Hotel buchen oder zu mindest ein privates Zimmer. Bedenkt man jedoch, dass ein privates Einzelzimmer 60 australische Dollar kostet und ein geteiltes Zimmer gerade mal 36 Dollar, dann überlegt man sich das schon genau. Erst recht wenn man nicht mal weiß, wie schnell man einen Job finden kann.

Zum Glück waren die ganzen organisatorischen Dinge bald endlich erledigt und wir konnten den ganzen Tag nutzen, um uns etwas anzuschauen. Auf zu einem Wild Life Park!

Wir mussten allerdings feststellen, dass man hier wirklich ein Auto braucht, denn in Adelaide fahren zwar überall Busse aber da kann auch viel schief gehen. Wenn man zum Beispiel wie wir den falschen gewählt hat, mitten in der Pampa aussteigt und der Busfahrer keine Ahnung hat, dass der Park noch acht Kilometer weit entfernt ist. Das ist dann nicht mehr witzig. Glücklicherweise sind die Leute dort echt nett. Nachdem wir ein bisschen gelaufen sind und uns gegenseitig zustimmten, dass die Straßen für Fußgänger immer gefährlicher wurden, haben wir jemanden nach dem Weg gefragt und dieser hat uns spontan für fünf Dollar hingefahren.

Für die Strecke war das echt günstig und weitaus angenehmer, als weiter in der Pampa umher zu irren. Endlich am Ziel angekommen, konnten wir richtige Koalas sehen und sie sogar anfassen. Die Tierchen sind ja so süß und kuschelig, da will man gleich einen mitnehmen. Ich glaube aber, die mögen das nicht, wenn die im Rucksack rumgeschleppt werden.

Ein weiteres Highlight war es, Kängurus zu füttern. Die haben einem direkt aus der Hand gefressen. Sehr niedlich. Auch die konnte man streicheln und wir hätten sie auch gern mitgenommen, aber ich vermute Kängurus und Koalas vertragen sich nicht mit unserem Kater Stev.

Also mussten wir sie am Ende doch dalassen. Auch wenn sie anfangs süß aussehen wird einem dann auch ganz anders, wenn sich so ein Känguru vor dir aufrichtet. Zum Glück mussten wir auf einen Boxkampf mit einem Känguru verzichten.

Nachdem wir einen tollen Tag mit vielen weiteren Tieren verbracht hatten, wollten wir wieder zu unserem Bus zurück gehen. Leider mussten wir wieder einmal feststellen, dass wir mitten in der Pampa festsitzen, da der letzte Bus gerade in dem Moment abfuhr, als wir den Park verlassen haben. Wer kommt auf die blödsinnige Idee, den letzten Bus um 16:35 Uhr abfahren zu lassen, wenn der Park 17:00 Uhr schließt? Da wir nun wirklich keine Lust auf wandern hatten, fragten wir einen Mann um Hilfe. Wir hofften, dass er in die Richtung der nächsten Bushaltestelle fahren würde, da diese Bushaltestelle nur drei mal am Tag angefahren wird. Er war so nett und wollte uns mitnehmen. Ein unerwartetes Hindernis waren jedoch die zwei kleinen Kinder, welche mit im Auto waren. Das kleine Mädchen hat so laut geschrien als Sando sich zwischen die Kindersitze setzte, dass uns somit das Einsteigen verweigert wurde. Dumm gelaufen. Da wir 16:38 Uhr schon raus sind, war zum Glück der Park noch offen. Also sind wir wieder rein und haben nach einer Taxinummer gefragt. Wieder bewies sich die Freundlichkeit der Australier, denn die Mitarbeiterin fuhr uns zur nächsten Bushaltestelle. Ich glaube die Leute in Deutschland sollten sich echt eine Scheibe von den Australiern abschneiden. Hier sind alle so höflich und hilfsbereit, das ist echt was Schönes.

Am nächsten Tag wollten wir mit wilden Delphinen schwimmen und hofften, dass wir dieses Mal mit den öffentlichen Verkehrsmitteln zurechtkommen würden, da wir ja pünktlich 7:20 Uhr am Hafen sein mussten. Da kann man sich vorstellen, wie früh wir aufstehen mussten, wenn der Bus und der Zug 86 Minuten vor sich hin schlichen, auch wenn der Hafen nur circa 20 Minuten entfernt war. Also wieder der Beweis, dass man ein Auto braucht.

Am Hafen angekommen durften wir dann die schönen Taucheranzüge anziehen, wobei dies gar nicht so einfach ist, und noch viel schwerer wenn die Anzüge noch nass sind. Nachdem wir uns irgendwie in die Taucheranzüge hinein gezwängt haben, sind wir dann erst mal raus auf das Meer gefahren. Da wurde mir schon echt mulmig und irgendwie auch bewusst, in welche Gefahr man sich bringt, wenn man da so im offenen Meer an der Wasseroberfläche herum paddelt. Die ersten waren schon im Wasser gewesen, aber hatten leider keine Delphine entdeckt. Also sind wir stundenlang erst einmal herum gefahren, bis welche zu sehen waren. Dann waren wir endlich im Wasser, aber die Delphine waren leider schon wieder weg und wir mussten uns an der Leine zurück zum Boot hangeln. Das war vielleicht Workout, da das Boot schon weiter gefahren war, und ich mit den Strömungen zu kämpfen hatte. Na ja, so habe ich wenigstens ein bisschen was für die Armmuskeln gemacht. Das zweite Mal im Wasser habe ich leider nur ganz kurz einen Delphin an mir vorbei schwimmen sehen.

Enttäuscht bin ich wieder zurück zum Boot und da ging es nicht mehr, ich musste so dringend auf die Toilette, dass ich irgendwie versucht habe, mir diesen hautengen Anzug so schnell wie möglich wieder vom Leib zu reißen. Wobei man sich das eher in Zeitlupe vorstellen konnte und das machte die Situation nicht wirklich besser. Danach habe ich mich wieder angezogen, aber eigentlich wollte ich nicht mehr ins Wasser, da ich genug für die Armmuskeln gemacht hatte und auch Salzwasser durch den Schnorchel geschluckt hatte.

Also ist erst mal nur Sando mit ins Wasser, obwohl er auch schon wenig Lust hatte, da es verdammt kalt war, besonders weil wir die ganze Zeit in den nassen Tauchanzügen auf dem windigen Deck herum gelaufen sind. Doch auf einmal waren da ganz viele Delphine, also sind wir schnell ins Wasser. Wie wir uns so im Wasser an einem Seil festhielten, ausgerüstet mit Taucherbrille und Schnorchel, den Kopf unter Wasser, wurde es mir plötzlich ganz mulmig, als ich da so in die dunkle Tiefe schaute und mir vorstellte, wie ein Hai mit aufgerissenen Maul auf mich zu schwimmt. Glücklicherweise hatte die Crew des Schiffs vorgesorgt und einen Elektroschocker zu unserem Schutz mit ins Wasser gelassen. Dumm nur, wenn man wie Sando am Ende der Schleppleine schwimmt um so viel wie möglich zu sehen, und dabei der Hai-Abwehr zu nahe kommt. Gut, dass er als Elektriker schon abgehärtet ist.

Aber nein, es war kein Hai, es war ein Delphin, der auf mich zu geschwommen kam und mich neugierig anschaute. Und da, da war noch einer und noch einer, und dann waren drei rechts neben uns und vor uns und überall. Die Tiere waren so nah, dass man dachte, man könnte sie anfassen und streicheln, aber natürlich sind die wilden Delphine ja auch nicht dumm und blieben auf Abstand. Nur durch das Wasser kam es uns so vor als waren sie wirklich zum Anfassen nahe. Es war so schön, den Delphinen direkt in die Augen schauen zu können.

Die süßen Tierchen direkt neben einem schwimmen zu sehen und wie so elegant durchs Wasser trieben, löste wahre Glücksgefühle bei uns aus. Wenn man sich jedoch umgedreht hatte, um diese Tiere nicht aus den Augen zu verlieren und dabei rechts neben einem all die strampelnden, zappelnden und unbeholfenen Homo Sapiens sah, war das anmutige Bild irgendwie zerstört. Aber sobald die Delphine einem wieder nah waren, vergaß man alles andere, das war einfach so atemberaubend. Auch wenn sie immer mal wieder verschwanden, wenn sie wieder da waren, wollte man einfach die Zeit stoppen und am liebsten den ganzen Tag mit den Tieren schwimmen und sie streicheln. Nur blöd, dass man zu Hause keine so große Badewanne hat um einen Delphin mitzunehmen. Rückblickend sind wir uns ziemlich sicher, dass sie sowieso nicht in unsere Rucksäcke gepasst hätten. Leider war diese Tour irgendwann auch vorbei und wir mussten wieder an Land. Aber es war einfach ein einmaliges und fast magisches Erlebnis das wir jedem, der die Gelegenheit dazu hat, von ganzem Herzen weiterempfehlen!

Am nächsten Tag haben wir eine Stadtführung durch Adelaide mit einem sogenannten »Greeter« gemacht. Solche Leute zeigen Touristen gern kostenlos die Stadt und wissen auch viel Interessantes über sie. Wir hatten sogar Glück und hatten jemanden, der sehr gut Deutsch gesprochen hat. Er ist in Deutschland geboren aber wanderte mit 19 Jahren aus. Er war jetzt Rentner und wusste so vieles. Das war eine wirklich interessante Führung. In Adelaide kann man auch kostenlos Fahrräder anmieten, sowie viele Museen kostenlos besuchen. Leider war das Wetter nicht so gut, dass es sich gelohnt hätte, ein Fahrrad anzumieten.

Damit hatten wir erst mal genug Geld ausgegeben und mussten uns nun nach einem Job umschauen.

Tune Up Yourself

Jetzt saßen wir schon seit einer Woche im Hostel in Adelaide fest und suchten nach Jobs. Besser gesagt, wir liefen durch die ganze Stadt von Tür zu Tür und fragten uns durch, ob irgendjemand irgendwo einen Job für uns hatte. Und was kam dabei heraus? Nichts, außer zwei neuen Erkenntnissen: Erstens haben wir uns echt doof angestellt und uns mit grottenschlechten Bewerbungen an den falschen Stellen beworben und zweitens: Wir brauchten ein Auto! Denn ohne Auto läuft auf diesem Kontinent einfach nichts. Man kommt einfach nicht zu den Farmen hin beziehungsweise wenn es schief läuft, kommt man auch nicht wieder weg.

Soweit so gut. Leicht frustriert, da wir es uns doch etwas einfacher vorgestellt haben, kümmerten wir uns erst einmal um das Beseitigen der Fehler in unseren Bewerbungen. Ab ging es in die Bibliothek, um eine neue Bewerbung zu schreiben oder wie in Sandos Fall gleich drei, weil einem die ganze Facharbeiterausbildung nichts bringt wenn man in einer Bar arbeiten will. Das Ganze haben wir dann von den wirklich sehr hilfsbereiten Australiern Korrektur lesen lassen und fertig waren die neuen Bewerbungen. Für die mussten wir uns nicht mehr in Grund und Boden schämen.

Dann ging es gleich an das nächste Problem: Gesucht war ein Auto das uns möglichst einmal um den Kontinent fährt, günstig im Unterhalt ist, sich für eine schmale Mark zum Camper umbauen lässt und nicht mehr als 1500 Dollar kostet. Klingt doch machbar oder nicht?

Sogleich haben wir uns im Internet mal umgeschaut und fleißig Autos verglichen. Letztendlich haben wir uns dafür entschieden, dass es ein Van mit Gas werden soll, der noch so lang wie möglich eine gültige Rego haben würde. Eine Rego ist wie die Zulassung in Deutschland nur ohne Technische Überprüfung. Wir haben auch schnell ein paar Exemplare gefunden, die unseren Vorstellungen entsprachen aber nach einigen Telefonaten blieb erst einmal nur einer übrig. Der hörte sich jedoch ganz gut an und die Besitzerin klang auch sehr freundlich am Telefon. Prompt machten wir uns mit den Minifahrrädern des Hostels – es sah echt total lustig aus, wie Sandos Knie an den Ohren anstießen – auf den Weg um uns besagten Van anzuschauen.

Die Besitzerin war eine alte Frau und wollte nicht mehr so ein großes Auto ohne Servo und ABS fahren. Der Van, ein Toyota Tarago, hatte acht Sitze, sechs davon konnten so umgeklappt werden, dass eine Liegefläche entstand. Eigentlich perfekt für uns, da wir so weder ein Zelt noch den Einbau eines Bettes, wie es bei Backpacker Autos üblich ist, benötigen würden um ordentlich schlafen zu können. Der nächste große Vorteil: Der Van hatte eine Gasanlage, die auch einwandfrei funktionierte und sogar noch vor dem Verkauf eine komplette Überprüfung und Feineinstellung erhielt.

Soweit zu den Vorteilen des Vans. Doch es gab auch Nachteile, denn der Preis kommt ja nicht von allein. Er war halt schon etwas älter, ungefähr Baujahr 1983 und hatte dem Alter entsprechend ein paar mehr Kilometer auf der Uhr, was im Klartext so um die 390.000 waren. Das ist in Australien aber durchaus moderat.

Er hatte auch, wie schon gesagt keine große Ausstattung, wie Servo-Lenkung, ABS oder ähnliches. Zudem hatte er keine Airbags oder sonstigen Nippes wie elektrische Fensterheber und Zentralverriegelung.

Eben ein Auto in Reinform. Toyota ist aber doch super zuverlässig und da wir ihn letztes Endes nach ein paar Verhandlungen für 1150 Dollar bekommen haben, konnten wir einfach nicht nein sagen.

Nun war also auch das zweite Problem gelöst. Aber das konnte natürlich nicht alles an einem Tag gemacht werden und der

Kauf zog sich über eine Woche hin. Also haben wir nebenbei auch noch unsere Chancen im Gastronomiegewerbe erhöht und mittels Onlinekurs ein RSA gemacht.

Was ist ein RSA? In Australien muss man einen Test machen der aussagt, dass man in der Lage ist Alkohol zu verkaufen. Man braucht diese RSA Genehmigung um Alkohol auszuschenken. Da wir uns auch bei verschiedenen Bars bewerben wollten, brauchten wir diese Genehmigung.

In Süd-Australien war das nur ein simpler Online Kurs, bei dem die Antworten zum Teil lediglich nur die Überschriften waren. Manche Fragen waren jedoch echt nicht einfach, da die genau wissen wollten, wie welches Gesetz heißt und wann dieses verfasst wurde. Dabei haben wir auch gelernt, dass es in Australien nicht erlaubt ist, bereits Betrunkenen Alkohol auszuschenken.

Nachdem wir insgesamt acht Stunden am PC verbracht hatten – bei mir dauerte das Ganze nur zwei Stunden, da ich nach Sando ja dann die Antworten schon wusste – hielten wir endlich dieses Zertifikat in der Hand.

Langsam dachten wir, wir hätten alles zusammen, um erfolgreich einen Job zu finden und so ging die stundenlange Suche nach Jobs weiter. Leider trotz allem erfolglos.

Ich hatte zwar drei Bewerbungsgespräche absolviert aber leider war keines erfolgreich. Ich habe dann für 12 Dollar die Stunde – bei einem Mindestlohn von 20 Dollar doch recht wenig – Flyer ausgetragen, was bei der Hitze sehr anstrengend war. Zum Teil haben wir auch keinen Job bekommen, weil wir ja noch auf unser Auto warten mussten. Die Vorbesitzerin wollte noch die Überprüfung der Gasanlage durchführen.

Diese zwei Wochen waren echt frustrierend und deprimierend, da wir nur Absagen bekamen und die ganzen Zertifikate und Weiterbildungen aus Deutschland hier überhaupt nichts wert waren. Dadurch fühlte man sich irgendwie wie ein Nichtsnutz. Das Einzige was hier zählte sind australische Erfahrungen.

Die sind echt schwierig zu bekommen, wenn dich keiner zum ersten Mal einstellen will. Unsere einzige Ablenkung waren Strandspaziergänge, ansonsten wurden wir irgendwie immer träger und lustloser. Aber wir gaben nicht auf und suchten weiter.

Dann war endlich das Auto fertig und da wir am Samstag ein Jobangebot bekommen hatten, haben wir die Besitzerin gefragt, ob wir das Auto gleich am Freitag holen könnten. Am Freitagabend bekamen wir endlich einen Anruf, bei dem uns gesagt wurde, dass wir in Mildura Trauben pflücken können. Dabei wurde uns eine stündliche Bezahlung versprochen. Das ist bei Erntehelfern echt selten geworden, da man normalerweise nur nach Bins, Erntekörben, bezahlt wurde. Wir dachten: Echt super, Jackpot! Das einzige Problem war, dass wir ja noch das Auto ummelden mussten aber Samstag schon da sein sollten. Gut, dass die Zulassungsstelle in Adelaide am Samstag geöffnet hatte. So konnten wir um zehn Uhr morgens im Hostel in Port Adelaide auschecken, nach Adelaide fahren, unser Auto innerhalb von Minuten für nur circa 30 Dollar ummelden und nach Mildura durchstarten. Versucht das mal in Deutschland an einem Samstag!

Mildura liegt circa fünf Stunden oder 400 Kilometer von Adelaide entfernt. Wir sind durch echt schöne Landschaften, zum Beispiel an gerodeten Feldern vorbei gefahren, wo wir zum ersten Mal sehen konnten, warum Australien als roter Kontinent bezeichnet wird: Wir sahen nichts als rote Farbenpracht.

Der Boden ist hier wirklich tiefrot und ich dachte, man sagt das nur so wegen dem Uluru aber nein, es liegt an der Erde. Auch an unheimlich schönen Flusslandschaften sind wir vorbei gekommen. Da ging es mit unserer Laune wieder bergauf. Auf dem Weg haben wir dann auch gleich noch unsere neue Errungenschaft auf den Namen »Vicky« getauft und konnten zufrieden feststellen, dass der Van trotz seines Alters und der wenigen Pflege, die er in den letzten Jahren erhalten hatte, doch noch sehr gut in Schuss war!

Der Erste Richtige Job

Angekommen in Mildura oder genauer gesagt bei Grand, einem Vermittler oder auch Contractor, wurden wir zu seinen Eltern geschickt, wo wir auch schlafen sollten. Als wir bei seinen Eltern ankamen, waren wir wirklich etwas verblüfft, da es wirklich mitten in der Pampa war.

Lasst es mich so beschreiben: Es gab das Haus und der Nachbar war einen guten Kilometer entfernt. Drumherum waren nur Trauben- und Orangenfelder. Handyempfang gab es da auch nicht wirklich. Wir mussten auf ein Containerdach steigen, damit wir mühevoll überhaupt irgendwie Empfang hatten. Sah aber echt lustig aus, wie die Backpacker auf dem Dach standen und ihr Handy in die Höhe hielten. Zum Glück gab es in der Zeit keine Unwetter, wir wären schöne Blitzableiter gewesen. Wenn ihr denkt, dies war es schon, was uns so geschockt hat, dann habt ihr euch getäuscht. Nachdem Judi, Grands Mutter, uns unsere Unterkunft gezeigt hatte, die im Grunde nur ein Gartenhäuschen war, welches aus Wellblechplatten gebaut wurde und dessen Teppich einfach auf den mit Kies befestigten Erdboden verlegt worden war, waren wir echt etwas geschockt. Das sollte ein Hostel sein?

Nach dem ersten Schock und genauer Betrachtung, stellten wir aber auch die positiven Dinge fest und machten das Beste daraus. Es war zwar alles sehr klein, aber irgendwie auch sehr gemütlich. Wir mussten uns zwar mit circa zwanzig anderen Backpackern eine kleine enge Küche und mit zehn Leuten ein Bad teilen, aber dafür hatten wir Heizdecken in unseren Betten. Das war aber auch die einzige Beheizung im Hostel. Auch der Sternenhimmel war etwas Positives, weil der einfach unglaublich war. Man schaute in die Weite und man sah nichts außer dem dunklen Himmel der mit funkelnden Sternen übersät war. Wir konnten sogar die Milchstraße klar sehen. Es war einfach nur traumhaft.

Am nächsten Morgen sollten wir eigentlich arbeiten, jedoch hatte der Farmer keinen LKW-Fahrer gefunden, der die Erntekörbe zu einem anderen Ort fährt. Stattdessen haben wir uns mit den anderen Backpackern unterhalten. Am Montag konnten wir dann endlich arbeiten und haben wirklich Trauben gepflückt, wobei die Fliegen echt nervten, da sie einem überall rein kriechen, sogar in den Mund und in die Nase. An dem Tag war Grand sehr sauer geworden, da am Samstag bereits gepflückt worden war aber die Hälfte hängen gelassen wurde. Es hieß manche Backpacker haben einfach die ganze Zeit gequatscht, und wir mussten jetzt nachpflücken. Also sagte man uns auf einmal, dass wir pro Bucket, kleinen Erntekörben, statt nach Stunden bezahlt werden würden. Leider haben wir das nicht gleich mitbekommen, da wir noch mitten im Feld waren. Daher haben wir erst später angefangen und damit weniger Körbe geschafft. Da waren wir echt sauer, weil das ja unser erster Arbeitstag war und wir ausbaden mussten, was andere verbockt hatten. Zum Glück hat Grand dann am nächsten Tag doch zugestimmt, dass wir stündlich bezahlt werden.

Nachdem wir zwei Tage gearbeitet hatten und unsere Hände danach wie nach einem Kampf mit einer Horde Katzen aussahen, gab es wieder Probleme mit dem LKW-Fahrer. Als wir die Ansage bekamen, dass am Mittwoch gar nicht gearbeitet würde, hatten wir schon zwei Stunden gewartet. Also nicht nur umsonst Sprit verfahren, sondern wieder keine Möglichkeit Geld zu verdienen. Auch am Donnerstag konnten wir nicht arbeiten. Doch da haben wir die Zeit genutzt und sind in die 20 km entfernte Stadt gefahren, um in der Bücherei Internet und vollen Handyempfang zu genießen. Ich habe dann auch angefangen im Hostel mit sauber zu machen, damit ich meine Unterkunft nicht bezahlen musste. Das war ein echt undankbarer Job. Da hat man mühevoll alles sauber gemacht und oft war nach fünf Minuten alles wieder hinüber. Aber so ist das Leben. Sando war auch nicht faul, er hat die ersten Arbeiten am Auto gemacht, damit uns Vicky noch lange erhalten bleiben würde.

Freitag durften wir endlich wieder arbeiten und haben die Trauben auf sogenannte Racks geschüttet. Das sind Trockengitter mit mehreren Etagen. Als nächstes wurden die Buckets mit den trockenen Trauben, mit den frischen Trauben ausgetauscht. Das sah eher aus, als ob wir Backpacker Ameisen wären, die wahnsinnig schnell umher wuseln.

Wir waren einfach viel zu viele Leute für diese Arbeit, deshalb war nach vier Stunden auch schon alles erledigt. Für uns kein erfolgreicher Tag oder viel verdientes Geld. Schon komisch, dass man in Australien traurig war, wenn man nicht lange und viel arbeiten kann.

Am Samstag halfen wir Judi, da es wieder Probleme mit dem LKW-Fahrer gab und wir dadurch nicht arbeiten konnten. Wir haben Rasen gemäht, Laub zusammen gekehrt und sauber gemacht. Dafür haben wir ein bisschen Geld bekommen. Abends haben die anderen Backpacker ein BBQ (grillen) organisiert, weil jemand Geburtstag hatte. Das war ein schöner Abend mit viel Alkohol, auch wenn wir uns nur den billigsten Wein namens Goon leisten konnten. Das ist ein berühmtes Alkoholgetränk bei den Backpackern, da es zwei Eigenschaften hat: Es ist am billigsten und es knallt schnell. Schmecken tut es dafür aber scheußlich.

Die anderen Backpacker sind später noch in einem Club in die Stadt gefahren. Wir jedoch sind im Hostel geblieben, da wir Geld sparen wollten. Zum Glück sind auch noch ein paar der anderen dageblieben. Wir haben uns auf das Containerdach gesetzt und Lieder gesungen, was sich nach ein paar Gläsern Goon bestimmt nicht mehr nach Gesang angehört hat, sondern eher wie Grölen.

Leider konnten wir erst Montag wieder arbeiten, doch diesmal haben wir zehneinhalb Stunden am Stück gearbeitet. Das war ziemlich anstrengend aber gleichzeitig auch beruhigend endlich ein bisschen Geld verdient zu haben. Am nächsten Tag hieß es von Grand, dass wir wieder pro Erntekorb bezahlt werden würden und keiner wusste, wieviel wir dafür bekommen würden. Ich hatte Glück, da ich an den Racks arbeitete und Trauben zum Trocknen verteilte, was bedeutete, dass ich immer noch pro Stunde bezahlt werden würde. Jedoch wissen wir nicht, was Sando pro gepflücktem Korb eigentlich bekommen würde. Nach achteinhalb Stunden Arbeit sind wir müde ins Hostel gefahren.

Leider hat es dann die nächsten zwei Tage durchgeregnet, was natürlich hieß, dass wir erneut nicht arbeiten konnten. Am Freitag schien endlich wieder die Sonne, doch trotzdem sollten wir nicht ernten. Angeblich waren die Felder zu nass und man konnte da nicht mit dem Traktor fahren. Auch wenn Grands Vater an diesem Tag auf seinem Feld mit dem Traktor herumfuhr. Langsam wurde uns das Ganze echt suspekt. Zumal wir von anderen Backpackern erfuhren, dass sie schon seit fünf Wochen Trauben pflückten und bis dato nur eine Woche bezahlt bekommen hatten. Für uns bedeutete das, ab in die Bücherei und nach anderen Jobs suchen.

Nach langem Suchen haben wir auch einen gefunden: Zitronen pflücken in Berri, ein Ort der zwei Stunden in Richtung Adelaide lag. Wir waren uns nicht sicher, ob wir wirklich alles abbrechen und nach Berri fahren sollten aber nach dem uns gesagt wurde, dass wir erst Dienstag wieder arbeiten würden und der Samstag so schrecklich verlief, entschieden wir uns zu gehen. Grand hatte uns Samstag angeboten für zehn Dollar die Stunde Knoblauch für die Aussaat zu schälen. Das ist wirklich sehr wenig Geld, aber wir dachten besser als gar nichts und so hat man auch etwas Beschäftigung. Wir waren wie ausgemacht um acht Uhr morgens bei Grand, jedoch schliefen zu dem Zeitpunkt noch alle. Gegen 8:45 Uhr haben wir dann Grand aus seinem Bett, oder eigentlich eher Zelt, bekommen. Er war darüber echt verärgert und meinte, dass er seiner Mutter Bescheid gesagt hätte, die Arbeit würde erst Nachmittags anfangen. Diese Nachricht war jedoch nie bei uns angekommen. Dann hat sich

Grand auch noch von oben herab beschwert, dass wir nicht in der Position sind um ihn zu wecken. Das war der Moment wo Sando schon an dem Punkt war: Der Idiot kann mich mal, ich will mein Geld und mache keinen Handgriff mehr für den. Aber ich habe ihn dann doch noch mal überredet, wenigstens das bisschen Geld mitzunehmen.

Nachdem wir uns dann wieder beruhigt hatten, fingen wir an Knoblauch zu schälen. Wir hab zwei Stunden zu zweit gebraucht, um so einen Korb zu füllen. Dafür gab es auch nur gerade mal zehn Dollar, da Grand sich kurzfristig entschieden hatte uns per Bucket zu bezahlen statt stündlich. Das war wirklich weniger als nichts. Wir haben auch dem Vertreter von Grand gefragt, ob er uns mal zeigen kann wie man das mit dem Schälen am Besten macht, damit es schneller geht. Er meinte dazu nur, dass wenn sie selber Zeit hätten das zu machen, würden sie keine Backpacker dafür bezahlen. So ein blöder Kerl. Das war zwar ein Deutscher gewesen aber er war furchtbar unsympathisch. An diesem Punkt hat es uns einfach gereicht.

Am Sonntag sind wir mit zwei anderen deutschen Backpackern Florian und Tom nach Berri gefahren. Auf der Farm hatten wir in zwei Wochen gerade mal zusammen 36 Stunden gearbeitet. Dabei hat Grand ständig seine Meinung geändert, wie wir bezahlt werden und wir hatten auch noch nicht einen Cent unseres Lohns gesehen. Als dann sein Verhalten noch dazu kam, mussten wir einfach weiterziehen.

Aber in Berri sollte es uns noch schlechter ergehen.

Ankunft in Berri – Vom Regen in die Traufe

Nach zwei Stunden Fahrt kamen wir, Florian und Tom im Schlepptau, in unserem nächsten Hostel an. Das war wieder ein echter Schock. Die Unterkunft war so spartanisch eingerichtet, dass wir nicht mal Mülleimer hatten, geschweige denn Klopapier. Es gab auch kein Bettzeug und Bettbezüge schon gar nicht. Das fehlende Klopapier war dabei noch das kleinste Übel, weil wir bei Judi schon unseres eigenes Klopapier organisieren mussten. Suck, der Contractor, war noch nicht da, also führten uns seine Kinder durch das Hostel. Diesmal waren alle Backpacker hier neu, nicht wie in Mildura wo eine Gruppe schon lange dort war und sich so eine Art Clique gebildet hatte, an die man nicht rankam. Wir konnten uns daher auch unser Bett aussuchen, was nach sechs Wochen in Doppelstockbetten endlich mal wieder ein richtig großes und bequemes Doppelbett war.

Als Suck dann erschien, gab es für uns die nächste Überraschung. Suck war ein Inder und wir hatten von anderen australischen Backpackern erfahren, dass man mit diesen leicht Probleme bekommen konnte.

Nachdem dann die grundlegenden Fragen fürs Erste beantwortet schienen, ging es dann am nächsten Morgen erst einmal ins Madec Büro.

Das ist im Grunde eine Arbeitsvermittlung, in der gleichzeitig auch die Sicherheitsunterweisung durchgeführt wurde. Diese benötigten wir um in Süd-Australien auf den Feldern zu arbeiten. Die Unterweisung beinhaltete auch einen Test, der nachweisen sollte, dass man den meiner Meinung nach überflüssigen Anweisungen auch zugehört und sie natürlich auch verstanden hatte. Rückblickend war der Test der sinnloseste in unserem Leben, da jeder der ein bisschen Englisch konnte, die Fragen richtig haben müsste. Im Lehrvideo wurden diese nämlich wortgetreu beantwortet. Selbst ohne Englischkenntnisse hätte man bestehen sollen, da es das Video auch auf Französisch, Spanisch und Mandarin gab. Wenn man diesen Test bestanden hat, bekam man die sogenannte Madec Card. Diese Karte sollte laut Suck auch der einzige Beweis für die Legalität unserer Arbeit sein, den wir benötigen. Seiner Meinung nach würde kein Contractor uns einen Arbeitsvertrag ausstellen.

Dann mussten wir uns Picking Bags kaufen, die man sich um den Nacken und die Schulter hängt, damit man die gepflückten Früchte zu einem 500 Kilogramm fassenden Bin tragen konnten. Die Picking Bags konnte man unten öffnen, damit man die Früchte nicht in den Bin schmeißen musste. Wir haben jeweils einen für 50 Dollar gebraucht gekauft, neu hätte es uns 70 bis 80 Dollar gekostet. So mussten wir wieder Geld ausgeben.

Endlich auf dem Feld angekommen mussten wir zu zweit so einen, bereits erwähnten Bin füllen, wobei wir nur Zitronen pflücken durften, die größer als der bereitgestellte Ring waren. Dies machte die Ernte schon schwerer, weil man viel Zeit brauchte um den Ring über die Zitronen zu stülpen. Im Endeffekt bedeutete das, dass wir am ersten Tag zusammen gerade mal 60 Dollar verdient haben, da wir in vier Stunden nur einen Bin gefüllt hatten. Weil wir zum Pflücken direkt in die Bäume kriechen mussten, sahen wir danach auch aus wie nach einem Katzenkampf. Gut, dass wir diesmal lange Sachen trugen, die übrigens hier genau so Pflicht waren wie Handschuhe und eine Schutzbrille.

Das Schöne an der Arbeit war der ständige und angenehme Duft von Zitronen mit einer leichten Minznote, wenn man zwischen den Bäumen herum kletterte.

Am Abend wollten wir eigentlich unseren Arbeitsvertrag haben, aber es kam nur Sucks Tochter zu uns und hat die 120 Dollar Miete pro Person für die ganze Woche eingesammelt. Weil wir unsere deutschen Reserven nicht wirklich verbrauchen wollten und der ganzen Sache gegenüber misstrauisch waren, konnten und wollten wir nur eine Miete bezahlen. Andere Backpacker haben uns dann aber ausgeholfen und die Miete vorgestreckt, als uns angedroht wurde, dass wir sofort rausfliegen wenn wir nicht zahlen. Eigentlich hätten alle noch eine Kaution von 120 Dollar zahlen sollen, falls etwas in der Unterkunft zerstört oder geklaut wird. Aber aufgrund der spartanischen Einrichtung – da gab es einfach nichts bei dem es sich gelohnt hätte zu klauen – hat sich die gesamte Gemeinschaft dagegen gewehrt und gesagt das keiner genügend Geld hat um das zu bezahlen, bevor der erste Lohn kommt. Das Misstrauen wuchs!

Am nächsten Tag kämpften wir wieder mit den Zitronenbäumen. Diesmal schafften wir zwar drei Bins, jedoch nur, weil wir am Montag noch einen halben Bin füllen konnten. Am Abend hatten wir immer noch keinen Arbeitsvertrag. Deshalb haben wir uns schlau gemacht und herausgefunden, dass es laut dem australischen Gesetz wirklich notwendig ist, eine Vereinbarung zu haben, wenn man pro Bin bezahlt werden soll. Da wir immer noch nichts schwarz auf weiß in der Hand hatten, wurden wir langsam echt misstrauisch. Wir hatten zufälligerweise einen anderen deutschen Backpacker mit in der Unterkunft, der sich über alles und jeden beschwerte und so wurde am Abend durch ihn eine Revolution gestartet, von der wir uns haben mitziehen lassen. Unser Plan war erst einmal mit der Firma, für die wir pflückten, zu reden. Danach würden wir Suck überreden uns endlich mal unsere Papiere zu geben, auf denen wir auch unsere Bankdaten angeben können. Das bedeutete für uns, dass wir am nächsten Morgen vor Suck bei der Firma, der die Felder gehörten, sein mussten, um dort im Büro mal nachzufragen ob es dort wirklich gängige Praxis ist, Arbeiter ohne Arbeitsvertrag zu beschäftigen.

Schnell wurden unsere Vermutungen bestätigt, als unsere Frage verneint wurde und im Folgeschluss orderte man Suck sofort zum Büro, um dazu Stellung zu beziehen.

Nachdem dann zehn Backpacker auf den Mitarbeiter und auf Suck eingeredet hatten, sagte Suck auf einmal, dass er die

Papiere und die Karte vom Madec Office bereits hätte. Er hätte am Tag zuvor nur noch keine Zeit gehabt, diese an uns weiter zu reichen. Er meinte in seinem schweren indischen Akzent: »I give your tax file number.« Was aber überhaupt keinen Sinn machte, da nur die Regierung einem die Steuernummer aushändigen kann. Er meinte die Tax file Declaration, wo man seine Steuernummer angeben kann. Dieses Dokument erhält man an jeder Post, nur Suck war der Meinung, dass er diese von Adelaide bestellen muss und er immer noch darauf warten würde. Bald darauf erzählte er wieder eine andere Geschichte und da wir der Meinung waren, dass er 160 Dollar pro von uns geerntetem Bin bekommt, wollten wir direkt mit dem Manager dieser Firma reden. Wir weigerten uns zu arbeiten, mussten aber warten, da der Manager in einem Meeting war. Nach einer Stunde konnten wir dann aber mit ihm sprechen. Leider konnte er uns nicht wirklich helfen. Er meinte nur, dass wir uns ja einen anderen Contractor suchen können. Da merkt man erst mal, was manche Australier wirklich von den Backpackern halten.

Ihr fragt euch jetzt bestimmt, was das Problem mit Suck war: Zuerst einmal hatten wir zwei Tage gearbeitet und nicht mal ein Papier mit unseren Bankdaten ausgefüllt. Gleichzeitig haben wir wirklich sehr wenig für den Bin bekommen, da man normaler weise 90-100 Dollar dafür bekommen sollte und zusätzlich war die Unterkunft zu spartanisch eingerichtet, um 120 Dollar Miete wert zu sein, die man sich mühevoll erarbeiten musste! Außerdem hat er zu zwei Franzosen gesagt, dass diese in der Unterkunft bleiben müssten, wenn sie für Suck arbeiten wollen.

Da wir leider keinen anderen Plan hatten, sind wir erst einmal wieder an unsere Arbeit gegangen. Nach dem Suck uns auch noch angeschrien hatte und sich in seinem indischen Akzent beschwerte, dass Big Boss »not happy« sei und wir ja mit ihm reden sollen – nach zwei Tagen reden hat es uns aber einfach gereicht – konnten wir endlich Zitronen pflücken. Wir hatten nur einen halben Bin gefüllt bevor wir schon eine Reihe weiter mussten. Doch der Traktorfahrer, der uns in die Reihe einteilte und unseren Bin transportierte, machte gerade Mittagspause und wir hatten in dem Moment erfahren, dass wir erst wieder in sechs Tagen arbeiten werden. Also sind wir dann einfach gegangen.

Wir sind genug ausgenutzt worden und hatten einfach keine Lust mehr immer nur so viel zu arbeiten, dass man sich gerade mal die Unterkunft und ein bisschen Essen leisten konnte. Daher sind wir erst einmal wieder zur Arbeitsvermittlung gefahren. Dort wurde uns nur gesagt, dass die Saison erst in zwei bis drei Wochen anfinge und man uns keine Nummern von anderen Arbeitgebern geben dürfe, bevor diese nicht eine offizielle Stellenanzeige aufgegeben hätten. So mussten wir erst einmal wieder in die Unterkunft zurück, wo der Trubel nun weiter ging.

Die zwei Deutschen, die mit uns von Mildura nach Berri gekommen waren, wollten nach Adelaide weiter fahren. Sie würden von Freunden abgeholt werden, hatten jedoch schon die Unterkunft für die ganze Woche bezahlt. Sie fingen an dafür zu kämpfen, das Geld für die ungenutzten Tage zurück zu bekommen, so wie es allen am Anfang versprochen wurde. Nach langem Hin- und Herdiskutieren, es war mehr ein Schreien, hat Suck sich bereit erklärt, uns das Geld zurück zu geben. Mit Ausnahme von einer kleinen Summe um das Bettzeug zu waschen, das wir am Sonntagabend um 22 Uhr doch noch erhalten hatten. Die einzige Bedingung war, dass die, die nicht mehr für Suck arbeiten wollen, alles saubermachen und am Abend die Unterkunft verlassen mussten. Das waren zehn von zwölf Backpackern und wir waren alle von heute auf morgen obdachlos. Zum Glück hatten wir aber unseren Vicky, der schon eine Liegefläche bereit hielt.

Der Plan war eigentlich hier in Australien Geld zu verdienen und die deutschen Reserven so wenig wie möglich zu nutzen, aber daraus wurde erst mal nichts. Wir waren froh, dass wir unsere Schlafsäcke hatten. So konnten wir einigermaßen im

Auto schlafen. Glücklicherweise gab es hier in Berri einen kostenlosen Campingplatz, welcher Toiletten und Grillmöglichkeiten bereit stellte.

Am nächsten Morgen fuhren wir nach Renmark, die nächstgrößte Stadt zu Berri, um uns mit Geschirr und Bettdecken auszustatten. Da ich zu geizig war, haben wir auf Stühle und Campingkocher verzichtet. Danach waren wir in der Bücherei und haben die meiste Zeit damit verbracht, uns einen neuen Job zu suchen. Doch leider haben wir so schnell nichts Neues gefunden. So mussten wir einige Tage auf dem Campingplatz verbringen und warten.

Die Ersten Erlebnisse auf dem Campingplatz

Abends haben wir dann gemerkt: Geiz ist nicht immer geil. Auf den Grillmöglichkeiten kocht es sich echt schlecht, weil sie wie der Name schon sagt, ja eigentlich zum Grillen gedacht sind und nicht heiß genug werden, um Wasser zum Kochen zu bringen. Wir haben anderthalb Stunden gebraucht um Reis zu kochen! Zufälligerweise war mit uns auf dem Campingplatz noch ein deutsches Pärchen, welches das Gleiche mit Suck erlebt hatte. Nach ein paar Gesprächen haben wir beschlossen, dass wir zusammen kochen und sie waren so nett, uns ihre Campingausrüstung mitbenutzen zu lassen solange wir keine eigene hatten.

Dann war aber erst mal Ostern und nichts ging vorwärts. Wir konnten weder Campingausrüstung besorgen, noch Arbeit suchen noch sonst irgendetwas tun, da ja alles geschlossen hatte. Stattdessen vertrieben wir uns die Zeit damit, uns bei einem kostenlosen Frühstück durchzufuttern, zu entspannen, den Abwasch zu erledigen, mehr zu entspannen, in Ruhe zu essen und dann haben wir uns noch ein wenig mehr entspannt. Für einen Tag war dann aber doch mal echte Abwechslung und Spannung angesagt: Wir waren zusammen mit unseren Mitcampern Nadine, Moritz und ihrem Allrad-Jeep Babsi im Murrey River National Park. Das war ganz lustig, da es dort viele – in Australien nennt man es Offroad – unbefestigte Nebenstraßen gab, auf denen man mit dem Jeep schon sehr viel Spaß haben konnte. Dabei haben wir auch ziemlich viele Kängurus gesehen. Die sind teilweise bei immerhin 50 Kilometer pro Stunde neben dem Auto her gehüpft!

Aber so schön es auch war, unser Karfreitag hatte auch seine Schattenseiten. Auf dem Rückweg kamen wir an ein paar Orangenplantagen vorbei und dachten uns: Was haben wir schon zu verlieren, wir fragen einfach mal nach, ob die Helfer brauchen! Leider haben wir niemanden angetroffen der uns sagen konnte, wem die Bäume gehörten. Auf dem Rückweg zum Auto fiel uns keine fünf Meter von uns entfernt ein Känguru auf, das im Gras lag. Wir vier näherten uns fasziniert und haben uns schon gewundert, dass es da so ruhig liegen blieb. Als wir dann ungefähr zwei Meter entfernt waren, raffte es sich plötzlich unter Schmerzen auf und hüpfte ein paar Meter weg, bevor es wieder umfiel. Dabei sahen wir den Grund. Wahrscheinlich wurde die Arme – es war ein Weibchen und bei näherer Betrachtung stellten wir fest, dass es ein Wallaby war – von einem Auto angefahren. Dabei wurde ihr das gesamte linke Bein und wahrscheinlich auch die Hüfte zertrümmert. Wir wussten, das überlebt sie nicht, wenn nicht was passiert. Sie würde dann verdursten oder verhungern oder sie wird von einem Raubtier angefallen. Wir haben erstmal nachgeschaut, ob es dafür eine zuständige Organisation gibt. Siehe da, es gibt sie. Bei unserem Anruf wurden wir auch gleich weiter verbunden bis uns eine Roboterstimme sagte, dass keiner da ist und wir doch später noch mal anrufen sollen. Bei einer Notfallhotline! Also was nun? Die Entscheidung die wir gefällt hatten war nicht einfach. Das Beste war, sie stirbt schnell und relativ schmerzfrei. Moritz und Sando sind also noch mal zurück zum Wallaby, um es zu erlegen. Dort trafen sie noch mal einen Anwohner und schilderten das Problem, worauf der Australier antwortete, dass es keinen Unterschied macht, ob man bei der Hotline jemanden erreicht oder das Tier gleich selbst erlegt, weil die auch nur einen Ranger schicken der es dann erschießt.

Der Australier bot uns seine Hilfe an und ist noch mal zurück gelaufen um seinen Jagdbogen zu holen. Moritz und Sando sind derweil ins Feld und haben das Wallaby gesucht und auch gefunden. Die Kleine hatte es echt noch drauf uns anzugreifen, als sie von uns eingekreist wurde aber sie konnte sich kaum auf dem verbliebenen Bein halten und fiel immer wieder einfach um. Als dann der Australier kam und feststellte, dass er seinen Bogen nicht findet, mussten Moritz und Sando einsehen, dass sie einfach nicht nahe genug heran kamen, um es mit dem Messer erlegen zu können. Also holte der Australier ein Handbeil. Da das Wallaby schon durch das vorhergehende Kämpfen mit den Jungs soweit geschwächt war, dass es nicht mehr aufstehen konnte, wollte der Australier es mit dem Beilrücken und einem gezielten Schlag ins Genick töten, um es von seinen Schmerzen zu befreien. Nachdem es vorbei war bedankte sich er sogar noch bei uns, wobei wir uns dachten: Dafür will man keinen Dank. Wir haben dann abends noch lange darüber geredet, wer uns eigentlich das Recht gibt so eine Entscheidung zu treffen. Niemand würde ein Kind erschlagen, wenn es ein gebrochenes Bein hat. Uns wurde vom Australier abgeraten, das Fleisch des Wallabys zu essen, denn es könnte ja krank gewesen sein. Schade, so hätte ihr Tod wenigstens noch einen Sinn gehabt. Daher bleibt uns nur die Erfahrung der Situation und die Erkenntnis, das die Australier nicht so naturschutzverbunden sind, wie nach außen immer gezeigt wird. Für sie sind die Wallabys genau so viel wert wie für uns ein Reh.

Die restlichen Tage des Osterwochenendes zogen im Vergleich relativ langweilig und unspektakulär an uns vorüber. Unsere einzigen Sorgen waren: Wo finden wir eine Dusche und wo laden wir unsere elektrischen Geräte wieder auf? Das erste Problem ließ sich relativ einfach lösen, denn ungefähr fünf Kilometer entfernt gab es einen Campingplatz für zahlende Kunden. Dort gab es dann auch eine Dusche, die man für vier Dollar pro Person nutzen konnte. Im Endeffekt hieß das für uns, es wird einmal die Woche geduscht und die restliche Zeit wuschen wir uns mit dem kalten Wasser der unbeheizten öffentlichen Toilette. Wobei ich anfügen muss, dass die öffentlichen Toiletten in Australien mit denen in Deutschland nicht zu vergleichen sind. Unsere waren echt sauber, immer mit ausreichend Papier und Seife bestückt und immer voll funktionstüchtig. Das zweite Problem konnten wir auch schnell lösen, denn das Einkaufzentrum in dem wir sowieso unsere Lebensmittel besorgten, hatte überall Steckdosen und sogar W-LAN. Das Beste war, es interessiert dort niemanden, wenn du da mit einem Rucksack voll Kabeln und Geräten rein marschierst und diese für zwei Stunden in einer Ecke lädst. In Deutschland würden sie dich wegen Strom-Diebstahls verklagen. Da wir aber ja nicht so oft einkaufen gingen und die Akkus nicht so lange halten, mussten wir unsere elektronischen Geräte dennoch behutsam nutzen.

Schön war dann auch das Lagerfeuer am Abend, an dem man sich in guter Gesellschaft mit anderen Backpackern unterhalten konnte. Endlich mal wieder ein Ort, an dem nicht jeder die ganze Zeit nur auf sein Handy starrte.

So waren wir also in Berri und warteten auf eine Jobzusage oder auch nur irgendeine Art Veränderung unserer Lage. Würden wir hier nichts finden, dann müssten wir unsere Reiseroute fortsetzen und einfach weiterziehen. Leider waren in Berri und Umgebung gefühlt sehr viele Leute, die die Backpacker schamlos ausnutzen. Das wollten wir nicht mehr erdulden.

Der dritte Versuch des Fruit Pickings

Der Job und die Veränderung ließen auch nicht lange auf sich warten. Auf dem Campingplatz lernten wir einen australischen Vollzeit Fruit Picker namens John kennen, der uns ein paar Telefonnummern von respektableren Arbeitgebern gab. Ich habe gleich die erste Nummer angerufen und prompt ein Vorstellungsgespräch für uns und unsere neuen Mitreisenden klar gemacht.

Ergo hatten wir schon am Dienstag nach Ostern einen neuen Job; gerade einmal fünf Tage nach dem wir den letzten verloren hatten. Diesmal bekamen wir auch einen Arbeitsvertrag und eine Fair Work Bescheinigung von einer Organisation für Arbeitnehmerschutz.

Am nächsten Tag ging es auch schon mit der Arbeit los. Das läuft in Australien etwas anders als bei uns. Jeden Morgen um sieben bekamen wir eine SMS in der uns mitgeteilt wurde wann, wo und was wir arbeiten würden. Auf diese Weise war jeder Morgen eine Überraschung.

Die Nachricht die wir am ersten Morgen erhielten besagte, dass wir im circa 50 Kilometer entfernten Paringa Persimmons pflücken sollten. Die Entfernung ist für australische Verhältnisse ein Witz und wir konnten uns die Spritkosten durch vier teilen, aber was zum Henker sind Persimmons, fragten wir uns auf der Fahrt. Auf dem Feld angekommen stellten wir dann schnell fest, dass das die englische Bezeichnung für Kakis ist. Das ist eine Mischung zwischen Apfel und Mandarine, die aber auch ein bisschen nach Zimt schmeckt.

Das Zweite was uns auffiel war, dass unsere neue Chefin Laura fast ausschließlich Asiaten beschäftigte und dass unser Supervisor, welcher aufpasst, dass wir auch richtig pflücken, offensichtlich froh war endlich mal ein paar europäische Gesichter auf dem Feld zu sehen. Vor allem welche, die der englischen

Sprache mächtig waren. Der letztere Umstand hat uns eventuell auch ein paar Vorteile eingebracht. So hatten wir immer die Möglichkeit noch einen Bin mehr zu machen. Da wir pro gefüllten Bin bezahlt wurden, war das wahrscheinlich der größte Vorteil. Zudem hat er auch gerne mal die anderen Arbeiter in eine Reihe geschickt die nicht so viele Früchte hatte, um uns die besseren Reihen zuzuweisen. Mit dem Traktorfahrer, der unsere Bins und Leitern transportierte, haben wir uns auch gleich gut verstanden. Er versuchte immer, uns einen schnellen Umzug in eine neue Reihe zu ermöglichen, damit wir nicht unnötig Zeit verlieren. Leider ging unser Supervisor in der zweiten Woche schon in den Urlaub. Als Ersatz bekamen wir eine Asiatin, die kaum Englisch sprach und ihrem Verhalten nach noch nie bei einer Ernte dabei gewesen war. Nachdem sie sich immer beschwert hatte, dass wir die Früchte »too gleen« pickten, was eigentlich zu grün bedeuten sollte, wollte sie uns auch keine neuen Bins geben. Der Grund dafür war, dass es wie sie es sagte »no chatter« gab. Wir haben eine Weile gebraucht um zu begreifen, was die kleine Asiatin von uns wollte und dass sie eigentlich »no traktor« meinte. Ist ja fast das Gleiche. Wir wissen zwar nicht in welcher Sprache sie gesprochen hat, aber trotzdem haben wir ein paar neue Wörter gelernt. Es ist sehr unpraktisch, wenn jemand in der Befehlskette über dir steht aber einfach nicht mit dir kommunizieren kann, weil sie der englischen Sprache nicht mächtig ist. Für 90 Prozent der auf dem Feld anwesenden Personen musste sie ja auch kein Englisch beherrschen. Auch wenn wir sie nicht verstanden haben, war der Traktorfahrer noch da und am Ende haben wir doch unseren fünften Bin bekommen. Sie wollte einfach nur früher Feierabend machen. Im Endeffekt haben wir uns mit ihr stillschweigend darauf geeinigt, das wir uns gegenseitig ignorieren und wir nur noch mit dem Traktorfahrer ausmachen wie wir zu arbeiten haben.

An diesem Punkt möchten wir nur gern mal kurz klarstellen, dass, auch wenn es sich manchmal aus unseren Erzählungen so anhört, wir nichts gegen andere Nationen haben. Es kommt nur manchmal der Punkt an dem wir auf Leute treffen, mit denen auf Grund sprachlicher Schwierigkeiten so manche mehr oder weniger lustige Probleme auftauchen. Wir finden es einfach erstaunlich, dass anscheinend auf der ganzen Welt das Problem besteht, dass Menschen in ein fremdes Land gehen um dort zu leben, ohne auch nur ansatzweise bereit zu sein, sich kulturell oder sprachlich anzupassen. Mit dieser Aussage meinen wir jetzt hier auch nicht nur die asiatische Kultur; Europa schließt sich dabei nicht wirklich aus.

Trotzdem waren wir nicht so schnell wie die fleißigen Asiaten. Die pickten wie besessen die Felder leer und machten in der gleichen Zeit zehn Bins voll, in der wir gerade mal drei schafften. Im Grunde waren das kleine menschliche Roboter, die nur pflücken, pflücken und pflücken. Die härtesten von ihnen machten an einem Tag, an dem sie fünf Tonnen Früchte in acht Stunden ernteten, nicht einmal eine kurze Pause. Im Gegensatz dazu brauchten wir dann doch eine viertel Stunde Mittagspause. Wir waren mit unserem Ergebnis von vier bis fünf Bins pro Tag trotzdem ganz zufrieden. Wir hatten auch Glück, dass es zum Anfang Kakis waren, da man mit denen sehr behutsam umgehen muss. Deshalb durften die Bins nur zur Hälfte gefüllt werden, damit die Untersten nicht zerquetscht werden würden. An dieser Frucht verdienten wir auch das Meiste – circa 75 Dollar pro halben Bin. Im Vergleich dazu bekamen wir pro vollen Bin Orangen nur 30 Dollar. Leider waren die asiatischen Arbeiter so schnell, dass sie innerhalb von zwei Wochen die ganzen Felder leer gepflückt hatten. Zwischendurch mussten wir manchmal sogar warten bis die Kakis reifer wurden.

Die nächsten Felder waren voll mit reifen Orangen und Mandarinen, die von den Asiaten so schnell wie möglich geerntet werden mussten.

In der Zeit, in der wir Früchte gepflückt haben, richteten wir uns auf dem kostenlosen Campingplatz in Berri richtig gemütlich ein. Tom und Florian, die wir schon in Mildura kennen gelernt hatten und die auch mit bei Suck waren, sind in der Zwischenzeit auch zum Camp dazu gestoßen. Sie hatten die Zeit über Ostern genutzt und bei miesem Regenwetter die Great Ocean Road bereist und waren durch Zufall dann wieder in Berri bei der gleichen Arbeitgeberin gelandet. Nun waren wir zu sechst und wir hatten es echt gut. Wir machten jeden Tag ein Lagerfeuer, was auch unsere einzige Heizung war und wir hatten einen Hobbykoch, der uns alle köstlich bekocht hat. Auch wenn es meistens vegetarisch war – seine Freundin aß kein Fleisch – hat es uns immer sehr gut geschmeckt. Wir mussten aber zusammen auch einige Probleme des alltäglichen Backpacker-Lebens lösen. Zum Beispiel mussten wir den Toyota Camry von Tom und Florian aufbrechen. Tom hatte den Schlüssel auf dem Feld verloren und der Zweitschlüssel lag im Handschuhfach des Autos. Also wurde der Türspalt mit einem Schraubenzieher etwas aufgehebelt und mit einem Draht und viel Geduld wurde der innere Türhebel aufgezogen. Danach hieß es, schnell den Zweitschlüssel finden und die Alarmanlage ausschalten. Geschafft!

Als mir jedoch klar wurde, dass selbst ein Laie ein Auto innerhalb von fünf Minuten aufbrechen kann, wurde es mir etwas mulmig. Vor allem wenn man sich bewusst macht, dass man seine gesamten Wertsachen darin verstaut hat. Nur um das klar zu stellen, das soll jetzt keine Anleitung sein wie man ein Auto aufbricht. Es ist strafbar und ihr solltet das auch nicht selbst ausprobieren.

Ein etwas langwieriger zu lösendes Problem, war die tägliche Hygiene. Wir arbeiteten jetzt fast jeden Tag und es wurde immer kühler und unangenehmer, sich auf der zugigen Campingplatztoilette zu waschen. Aber jedes Mal auf einem anderen Campingplatz vier Dollar pro Person für die Dusche bezahlen? Das wäre auf Dauer dann doch zu teuer geworden. Der Lösungsansatz für dieses Problem hieß Solardusche. Das ist im Grunde nur ein schwarzer Beutel mit Schlauch und Brause, der mittels Sonnenenergie innerhalb von fünf Stunden 20 Liter Wasser warm machen kann. Der eigentliche Heizprozess war uns aber egal, der hätte sowieso nicht gereicht um warmes Duschwasser für sechs Mann zu produzieren. Wir hatten jetzt also eine Dusche, aber wir konnten uns ja nicht einfach mitten auf dem Campingplatz nackt hinstellen und duschen. Das ist in Australien per Gesetz verboten und wird ziemlich hart bestraft. Die sind in der Hinsicht etwas verklemmt. Das Problem der Räumlichkeiten fürs Duschen wurde auf eine für uns sehr überraschende Weise gelöst. Ein älterer Herr, der sich von der Tatsache gestört gefühlt hatte, dass die einzige Männertoilette jeden Tag konstant besetzt war, weil sich darin immer jemand wusch, sah keine andere Möglichkeit der Abhilfe als uns einfach ein Duschzelt zu schenken. Dieses kostete so circa 90 Dollar. Anscheinend lösen die Australier so ihre Probleme. Meiner Meinung nach ist das besser als sich nur zu beschweren. Auf jeden Fall hatten wir jetzt endlich einen Ort, an dem wir uns duschen konnten. Blieb nur noch die Frage: Wie erzeugt man für sechs Personen genügend warmes Duschwasser, ohne Zentralheizung und ohne Gas auf unserem Gaskocher zu verschwenden? Die Idee für die Lösung lieferte John, der ja praktisch auf Campingplätzen zu Hause war. Wir besorgten uns mit Hilfe des netten Traktorfahrers von der Arbeit einen 25 Liter Blechkanister, in dem wir das Wasser im Lagerfeuer erhitzen konnten. Nun hatten wir jeden Abend eine warme Dusche unter dem Sternenhimmel. So verliefen unsere Tage und Wochen dann auf dem Campingplatz, und es entstand sogar ein gewisses heimatliches Gefühl.

Wir nutzten die Zeit, um unseren Vicky weiter auszubauen und auch bei Moritz' und Nadines Auto Babsi ein Bett einzubauen. Es herrschte eine Art Kommunismus, denn alles gehörte jedem und man half sich gegenseitig. Alles schien perfekt zu sein.

Doch der Schein trog. Wir mussten nicht nur feststellen, dass Moritz und Nadine auf einer ganz anderen Wellenlänge waren als wir, was für die ein oder andere Unstimmigkeit sorgte, sondern erfuhren auch, dass Laura nicht so viel Arbeit für uns hatte wie versprochen. Dadurch hatten wir mehrere Tage in der Woche frei. Natürlich wurden die Tage genutzt, um die Wäsche zu waschen, das Auto sauber zu machen und uns mehr Campingausrüstung zu besorgen. Außerdem mussten wir die Zulassung für das Auto verlängern, alle elektrischen Geräte aufladen und all die anderen alltäglichen Backpacker-Aufgaben erledigen die noch ausstanden. Zwischendurch haben wir uns auch einen Rosengarten angeschaut und waren noch mal im Nationalpark.

Wir haben uns zusammen mit Tom und Florian einen kostenlosen Anwalt gesucht, da immer noch Lohn von unserem ersten Arbeitgeber ausstand. Zwar haben wir nach zwei Monaten endlich Geld bekommen, aber es wurden viel zu wenig Stunden abgerechnet und ein zu niedriger Stundenlohn bezahlt. Außerdem wurde bei jedem eine andere Stundenzahl berechnet. Unser Geduldsfaden war gerissen. Nachdem der Anwalt einen schönen Brief an unseren ehemaligen Arbeitgeber geschrieben hatte, wurde dieser ganz schnell vernünftig. Wir bekamen endlich den vollen Lohn. Echt traurig, dass man so lange warten und darum kämpfen muss, überhaupt das Geld zu bekommen, das einem zusteht. Da sieht man mal wieder, wie manche Leute die Backpacker ausnutzen wollen. Aber nicht mit uns, wir haben dem Arbeitgeber klar gezeigt, dass nicht alle so blöd sind und sich austricksen lassen. Traurig ist dabei nur, dass so viele andere Backpacker auch gezwungen sind solche Arbeiten anzunehmen und dann nicht mehr gehen können, da sie einfach kein Geld mehr haben um weiterzureisen.

Zwar hatten wir jetzt unseren ausstehenden Lohn bekommen, aber leider reichte das Geld noch nicht um weiterzureisen. Da Laura uns immer seltener zum Arbeiten rief, haben wir uns noch einmal im Internet nach weiteren Jobs umgeschaut und sogar etwas Interessantes gefunden.

So ein Zirkus

Ein Zirkus kam in die Stadt und Sando und die anderen Jungs haben sich für den Aufbau gemeldet. Sie hofften, dort mehr Geld zu bekommen als beim Fruit Picking. Während ich zwei Tage lang weiter gegen die Asiaten kämpfte, war Sando mit Tom und Florian zum Zirkus gegangen und stellte sich einer weiteren neuen Erfahrung.

Für mich war es in diesen zwei Tagen zumeist wirklich ein Kampf um die Bins. Es gab nur eine begrenzte Anzahl und die war meist schon nach einem halben Tag erschöpft. Hatte man keine Bins mehr, konnte man auch kein Geld mehr verdienen. Ich musste zudem noch die miserabel gepflückten Reihen von anderen Fruit Pickern sauber nachpflücken und war dann auch noch das erste Mal alleine in der Reihe. Trotz allem habe ich in den zwei Tagen fünfeinhalb Bins Mandarinen gepickt, was insgesamt ungefähr drei Tonnen Früchte sind. Dementsprechend erschöpft kam ich auch jeden Abend nach Hause.

Für Sando verliefen die zwei Tage etwas angenehmer. Sein Montag begann erst einmal damit, dass er sich auf den Weg ins Stadtzentrum machte und sich endlich Arbeitsschuhe besorgte. Er hatte ja Zeit, da die Arbeit erst um 12:00 Uhr mittags begann. Als die Jungs dann auf der Festwiese ankamen wo das Zirkuszelt aufgebaut werden sollte, wurde ihnen erst einmal mitgeteilt, dass sie erst eine Stunde später anfangen sollten, weil die LKWs mit dem Material noch nicht da waren. Soviel zur australischen Pünktlichkeit. Also vertrieben sie sich noch eine Stunde in der Bibliothek die Zeit und fingen dann um 13:00 Uhr an zu arbeiten. Zu Beginn mussten Sando, Florian und Tom erst einmal die ganzen Zeltheringe verteilen. Im Gegensatz zu ihren kleinen Vertretern sind das 1,20 Meter lange Stahlstangen, die pro Stück circa 35 Kilogramm wiegen. Davon mussten an die hundert Stück über den Zeltplatz verteilt werden. Das Lustige dabei war, dass die Jungs mit zwei australischen Helfern zusammenarbeiteten, die es nach ungefähr zehn Minuten nicht schafften zwei dieser Stangen gleichzeitig zu tragen.

Weiter ging es dann mit ungefähr einer Stunde bezahltem Herumstehen und zusätzlich noch zwei Stunden bezahltem Wenig-Tun, da der Gabelstapler aufgrund einer Reifenpanne liegen geblieben war. Als er dann endlich ankam, ging alles ganz schnell, und sie mussten bis zum Abend noch einmal richtig Hand anlegen. Ihre Aufgabe war es, die Zeltplanen auszurollen. Zehn Mann wurden dafür gebraucht. Diese Planen dann straff ziehen und miteinander verknoten. Zu guter Letzt wurden die dann noch an den Zeltheringen befestigt. Als dann alles soweit fertig war, dass man das Zelt hätte hochkurbeln können, war es schon zu dunkel und es wurde auf den nächsten Tag verlegt. Alles in allem ein relativ entspannter erster Tag beim Zirkus.

Der zweite Tag war nicht so entspannt. Er begann um 8:00 Uhr morgens mit dem Hochziehen des Zeltes. Was bedeutete, dass vier Männer mit einer Handkurbel die tonnenschwere Zeltplane und Stahltrossen-Konstruktion an den vier Mittelpfeilern hochkurbeln mussten. Das war mit Abstand der schwerste Teil der Arbeit, denn die Männer hatten nach zwei Minuten das Gefühl, dass ihnen die Arme abfallen würden. Nachdem das geschafft war, wurden noch die 3,5 Meter langen Zeltstangen aufgestellt und alles festgezurrt.

Dann ging es an die Tribünen und es hieß wieder Stahlteile schleppen. Danach waren die Tribünenböden dran, die man nur mit der richtigen Technik alleine tragen konnte. Sando war der einzige Helfer, der es auf Anhieb konnte aber er war auch der einzige mit Arbeitserfahrung. Alles in allem wurde das Zelt am zweiten Tag innerhalb von fünf Stunden komplett hochgezogen, ausgestattet und bestuhlt. Die Jungs waren danach richtig fertig.

Finanziell hatte sich das Ganze nicht so wirklich gelohnt, denn für die zwei Tage gab es gerade mal 150 Dollar pro Person. In der gleichen Zeit hatte ich ungefähr 250 Dollar verdient. Aber die Erfahrung und das Zusammenarbeiten mit den Leuten vom Zirkus war einfach Spitze. Dazu muss man sagen, dass der Zirkus von einer ursprünglich aus der Schweiz stammenden Familie geführt wurde. Ein paar von ihnen konnten sogar Deutsch. Auf jeden Fall war es ein richtig angenehmes, wenn auch anstrengendes Arbeiten. Nach dem Aufbau wurden wir auch noch gefragt, ob wir am nächsten Sonntag mit abbauen wollten und nicht Lust hätten uns vorher die Show, die immerhin 30 Dollar pro Person kostete, kostenlos anzuschauen. Wir willigten ein. Warum auch nicht?

Am Dienstagabend kam ein Australier namens Thomas, der sein Camp direkt neben uns hatte, auf uns zu und fragte uns, ob wir denn einen Job haben wollen. Er hat uns einiges geboten und da wir alle total gierig darauf waren endlich etwas Besseres zu finden, sind wir am nächsten Tag nicht auf Arbeit gegangen, um auf den Anruf von Thomas zu warten. Aber da hier nie alles so läuft wie geplant, wurde aus dem versprochenen Nachmittag dann ein Abend. Als er dann endlich anrief, sagte er uns er würde uns abholen und kam dann mit seinem Wohnmobil an. Wir dachten uns, wie will er uns alle darin transportieren? Das Wohnmobil hatte nur zwei Sitze und wir waren ja bekannter Weise zu sechst. Typisch australisch haben wir uns dann alle in den Gang zwischen Küche und Bad gequetscht, wo die Polizei uns nicht sehen konnte. Das bedeutete im Umkehrschluss aber auch, dass wir nicht sehen konnten wo wir hinfuhren. Da bekam man schon das Gefühl, dass wir an einen Entführer geraten sind. Gut, die waren zu zweit und wir zu sechst, aber wir waren in einem Wohnmobil eingequetscht. Aber das war nur Hollywood in unserem Kopf. Die vermeintlichen Entführer entpuppten sich als nette Leute. Wir waren vor der Arbeit in Thomas' Shed, das ist so etwas wie eine Garage, Werkstatt oder einfach nur ein Schuppen, noch gemeinsam für das spätere Grillen und gemütliche Trinken einkaufen. Danach haben wir einen Anhänger ausgeräumt und die kleine Halle gekehrt und gewischt. Für zwei Stunden Arbeit hat jeder 40 Dollar, zwei bis drei Gläser Wodka im Gesamtwert von 120 Dollar und ein BBQ im Wert von 70 Dollar bekommen. Klasse! Jackpot! Wir dachten, dass wir jetzt richtig Geld machen könnten. Entweder auf dem Feld Früchte pflücken oder, wenn es regnet, für Thomas die Kleinarbeiten erledigen.

Aber leider schrieb uns Laura am Donnerstag, dass sie für mehrere Tage keine Arbeit mehr hat, da die Farm den Markt verloren hat. Hier wird einem direkt die Auswirkung der Globalisierung bewusst. Thomas hat auch nicht wirklich was für uns gehabt. Er hat uns noch einmal abgeholt um den Anhänger zu verschieben, aber sonst war es das erst einmal. Also haben wir dann doch beschlossen die Gegend um Berri zu verlassen, damit wir unsere Shark Diving Tour machen und schön an der Küste entlang reisen können. Danach wollten wir Richtung Alice Springs, was mitten in Australien liegt. Da Sando ja schon zugesagt hatte, das Zirkuszelt mit abzubauen und es für uns beide auch noch Freikarten gab, wollten wir Montag losfahren. Das war Plan A, aber in Australien läuft es nie nach Plan A.

Am Donnerstag haben wir dann die besagte Shark Diving Tour gebucht und uns unsere Reiseroute ausgedacht. Freitag haben wir noch unsere Wäsche gewaschen und die letzten Vorbereitungen getroffen. Samstag haben wir nach fünf Wochen unser schönes Camp abgebaut und den letzten gemeinsamen Abend an den wunderschönen Paringa Cliffs verbracht. Moritz und Nadine wollten am Sonntag nach Sydney weiter reisen und wir würden uns nach dem Abbau des Zirkuszeltes auch gleich auf den Weg machen. Wir hatten an den Klippen eine wunderschöne Stelle gefunden, die bereits eine ausgebaute Feuerstelle für ein Lagerfeuer hatte. Leider wurden wir schon bald von einem australischen Langzeit-Backpacker vertrieben. Aber davon haben wir uns den Abend nicht verderben lassen, es ging einfach zum nächsten Spot.

Nach einer sehr süffigen Nacht, in der wir noch in einem ziemlich angetrunkenen Zustand einer asiatischen Backpacker Gruppe geholfen hatten, ihr Auto aus den Büschen zu befreien, mussten wir am Sonntag viel zu früh aufstehen, da wir den Zirkus wieder abbauen wollten. Ja, WIR. Ich habe am Samstagabend noch die Möglichkeit bekommen als einzige Frau als Abbauhelferin im Zirkus angestellt zu werden und habe natürlich sofort zugesagt. Halb Zombie, halb Mensch machten wir uns, nachdem wir uns von Moritz und Nadine verabschiedet hatten, auf den Weg zum Zirkus. Auf dem Festplatz angekommen, wurden wir erst einmal herzlich begrüßt und haben uns die letzte Vorstellung angeschaut. Man kann dazu sagen, dass die Vorstellung von diesem Zirkus sehr modern gestaltet war und eigentlich fast ausschließlich Akrobatik bot. Alles in allem war es mit 30 Dollar pro Person ziemlich teuer aber auch lohnenswert.

Dann ging es aber auch schon an die Arbeit. Die Jungs haben wieder die schweren Arbeiten gemacht. Ich habe mit einem anderen Mädchen vom Zirkus die Zeltseiten zusammen gefaltet, Folien ausgelegt und wieder zusammen gefaltet, den Eingang abgebaut, die Spanngurte die als Zeltschnüren dienten, zusammen gerollt und Müll aufgelesen. Das gesamte Zirkuszelt wurde innerhalb von fünf Stunden auf zwei LKW-Anhänger verladen und abtransportiert.

Da es doch schon relativ spät wurde, haben wir uns im Laufe des Tages entschieden erst am nächsten Morgen Richtung Port Lincoln loszufahren. Aber das war wie schon gesagt Plan A.

Der Chef vom Zirkus hat uns dann am Abend gefragt, ob wir nicht Lust hätten mit nach Mildura, dem nächsten Tourstop des Zirkus', zu kommen, um da das Zelt wieder aufzubauen. Mit der Zugabe, dass wir die Nächte mit auf dem Festplatz, bei den Zirkusleuten verbringen könnten und auch deren Dusche nutzen dürften. Wir dachten uns, warum nicht. Es war ja noch Zeit bis die Shark Diving Tour stattfinden sollte. Auch wenn es uns schwer fiel, wieder zurück nach Mildura zu fahren, da wir dort bis jetzt unsere schlechtesten Erfahrungen gemacht hatten und wir unserem Geld vom Traubenpflücken ja lange hinterher rennen mussten. Aber der Zirkus hatte im Endeffekt nichts mit der Stadt zu tun und hat uns das Geld immer sofort ausgezahlt.

So haben wir noch eine Nacht auf dem Festplatz in Berri gecampt und einen netten Abend mit den Leuten vom Zirkus gehabt. Neben den Australiern waren auch ein deutscher, ein französischer und ein belgischer Backpacker beim Zirkus dabei. Die waren dort richtig angestellt und sind mit dem Zirkus gereist. Auch keine schlechte Idee. Am nächsten Morgen ging es dann ab nach Mildura, immer dem Zirkuswagen hinterher. In Mildura angekommen, befanden wir uns erst mal auf einem sehr staubigen Platz, an dem alle außerhalb an der Straße parken mussten. Da hatten wir schon Angst, die Nacht neben dem stark befahrenen Highway schlafen zu müssen. Aber wir hatten nicht lange Zeit darüber nachzudenken, denn die schwere Arbeit fing sofort an. Alles musste wieder ausgepackt, verteilt und aufgebaut werden. Ich habe mit dem anderen Mädchen die Wohnwagen der Zirkusmitarbeiter an das Wasser angeschlossen. Irgendwie dachte ich immer die leben echt einfach und primitiv. Aber das Gegenteil war der Fall. Alle hatten fließend Wasser, Strom, hochmodern ausgestattete Wohnwagen mit Terrasse, großem Flachbildschirm, großer Küche und vielem mehr. Nach dem Staunen ging die Arbeit weiter. Ich habe auch geholfen den Imbisswagen vorzubereiten, wieder Planen verteilt und weggeräumt, die Planen für die Zirkuswohnwagen aufgehangen und nach dem meine Aufgaben erledigt waren, versucht woanders eine Beschäftigung zu finden.

Später konnten wir hinter den Zirkuswohnwagen parken in denen die ganzen Dauerbackpacker geschlafen haben. Dort gab es eine warme Dusche und es war nicht so laut wie an der Straße. Es gab nicht nur eine schöne Dusche nach der Arbeit, es gab zum Beispiel auch zum Mittag Pizza, soviel man essen konnte. So gesehen also ein sehr angenehmes Arbeiten. Abends haben wir uns wieder echt nett mit den Zirkusbackpackern unterhalten. Am nächsten Tag halfen wir dann noch die Seitenwände aufzuhängen und die Tribüne, die Stühle und die Bühne mit aufzubauen. Dabei hat so mancher männlicher Helfer nicht schlecht geschaut als die kleine Anna-Maria die Tribünenböden nach kurzer Erklärung auch alleine getragen hat. Eine Leistung, an der manche Kollegen schon zu zweit verzweifelt waren.

Nachdem jeder von uns 150 Dollar für die zwei Tage sowie Lunch, warme Duschen und Spritgeld erhalten hatte, sind wir wieder zurück nach Berri gefahren. Da der Zirkus zwei Wochen in Mildura bleiben wollte und in dieser Zeit keine Arbeit für uns hatte, mussten wir ihn mit schweren Herzen wieder verlassen. Wir haben uns da echt wohlgefühlt. Die Leute waren sehr nett und man war ein richtiges Team, da alles sitzen musste.

In der Zeit, in der wir den Zirkus aufgebaut hatten, hat Thomas Sando einen Job angeboten. Er wollte, dass Sando ihm seinen neuen Campingbus elektrisch ausbaute und wollte für die zwei Tage Arbeit angeblich 1200 Dollar bezahlen. Das war ein weiterer Grund warum wir den Zirkus verlassen haben, denn das Angebot klang zwar zu gut um wahr zu sein, aber wir wussten ja schon, dass Thomas mehr als nötig bezahlt. Warum sollten wir nicht auch mal Glück haben?

Deshalb ging es zurück nach Berri. Wobei das auch so eine Sache war. Es existiert nämlich eine Grenzkontrolle zwischen jedem angrenzenden Staat und Süd-Australien, wo Berri zu finden ist. Da Mildura in New South Wales liegt, mussten wir eine Grenzkontrolle passieren. An dieser Kontrollstation wird sehr eifrig auf eine der gefährlichsten Schmuggelwaren in Australien geachtet: Obst und Gemüse! Ja, richtig gehört, es gibt ein absolutes Einfuhrverbot für alles was Fruchtfliegen beinhalten könnte, da es in Süd Australien sehr große Obstplantagen gibt und die keine Lust auf eine Plage haben. Dadurch kommt es an den Quarantänestationen, das sind die Plätze an denen man sein verseuchtes New South Wales Obst kostenlos und straffrei entsorgen kann, zu dem Phänomen, das man dort ganz viel original verpacktes frisches Obst und Gemüse findet, welches der immer sparsame Backpacker ja nicht so einfach verfaulen lassen kann. Für uns hieß das anhalten, Kartoffeln und Anderes unauffällig ins Auto packen, die eigenen Sachen verstecken und dann ab zur Grenze. Dort angekommen haben wir die gründliche Kontrolle (die ungefähr so ablief: Haben sie etwas Verbotenes im Auto? Nein! Okay, sie können weiterfahren) über uns ergehen lassen und uns danach gefreut, dass wir extrem günstig eingekauft hatten. Ihr könnt das also hiermit als Geständnis betrachten. Wir sind Obst- und Gemüseschmuggler! Das sind die schlimmsten Schmuggler überhaupt.

Als wir dann endlich in Berri angekommen waren, war der erste Auftrag von Thomas, dass Sando in das 100 Kilometer weit entfernte Örtchen namens Cadell fährt, um einen defekten Inverter – was auch immer das ist, es war ein elektrisches Gerät – zu einem Typen namens Jonny zu bringen.

Nachdem wir etwas gebraucht haben, um in dem Nest das richtige Gebäude zu finden, war Jonny schon anwesend. Wie es sich herausstellte, handelte es sich dabei um den Chef einer Elektrofirma, die sich auf Solarenergie und Batterie-Systeme spezialisiert hatte. Diese hatte er sich auch noch im entlegensten Winkel in Süd-Australien, New South Wales, Victoria und dem Northern Territorium aufgebaut. Nach ein paar Minuten und einer kurzen Unterhaltung, in der Sando durchschauen lies, dass er Elektriker ist, wurde ihm auch schon der nächste Job angeboten. Wir unterhielten uns dann noch ungefähr eine Stunde lang mit Jonny, währenddessen er uns zeigte was denn dieses Jobangebot beinhaltete. Wir würden dafür bezahlt werden, ins Niemandsland von Australien zu gelangen, um das richtige Outback kennenzulernen.

Doch erst einmal mussten wir den Job von Thomas erledigen,

also sind wir wieder zurück nach Berri gefahren. Auf der Rückfahrt haben wir schon viel darüber gegrübelt, warum wir so viele Jobangebote genau in dem Moment bekommen, in dem wir eigentlich aufhören wollten, nach Jobs zu suchen.

Thomas hatte uns noch auf einen Kaffee eingeladen, aber wir waren von der Fahrt und der Arbeit im Zirkus ziemlich müde und wollten einfach nur noch schlafen. Ich fand es auch etwas seltsam, dass ich von Thomas' Frau gefragt wurde, ob ich Lust hätte mit ihr ins 200 Kilometer entfernte Adelaide zu fahren und dort Feiern zu gehen. An sich kein Problem, aber mit einer 45-Jährigen feiern zu gehen und woanders zu schlafen, war mir dann doch sehr suspekt. Nachdem wir das Angebot von Thomas dankend abgelehnt hatten, wollten die zwei am nächsten Tag auch plötzlich nichts mehr mit uns zu tun haben. Also sind die angeblichen 1200 Dollar damit auch ins Wasser gefallen. Wir hatten sowieso keine wirkliche Zeit das Wohnmobil umzubauen, denn es hätte definitiv mehr als zwei Tage gedauert und da wir das Shark Diving nicht stornieren konnten, ohne das man dadurch Geld einbüßte, hatten wir einfach keine Zeit mehr.

Die zwei waren schon etwas seltsam. Wir denken, dass sie zwar viel Geld hatten, aber auch sehr einsam waren. Da die drei Katzen und der Hund, die mit im Wohnmobil lebten, offensichtlich nicht mehr reichten, hatten sie sich wahrscheinlich gedacht: » Halten wir uns doch einfach ein paar Backpacker. Die brauchen sowieso immer einen Job und wenn sie langweilig werden kann man sie austauschen. Die gibt es ja wie Sand am Meer«. Wie wir nämlich später von Tom und Florian, die noch eine Weile für Thomas gearbeitet haben, erfahren mussten, kamen nach Moritz, Nadine und uns ganz schnell neue Backpacker. Aber Sando hatte ja jetzt ein richtiges Jobangebot von Jonny. Somit war das auch nicht weiter schlimm für uns. Bald machten wir uns auf den Weg nach Cadell, um den neuen Job im Detail zu besprechen. Dabei kam heraus, dass Sando in der Wüste die Solarstationen mit aufbauen sollte und dafür 28 Dollar pro

Stunde und für uns beide Unterkunft oder besser gesagt, einen kostenlosen Stellplatz für unseren Vicky mit Sanitäreinrichtung und Strom, und Essen bekommen würde. Das war jedenfalls das Jobangebot und das hörte sich doch gar nicht mal so schlecht an. Nachdem das geklärt war, nahm uns Jonny sogar noch auf eine Rundtour zu den nächstgelegenen Solarstationen mit, um Sando zu zeigen was er so machen würde und um seinem Fachwissen mal grob auf den Zahn zu fühlen. Nach ein paar Stunden waren offensichtlich alle mit dem Ergebnis der Verhandlungen zufrieden und man einigte sich darauf, dass Sando vier Wochen später die Arbeit aufnehmen würde, da wir ja noch vorher zum Shark Diving wollten. Dann hieß es für uns erst mal ab nach Port Lincoln ....

Endlich Shark Diving

Da wir direkt von Jonny in Cadell und sozusagen erst mitten am Tag gestartet waren, kamen wir auch nicht mehr sehr weit. Nachdem wir ungefähr 200 Kilometer gefahren waren und schon einige Kleinstädte mit ihren »Attraktionen« durchfahren hatten, machten wir kurz vor dem Mt. Remarkable Pass einen Zwischenstopp. Den mussten wir auf unserem Weg nach Port Augusta überqueren und wir wollten uns ohnehin ein bisschen die Beine vertreten und wandern gehen.

Einige werden sich vielleicht wundern, warum wir uns schon nach 200 Kilometern die Beine vertreten mussten. Dazu sollte man aber wissen, dass hier in Australien die Uhren etwas anders ticken als in Deutschland. Hier kann man nicht auf einer gut ausgebauten Autobahn mit Tempo 200 dahin rasen und mal schnell in einer Stunde 150 Kilometer zurücklegen. Selbst wenn unser Vicky schneller hätte fahren können, sind die Geschwindigkeitsbegrenzungen mit maximal 110 Kilometer pro Stunde relativ streng, aber auf Grund so mancher Straßenverhältnisse doch gerechtfertigt. Wir haben an manchen Tagen 200 Kilometer mit einer Maximalgeschwindigkeit von 70 Kilometern pro Stunde zurückgelegt, weil es einfach keine befestigten Straßen gab. Deshalb brauchten wir auch für die ersten Kilometer unserer Reise knapp 3,5 Stunden und da ist eine kleine Pause schon angebracht.

Wir haben uns also ein bisschen die Beine vertreten und uns auf die Suche nach einem Campingspot gemacht. Dank einer App namens Wikicamp ist es auch kein Problem, relativ schnell und unkompliziert einen kostenlosen Platz zu finden, an dem es erlaubt ist zu campen. Da Schlafen im Auto schon als campen angesehen wird, muss man bei so etwas vorsichtig sein, zumal die Strafen hier sehr hoch sind.

Jedenfalls war unser Spot für die erste Nacht auf einem Aussichtspunkt namens Hancock's Lookout, kurz vor dem Pass, den wir eigentlich noch am ersten Tag überqueren wollten. Letztendlich haben wir uns aber doch dagegen entschieden, weil es in Australien nicht unbedingt ratsam ist nachts zu fahren und uns gesagt wurde, dass die Aussicht vom Pass am Morgen viel schöner ist. Nachdem wir eine sehr holprige Straße hoch gefahren waren, die trotz der schlechten Bedingungen für Zweiradantrieb ausgeschrieben war, durften wir einen wunderschönen Sonnenuntergang über der Meeresbucht bei Port Augusta bewundern. Es war atemberaubend. Am nächsten Morgen sind wir extra früh aufgestanden, damit wir den Sonnenaufgang sehen konnten aber leider war dieser von einem Berg verdeckt und somit nicht ganz so schön.

Wieder ging es die holprige Straße herunter, wobei die Straße eher an ein ausgetrocknetes Flussbett erinnerte. Aber Vicky ließ uns nicht im Stich. Als wir über den Pass fuhren stellten wir fest, dass die Einheimischen Recht hatten, denn wir hatten die Sonne im Rücken und eine grandiose Aussicht auf den Eingang zur Eyre Peninsula und dem Outback.

Nachdem wir in Port Augusta getankt hatten, entschieden wir uns, die Stadt erst auf dem Rückweg anzuschauen, da wir nicht wussten wie viel Zeit wir nach Port Lincoln benötigen würden und wir sowieso noch einmal durch Port Augusta fahren mussten. Also sind wir gleich weiter nach Whyalla gefahren. Dort konnten wir erst einmal sehr schöne Strände bestaunen, die nur durch die vorhandene Schwerindustrie in ihrem Naturbild zerstört wurden. Wir sind auf der Strecke nach Port Lincoln die ganze Zeit an der Küste entlang gefahren und dabei an echt vielen schönen kleinen Städtchen, wunderschönen Stränden und Steilklippen vorbei gekommen. Leider konnten wir die Strände nicht wirklich genießen, da wir ja derzeit Winter hatten. In einer Bucht haben wir sogar Delphine gesehen. Eigentlich wollte ich nur mal kurz hinter einem Busch verschwinden, als ich mit halb herunter gezogener Hose aufsprang und Sando zu mir rief. Die

Delphine waren so nah an der Küste, dass man sie vom Ufer aus hätte berühren können. Wir versuchten hinter ihnen her zu rennen. Das gestaltete sich als sehr schwierig, da es eine Steinküste war und wir leider nicht so schnell über die glitschigen Steine laufen konnten, wie die Delphine schwimmen konnten. Außer dem Problem mit den Steinen kam für mich noch die Tatsache hinzu, dass ich immer noch meine Hose festhalten musste, da ich keine Zeit hatte sie wieder anzuziehen.

Nachdem wir uns von den schönen Landschaften losgerissen und Vicky wieder auf feste Straßen zurückgeführt hatten, mussten wir uns erst mal den praktischen Dingen widmen: Einkaufen gehen und tanken. Wir hatten keine Lust zu kochen, deswegen haben wir uns eine Pizza gegönnt. Da es noch nicht ganz dunkel war, entschieden wir uns dafür, noch am selben Tag zur nächsten Stadt zu fahren, um uns dort einen Schlafplatz zu suchen. Im Nachhinein war es eine blöde Idee. Denn es wurde erstens sehr viel schneller dunkel, als wir dachten und fing zweitens auch noch an in Strömen zu regnen. Es war also eine ziemlich unangenehme Fahrt nach Cowell, zumal unser ausgesuchter Campingplatz an einer Gravel Road, einer ungeteerten Straße, lag und diese sich bei Regen und Dunkelheit extrem schlecht fahren lies. Vor allem wenn man keinen Allradantrieb hat. Wir waren jedenfalls heilfroh, als wir angekommen waren und es war uns auch egal, dass der Spot nichts zu bieten hatte.

Nachdem wir eine Nacht auf diesem staubigen Campingplatz verbracht hatten, haben wir am nächsten Morgen erst einmal die öffentliche Toilette der Stadt besucht, um uns etwas frisch zu machen. Die gibt es hier wirklich auch im kleinsten Dorf und sind immer gepflegt. Wir staunten nicht schlecht als wir bemerkten, dass dort Kunst ausgestellt wurde, die man auch kaufen konnte. Da kann man bei der Morgentoilette gleich noch etwas für die kulturelle Bildung tun. Nachdem wir also etwas die australische Kunst genossen hatten sind wir über einen Mangrovensteg geschlendert. Für die, die auch keine Ahnung von Pflanzen haben: Mangroven sind Bäume die im Salzwasser wachsen.

Danach sind wir ein Stück nach Port Augusta zurück gefahren um uns noch die Lucky Bay anzuschauen, wo sich der Fähranleger für die Autofähre über den Spencer Golf befindet. Dummerweise war dort der Boden durch den nächtlichen Regen so aufgeweicht, dass wir um ein Haar mit Vicky stecken geblieben wären. Doch wir haben uns da eigentlich ganz gut wieder heraus gewühlt. Allgemein hat er doch schon so manche Strecke überwunden, die ihm niemand zugetraut hätte, doch leider hat man in Australien manchmal keine andere Möglichkeit als es einfach auszuprobieren. Bis jetzt hatten wir damit auch Glück.

Nach vielen weiteren Kilometern auf unbefestigten Straßen, vorbei an weiteren Stränden und Küsten, kamen wir endlich in Port Lincoln an. Dort haben wir uns unseren nächsten Schlafplatz, der ungefähr 50 Kilometer außerhalb lag, gesucht. Wir mussten circa eine halbe Stunde davon wieder im Dunkeln auf einer unbekannten Gravel Road fahren und uns ist dabei leider ein Kaninchen vor unser Auto gerannt. Aber das war nicht das einzige Getier mit dem wir uns herumschlagen mussten.

Auf dem Weg zu unserem Campingplatz sind uns auch Kängurus begegnet, die statt nach rechts oder links von der Fahrbahn wegzuspringen, einfach vor unserem Auto hergesprungen sind. Das hat es natürlich nicht leichter gemacht. Es war dunkel, die Fahrbahn war sehr schlecht und vor einem sprangen Kängurus herum. Wenigstens hatte der Typ mit dem Allradfahrzeug und dem fetten Bull-Bar hinter uns seinen Spaß, als wir so langsam zwischen Schlaglöchern und Kängurus Slalom fuhren und Angst hatten, dass die uns vor das Auto rennen. So süß wie die Tiere sind, so blöd sind sie. Abgesehen davon, dass sie einen unheimlichen Schaden am Auto machen können, was in unserem Fall wahrscheinlich zum Totalschaden geführt hätte, sind sie auch echt suizidgefährdet, aber dazu später mehr.

Nach einer Fahrt voller Angst ein weiteres Tier zu überfahren, sind wir endlich angekommen. Auch wenn dieser Platz mir in der Nacht irgendwie unheimlich vorkam. Abgesehen davon, dass überall Kaninchen herumliefen, die Frösche quakten und man das Meer – wir wussten zu dem Zeitpunkt nicht wo es war – rauschen hören konnte, war man auch mutterseelenallein. Zumindest dachten wir, dass das nächste Haus kilometerweit entfernt sein musste. Wobei das auch wieder romantisch war, so unter Sternenhimmel zu kochen und nebenbei diesen Geräuschen lauschen zu können.

Am nächsten Tag sahen wir, dass wir nur gut 50 Meter vom Wasser entfernt hinter einer Düne geparkt hatten, die nach dem wir sie erklommen haben, eine einsame Bucht und einen wunderschönen Strand preisgab. Um das alles noch zu toppen, konnten wir uns auch noch einen atemberaubenden Sonnenaufgang ansehen. Schade nur, dass es zu kalt war, um an Baden überhaupt zu denken. Ja eigentlich denkt man, dass Australien super heiß ist, aber nicht im Winter, oder zumindest nicht im Süden. Von der Düne aus konnten wir auch sehen das es gar nicht so einsam war, wie wir dachten, denn nur 500 Meter von unserem Auto entfernt konnte man Hausdächer sehen und das ist in Australien ja nur einen Katzensprung entfernt.

Nachdem wir gefrühstückt und uns auf der Holperpiste zurück in die Stadt gekämpft hatten, sind wir durch die Stadt gefahren und haben uns die ersten Sehenswürdigkeiten, Aussichtspunkte und auch die Einkaufmöglichkeiten angeschaut. Man muss es ja nutzen, mal in der großen Stadt zu sein. Und wir haben noch mal all unseren Mut gesammelt, bevor es dann endlich zum Shark Diving ging. Die zweite Nacht verbrachten wir direkt am Hafen, da wir die Fahrt über die Piste im Dunkeln und mit den ganzen Tieren nicht noch mal haben wollten. Außerdem mussten wir so nicht früh aufstehen um rechtzeitig auf dem Boot zu sein.

Am nächsten Morgen um sieben ging es dann endlich auf das Boot. Es gab zwei verschiedene Anbieter, die diese Tour machen.

Der eine hat jedoch über 50 Personen an Bord und die locken die Haie mit einem Köder an, wodurch die Tiere auch verletzt werden. Dieser Anbieter macht das ganze Cage Diving also eher zu einer für den Massentourismus tauglichen Show, die nichts mehr mit dem Erlebnis der Tierwelt zu tun hat, sonder eher das zeigt was die Leute sehen wollen, die durch Film und Fernsehen gebildet wurden. Doch wir hatten einen, zumindest aus unserer Sicht, besseren Anbieter. Unser Boot war nur mit 16 Personen besetzt und die Crew lockte die Haie mit Musik von AC/DC an. Das macht die Haie zwar so neugierig, dass sie an das Boot heran schwimmen aber nicht aggressiv. So konnte man die Tiere ohne Jagdtrieb beobachten. Die Aufregung wuchs, aber erst mal mussten wir 2,5 Stunden auf das Meer raus fahren. Dabei haben wir die Küste auch endlich mal von der anderen Seite gesehen. Von weitem konnten wir auch Seelöwen beobachten, die einfach nur faul auf den Felsen herum lagen und im krassen Gegensatz zu den Seeadlern, die majestätisch über den Ozean flogen, aussahen wie Übergewichtige die vor einem geschlossenem Fastfood Restaurant gestrandet waren.

Aber das waren nicht die einzigen Tiere, die wir beobachten konnten, denn auch Delphine kamen zum Boot geschwommen und sind immer wieder aus dem Wasser gesprungen. Dabei haben wir festgestellt, dass diese Tiere ziemlich faul und clever zugleich sind. Die nutzen einfach die Strömung vom Boot aus und lassen sich dadurch treiben, um mit wenig Kraftaufwand schnell voran zu kommen. Aber dadurch konnten wir sie wenigstens wieder sehr nah sehen. Sando konnte die ganze Fahrt leider nicht so sehr genießen, denn nach etwa einer Stunde Fahrt kam bei ihm das erste mal in seinem Leben eine gewisse Übelkeit vom Schaukeln der relativ rauen See zum Vorschein. Nicht so schlimm, denn trotz des ständigen Unwohlseins, konnte er sich die Tiere und die Küste mit anschauen. Aber wir waren ja nicht mit dem Boot unterwegs um Delphine und Co. zu sehen, sondern Haie.

Als wir dann endlich an unserem Ziel, der Küste von Southern Island, angekommen waren, wurde der Käfig in das Wasser gelassen. Dieser wurde jedoch nicht sehr tief abgelassen, denn wenn man sich auf dem Boden des Käfigs stellte und die Arme hoch streckte, waren die Hände an der Wasseroberfläche. So konnte man schneller flüchten, wenn irgendwas schief gehen sollte. Wir haben trotzdem zur Sicherheit erst einmal andere Taucher vorgelassen, dann sind die Haie erst mal satt.

Nachdem wir uns wieder, wie beim Delphinschwimmen, irgendwie diese Tauchanzüge drüber gestülpt (Warum müssen die immer so eng sein?) und uns mit Taucherbrille und Kamera ausgestattet hatten, konnten wir endlich in den Käfig steigen. Da das Boot so stark schaukelte und die Wellen ständig an die Bordwände hämmerten, dachte ich schon, dass da unten eine Menge Weiße Haie seien, die blutdürstig an das Boot schlagen, weil ihnen die Taucher im Käfig nicht ausreichen. Aber das war natürlich alles nur Quatsch. Als wir beide in den Käfig stiegen, haben wir nur Fische gesehen, die einen ziemlich doof angeschaut haben. Gut, ich würde auch doof gucken, wenn wieder so ein strampelnder Homo Sapiens im Wasser auftaucht und ziemlich albern mit der Taucherbrille und dem Anschluss der Sauerstoffflasche im Mund in so einem Käfig herumzappelt. Für die Fische war das sicherlich wie ein Zoobesuch.

Wir haben auch wunderschöne Quallen gesehen, die wie schwerelos durch das Wasser gleiten.

Leider hatte der Käfig einen sehr schwerwiegenden Nebeneffekt. Da er direkt am Boot festgemacht war, hat er natürlich genauso geschaukelt wie das Boot, nur das die Wirkung des Schaukelns durch die Schwerelosigkeit im Wasser noch verstärkt wurde. Nachdem wir also etwa 30 Minuten die Unterwasserwelt genossen haben, musste Sando aus dem Käfig steigen, da ihm dann doch gänzlich schlecht wurde. Er war nicht der einzige, dem es so ging. Einer hat sich sogar unter Wasser im Käfig übergeben. Nachdem Sando vom Boot aus die Fische gefüttert hatte, kam dann auch endlich ein kleiner Weißer Hai angeschwommen. Okay der kleine Hai war drei Meter lang und hat ein Revolver-Gebiss, aber er war leider viel zu weit weg. Er war auch ziemlich fotoscheu, so dass ich ihn nicht vor die Kamera bekam. Dann hieß es erst mal raus aus dem Wasser und eine warme Suppe zu Mittag essen.

Während wir uns stärkten, kam ein großer Weißer Hai und ist um das Boot herum geschwommen. Mir kam sofort wieder so ein Gedanke, dass der Hai jetzt gleich Anlauf nehmen und sich mit voller Wucht gegen das Boot stemmen würde, um so sein Mittagessen aus diesem Käfig beziehungsweise vom Boot zu bekommen. Aber auch das war alles nur eine Illusion, die von Filmen inspiriert wurde. Die glücklichen Taucher, die gerade im Käfig waren und dieses schöne Exemplar unter Wasser gesehen haben, kamen auch alle mit einem dicken Grinsen aus dem Käfig. Wir konnten den Hai leider nur vom Boot aus sehen. Aber auch das war beeindruckend, denn er war wirklich sehr nah und immerhin etwa fünf Meter lang.

Nach der Pause bin ich noch mal in das Wasser gestiegen. Doch nach über 30 Minuten war immer noch kein Hai zu sehen und ich war schon ziemlich enttäuscht. Außerdem wurde mir auch langsam echt kalt. Die Tour fand schließlich im Winter an der Südspitze Australiens statt und wer sich mal die Weltkarte anschaut wird sehen, dass das nicht allzu weit von der Antarktis entfernt ist. Ich wollte eigentlich nur noch fünf Minuten bleiben, da ich vor Kälte schon am ganzen Körper zitterte. Nach den fünf Minuten blieb ich weitere fünf Minuten. Ich wollte doch einfach nur einen Hai von nahem sehen. Aus den fünf Minuten wurden dann zwanzig, aber das Warten hat sich gelohnt. Plötzlich tauchte ein weißer Hai auf. Er war auch »nur« drei Meter lang, aber diesmal so nah dran, dass man wirklich schöne Fotos machen konnte. Er war so dicht am Käfig, dass man das Gefühl hatte, man hätte ihn anfassen können. Also machte ich es wie die Speed-Asiaten, diesmal keine Früchte pflücken, sondern wie die Verrückten Fotos schießen. Der Dauerauslöser wurde aktiviert. Dabei hätte man ja auch ein Video machen können, aber in dem Moment hab ich nicht daran gedacht.

Auf jeden Fall kam dann nach dem »kleinen« Exemplar auch ein großer Hai. Dieser war fünf Meter lang und ein richtig schönes Tier. Wir konnten ihn getrennt von einander aus zwei verschiedenen Blickwinkeln betrachten, denn Sando stand ja noch auf dem Deck und konnte die ganze Sache von oben filmen. Der Hai schwamm seine Runde um den Käfig und oft konnte ich ihm in seine tief schwarzen Augen schauen. Da wurde mir echt mulmig und wieder schossen mir die Bilder von Hollywood durch den Kopf, wo der weiße Hai auf einmal sein Maul aufreißt und mit seinen spitzen Zähnen auf einen zu schwimmt und versucht uns zu fressen. Das wäre doch mal ein super Foto gewesen. Sando hingegen konnte von oben aus beobachten, wie der Hai im Abstand von nur anderthalb Metern um den Käfig und das Boot direkt an der Oberfläche seine Kreise zog, sodass die Rückenflosse richtig filmreif aus dem Wasser schaute. Auch er hatte kurz das Gefühl, dass der Hai jeden Moment sein Maul aufreißt und ein Stück aus dem Boot herausbeißt.

Aber das der Hai mit seinem aufgerissenen Maul auf das Boot zu schwimmt, ist totaler Quatsch. Es ist schon bemerkenswert wie Hollywood einen beeinflusst. Jetzt mal die Fakten:

Ein weißer Hai ernährt sich hauptsächlich von anderen Fischen und Robben. Warum soll er denn diese komischen Homo sapiens fressen, die Haare haben, in einen Gummianzug gepresst sind und eine Taucherbrille aufhaben. Nur weil sie sich ab zu mal ins Wasser verirren? Wir passen denen gar nicht ins Beuteschema. Abgesehen davon, wäre das für den Hai viel zu viel Arbeit den Käfig zu knacken oder das Boot zum kentern zu bringen. Da ist es doch viel einfacher so eine kleine Robbe zu naschen. Wir wissen, dass viele Menschen vom Hai attackiert wurden, aber warum? Die meisten Menschen sind Surfer und plantschen mit ihren Händen im Wasser. Ein Hai kann sehr schlecht sehen und aus seiner Sicht von unten, sieht dieser Surfer einfach aus wie eine Robbe. Nur aus dem Grund greifen Haie Menschen an, weil sie die Menschen mit Robben verwechseln. Aber selbst wenn er den Surfer angegriffen hat, frisst er ihn nicht . Weil der Mensch wie gesagt, nicht auf seinem Speiseplan steht und ihm nicht einmal schmeckt. Normalerweise »spucken« Haie die Menschen wieder aus. Das Problem dabei ist einfach das Größenverhältnis. Der Probebiss ist meist einfach zu groß als das man ihn überleben kann. Der Hai ist nun einmal ein ganz normales Raubtier. Im Grunde wie eine Hauskatze, nur das die Größenverhältnisse etwas anders sind. Aber so ist die Natur: Fressen und Gefressen werden. Und jetzt mal ehrlich, eigentlich sind wir Homo Sapiens gar nicht dafür gedacht im Wasser herum zu plantschen aber da wir es trotzdem machen, kommt es nun mal ab und zu vor, dass ein Mensch in den Lebensraum der Haie eindringt. Damit wollen wir nur sagen, dass Haie keine Monster sind, sondern nur ganz normale Raubtiere und wir erlauben uns in ihren Lebensraum einzudringen. Vielleicht denkt ihr jetzt anders drüber nach, wenn ihr in den Nachrichten lest, dass ein Surfer von einem Hai angegriffen wurde. Was hat auch der Mensch im Wasser zu suchen? Und wir essen auch Kühe und Schweine und das ist im Grunde nichts anderes. Fressen und Gefressen werden.

Es wird einen zwar schon mulmig, wenn so ein großer Hai, mit seinen schwarzen Augen und den scharfen Zähnen, auf einen zu schwimmt, aber wir denken, dass sie wunderschöne Tiere und einfach nur neugierig sind.

Jedenfalls waren die Haie nach drei Minuten auch schon wieder so schnell weg, wie sie gekommen sind. Der große Hai ist zwei, drei Mal um den Käfig und das Boot herum geschwommen. Und auch zweimal unter den Käfig in dem ich war. Das zweite Mal, als er unter den Käfig getaucht ist, war er auf einmal verschwunden. Das sah ziemlich albern aus, als alle vier Taucher nach unten starrten und der Hai war auf einmal weg.

Einfach weg. Aber gut, so konnte ich endlich aus dem kalten Wasser steigen und mich aufwärmen. Aber wie schon gesagt, es war einfach wirklich atemberaubend zu erleben wie ein Hai, der einfach nur neugierig war und mal gucken wollte, was da so im Käfig herum zappelt, elegant an einem vorbei schwimmt.

Sando ist auch noch einmal in den Käfig gestiegen und hat seinem Magen den Befehl gegeben, wenigstens so lange ruhig zu bleiben, bis er auch noch mal ein paar Haie aus der Fischperspektive zu Gesicht bekommt. Und es hat sich auch für ihn gelohnt. Es war zwar nur noch mal der »kleine« Hai, aber auch der war atemberaubend schön als er einfach aus dem Blau des Meeres auftauchte und mit dem Blick, direkt auf Sando gerichtet, auf den Käfig zu schwamm. Erst etwa drei Meter vor dem Käfig drehte er dann bei und zeigte sich in seiner vollen Länge. Dabei hat man aber auch die vielen Narben gesehen, die er schon in seinem Leben gesammelt hat.

Später dann hat uns der Kapitän erklärt, dass viele dieser Narben auch von den Hai-Touren kommen, da die Tiere durch das Anfüttern in einen derartigen Jagdtrieb verfallen, dass sie die Käfige manchmal angreifen und mit Eisenstangen abgewehrt werden müssen. Wieder ein Grund nicht zu einer solchen Tour mit Fleischködern zu gehen.

Nach ungefähr drei Minuten hatte dann aber auch dieser Hai seine Neugier gestillt und ist wieder verschwunden. Sando konnte dann auch endlich aus dem Käfig heraus und hatte gemischte Gefühle. Zum einen war er überglücklich und zufrieden und zum anderen war ihm kotzübel. Aber diesmal hat er alles drin behalten.

Glücklich war er auch darüber, die Tour nicht umsonst gemacht zu haben, denn immerhin hat sie 450 Dollar gekostet. Aber sie war es echt wert. Nicht nur dass wir Frühstück, Lunch und Abendbrot bekommen haben, sondern einfach diese Tiere in ihrem natürlichen Lebensraum zu sehen. Wunderschön.

Okay, es war dann schon ziemlich sarkastisch, dass auf der

Heimreise der Film »Der Weiße Hai« gezeigt wurde. Aber nachdem alle überlebt hatten, kann man den schon mal zeigen. Wir haben eher noch die Küste genossen. Glücklich aber müde sind wir wieder an Land angekommen und wollten noch eine Nacht in Port Lincoln schlafen. Doch das sollte gar nicht so einfach werden.

Wir dachten uns, eigentlich könnten wir uns nach so einem langen, anstrengenden und kalten Tag auf dem Meer doch mal wieder eine heiße Dusche und ein richtiges Bett gönnen. Also sind wir in die Stadt gefahren, wo wir uns in einem Motel ein Doppelzimmer, ohne Internetzugang und ohne eigenes Bad für 60 Dollar gemietet haben. Wir dachten uns: Ok, es ist das günstigste der Stadt und wir brauchen ja nur das Bett und die warme Dusche. Mussten dann aber feststellen, dass nicht nur die Zimmer mies ausgestattet waren, sondern auch die Duschen nicht einmal lauwarm wurden. Das war dann doch zu viel. Runter an die Rezeption und das Geld zurück verlangen. Erstaunlicher Weise war der Portier auch gar nicht überrascht und hat uns auch prompt das Geld zurück erstattet, offensichtlich war er die Reaktion schon gewohnt. Enttäuscht, dass es mit dem Bett und der Dusche nicht geklappt hat, sind wir dann erst einmal zu Dominos Pizza essen gegangen. Dort haben wir uns überlegt, doch einfach zu dem Caravan Park zu fahren und dort zu duschen und dann einfach noch mal eine Nacht am Hafen zu schlafen, bevor wir uns auf den Weg zum zweiten Teil unserer Reise Richtung Cadell machen. So haben wir das auch gemacht. Wir hatten eine ruhige Nacht, bevor wir mit richtig wilden Bestien kämpfen mussten.

Wilde Bestien und andere Pannen

Der Weg nach Cadell sollte sich für uns schwieriger gestalten als angenommen, denn wir mussten uns mit wilden Bestien und anderen Pannen herumärgern. Aber dazu später mehr, erst mal schön der Reihe nach.

Am Tag nach dem Shark Diving sind wir noch an den vielen Fischfabriken in Port Lincoln vorbei gefahren und haben einfach mal stichprobenartig nach Jobs gefragt, nur um vielleicht noch was in der Hinterhand zu haben, falls irgendetwas schief gehen sollte. Und wir hatten sogar Erfolg, denn bei einer Firma konnten wir unsere Bewerbung abgeben.

Als wir keine Lust mehr auf Jobsuche hatten, sind wir noch in den Nationalpark gefahren, um dort wandern zu gehen. Dabei haben wir ein Känguru überrascht, welches mitten auf dem Weg genüsslich sein Gras kaute und sich von uns nicht wirklich stören ließ. Leider fing es dann an zu nieseln und der Wanderweg war nicht so spektakulär, wie erhofft aber es war trotzdem ein schöner Ausflug und mal eine Abwechslung zum ständigen Sitzen im Auto.

Auf dem Rückweg hatten wir dann die ersten Probleme mit der Wildnis. Ein suizidgefährdetes Känguru ist uns ins Auto gesprungen. Es stand auf der linken Seite und wir waren schon fast vorbei, als es sich dazu entschied, dass es lieber vor dem Auto auf die andere Straßenseite springen will, anstatt zu warten bis wir vorbei sind. Also hat das blöde Vieh mit ein paar großen Sprüngen unser Auto – wir waren mittlerweile ziemlich langsam, da wir ja nicht wussten was es vor hat – bis auf die Beifahrertür eingeholt und ist uns voll in die Beifahrerseite gesprungen. So nah wollte ich eigentlich kein Känguru sehen. Zum Glück hat es keinen Schaden gemacht und nachdem es sich kurz verwirrt geschüttelt hatte, ist es dann auch weiter gesprungen. Wir denken, dass es nach der Aktion wirklich sehr starke Kopfschmerzen hatte aber wir hoffen, dass es vielleicht daraus gelernt hat. Ein Reh ist da schon schlauer, das rennt vor dem Auto weg und kehrt nicht noch mal um, wenn das Auto schon fast vorbei ist.

Mit einem Schreck sind wir weiter gefahren. Da es noch hell war, wollten wir weiter nach Coffin Bay und haben uns entschieden dort an einem Lookout zu schlafen, von dem wir wieder über das Meer schauen konnten. Leider war die Nacht aber nicht so erholsam, da es angefangen hat ziemlich stark zu regnen und wir deshalb nicht schlafen konnten. Wir haben halt ein Blechdach. Trotzdem sind wir um acht Uhr morgens aufgestanden, schließlich wollten wir ja den Tag nutzen und was sehen. Nachdem wir in einer ganz winzigen Tankstelle, die das einladende Schild »Secured by a loaded weapon« (gesichert durch eine geladene Waffe) über der Tür trug, ziemlich teuer getankt hatten, fuhren wir nach Elliston. Das war wirklich ein sehr schönes Städtchen. Viele öffentliche Gebäude waren wunderschön von außen bemalt und an sich hatte es halt auch diese Kleinstadtatmosphäre. Wir haben dort auch noch mal im Roadhouse getankt. Dabei hat Sando festgestellt, dass die Tankstelle offensichtlich auch gleichzeitig der Supermarkt und der Kindergarten des Örtchens war. Im Verkaufsraum sind so viele Kinder herum gerannt und selbst der Kassierer hatte ein Kleinkind auf dem Arm. Na ja wenn nur einmal in der Woche jemand tanken kommt, da muss man sich irgendwie anders beschäftigen.

Danach sind wir weiter immer an der Küste entlang gefahren, wo wir sehr viele wunderschöne Skulpturen bestaunen konnten zum Beispiel überdimensionierte Flip Flops.

Zum Lunch haben wir uns eine Steilküste ausgesucht, an der man auch über eine Holztreppe nach unten gehen konnte. Nachdem wir mit dem Essen fertig waren und schon eine Weile den Brandungsanglern beim Angeln zugeschaut hatten, sind wir die 250 Holzstufen nach unten gestiegen, um den Strand zu erkunden. Dabei sind unsere Füße ganz schön nass geworden, denn um zu einem etwas entlegeneren Strandabschnitt zu kommen, mussten wir an einem schmalen Stück Strand, das schon fast von der Flut überspült war vorbei. Aber es hat sich gelohnt. Wir haben eine sehr schöne ausgespülte Höhle im Fels gefunden, wo Sando sogar Kopf und Hände in manche der Aushöhlungen stecken konnte. Der größte Hühnergott den wir je gesehen haben.

Nachdem wir uns etwas die Beine vertreten hatten, fuhren wir weiter nach Venus Bay. Dort wollten wir eigentlich nur Abendbrot essen, trotzdem hat uns eine Frau höflich darauf hingewiesen, dass hier das Campen nicht erlaubt ist. Also mussten wir diesmal auf einem Parkplatz an der Straße schlafen.

Am nächsten Morgen sind wir zum Point Labatt gefahren. Dort konnte man von einer ausgebauten Holzterrasse Seelöwen in ihrer natürlichen Umgebung beobachten. Diese Tiere sehen total hilflos und tollpatschig aus, wenn sie auf dem Land sind, doch im Meer bewegen sie sich geschmeidig und anmutig. Die meisten Tiere lagen einfach nur faul an Land herum und haben sich gesonnt. Leider konnte man sie nur von weitem beobachten, da sich die Terrasse an einer Steilküste, gut 100 Meter über den Seelöwen, befand und es zu gefährlich gewesen wäre, diese herunter zu klettern. Aber nur aus diesem Grund waren ja die Seelöwen immer noch da. Die würden ja sonst nicht in Ruhe ihre Jungen aufziehen können, wenn jeder dort runter klettert. Da wir die Tiere noch ein Weilchen beobachten wollten und es ohnehin Mittag war, haben wir auch gleich dort gegessen. Das ist das Schöne, wenn man immer alles im Auto mit hat: Man kann immer und überall ein Picknick machen. Das war einer der schönsten Picknickplätze, die wir je hatten.

Nachdem wir unsere Stühle und den Tisch wieder zusammen gepackt hatten, haben wir uns auf den Weg nach Sceale Bay gemacht. Wir kamen aber nicht allzu weit, denn da kam uns schon das nächste Tier in die Quere. Ein Blauzungen Skink. Sando hat ihn auf der Straße krabbeln gesehen und spontan eine Vollbremsung hingelegt. Auf Gravel Roads kann man das machen, da kommt eh nie was. Wir sind schnell aus dem Auto gesprungen, denn den wollten wir uns nicht entgehen lassen. Für jeden der jetzt nicht weiß was das ist: Dieser Skink sieht aus wie ein dicker Tannenzapfen mit Füßen. Das Besondere an ihm ist, wenn er sich bedroht fühlt, droht er zurück, indem er seine blaue Zunge zeigt. Und das sieht einfach nur herrlich aus, vor allem ist es lustig wenn man weiß, dass der kleine Kerl einem gar nichts tun kann aber trotzdem droht er uns. Nachdem wir also ziemlich »eingeschüchtert« waren, haben wir ihn dann auch in Ruhe seiner Wege gehen lassen und sind weiter gefahren. In Sceale Bay angekommen, stellten wir fest, dass es dort das schönste Dixi Klo gab was wir je gesehen haben. Dieses Klo war in einem Natursteinhaus eingebaut und hatte sogar ein Fenster mit Meeresblick. Als wir mit dem Staunen fertig waren, sind wir weiter nach Streaky Bay gefahren, denn bis auf das Klo hatte der Ort nicht viel zu bieten. Auf dem Weg dorthin kamen wir wieder an sehr schönen Steilküsten vorbei. Nachdem wir dort bei der Information waren und eingekauft hatten, sind wir zu den Whistling Rocks gefahren. Dort kann man beobachten, wie das Meer durch die ausgespülten Höhlen hoch schießt. Jedes Mal wenn eine sehr große Welle kommt, wird das Wasser durch ein kleines Loch im Boden der Steilküste wieder an die Oberfläche gedrückt. Das Geräusch, das dabei entsteht, gleicht dem eines ausatmenden Wals. Das war wirklich sehr spannend und hypnotisierend. Wir hätten die ganze Zeit dem Wasser zuschauen können aber dann meldete sich der Magen und die Sonne war auch schon untergegangen. Da es dort auch eine Toilette gab, haben wir beschlossen einfach an diesem schönen Spot zu schlafen. Und hier kommt unsere bisher nervenaufreibendste Begegnung mit der Natur ins Spiel. Also nicht das wir uns mit Spinnen oder Schlangen herum schlagen mussten, nein mit einer ganz normalen Maus. Hier kommt die Maus.

Nach dem wir alles aus dem Auto heraus gestellt hatten, was wir für das Kochen brauchten, hab ich schon zwei schwarze

Gestalten um das Zeug umher huschen gesehen. Ich dachte, es wären Kakerlaken oder Spinnen gewesen, aber im Taschenlampenlicht konnten wir erkennen, dass es » nur« zwei Mäuse waren. Wir haben uns erst nichts dabei gedacht, doch im Nachhinein wären uns Spinnen oder Kakerlaken lieber gewesen.

Nach dem Essen haben wir das ganze Zeug wieder im Auto verstaut. So auch unseren Mülleimer, eigentlich nur ein Karton für einen Trinkwassersack, der am Boden ein Loch zum Ausgießen hat.

Sando war ziemlich müde vom ganzen Fahren und hat sich dann auch gleich schlafen gelegt. Ich hingegen hab noch die Bilder der vergangenen Tage sortiert. Als ich dann auch endlich schlafen wollte, hörte ich ein Rascheln im Kofferraum. Sando, der zum Zeitpunkt ja schon geschlafen hatte, wurde dann auch davon wach. Ich war mir sicher, dass da irgendwas im Auto herum springt. Sando meinte in seinem Halbschlaf nur, dass da nichts sei und ich doch schlafen solle. Aber nach zehn Minuten raschelte es wieder. So konnte ich einfach nicht schlafen. Wir dachten, dass da irgend etwas im Mülleimer ist, also ist Sando aufgestanden, aus der Wärme raus und in die Kälte rein und hat den Müll nach draußen gestellt. Damit sollte das Rascheln aufhören, dachten wir. Doch falsch gedacht. Diesmal fing es an zu knabbern und als Sando sich über die Kante der Rücksitzbank gelehnt hatte, konnte er eine Maus vorbei huschen sehen. Also ist Sando wieder in die Kälte und hat das ganze Essen in unsere Plastikboxen verstaut. So nun hat die Maus nichts mehr zum fressen, jetzt können wir endlich schlafen. Wieder falsch gedacht. Wir wussten, dass es nur eine Maus ist und wollten uns am nächsten Morgen darum kümmern, aber dieses blöde Vieh hat die ganze Zeit irgendwas geraschelt und angeknabbert. So war an Schlaf einfach nicht zu denken. Nachdem wir mittlerweile schon anderthalb Stunden wach gehalten wurden, beschlossen wir diese Maus zu fangen. Ich hatte Angst, dass dieses Tier irgendwelche Kabel anknabbert und wir somit am nächsten Morgen nicht starten können. Aber wie fängt man eine Maus, ohne Mausefalle und ohne Katze? In dem Moment haben wir unseren Kater echt vermisst, aber der war leider nicht da. Also selbst ist der Mann und die Frau. Nach kurzem Überlegen beschlossen wir, die Kühlbox auszuräumen, das Essen neben uns zu legen und die Box mit einem Stückchen Wurst darin im Mittelbereich des Autos hinzustellen. Wir hofften die Maus würde so angelockt und in die Kühlbox krabbeln, deren Deckel wir dann schnell zumachen können. Sando hat sich daneben auf die Lauer gelegt und gewartet, bis die kleine Maus ankam. Sie war schon zweimal an der Kühlbox dran, nur leider habe ich mich zweimal genau in diesem Moment bewegt, sodass sie schnell wieder weg gehuscht ist. Ich hatte die Maus gehört und dachte, dass Sando schon eingeschlafen sei. Ich wollte sicher gehen, dass jemand den Deckel der Kühlbox zumacht, hab damit aber leider genau das Gegenteil erreicht. Nun waren mittlerweile vier Stunden ohne Schlaf vergangen und die Maus war immer noch da. Da wir inzwischen ziemlich verzweifelt waren, kamen wir auf den grandiosen Einfall, den Kofferraum aufzumachen und darauf zu hoffen, dass die Maus aus dem Auto springt, da sie ja jetzt nichts mehr zu Fressen hatte. Das war eine ziemlich blöde Idee. Abgesehen davon, dass wir zehn Minuten lang echt gefroren haben, wäre die Maus da auch niemals heraus gesprungen. Warum sollte sie auch über eine etwa 20 Zentimeter hohe Kante springen, wenn sie da draußen nur gefressen wird? Wenn sie es hier im Auto doch so schön warm hatte und zwei Riesen, denen sie auf der Nase herum tanzen konnte. Genau das dachte sich die Maus. Nachdem ich die Kofferraumklappe wieder zugemacht hatte, haben wir wieder überlegt, was wir noch machen können. Wir wollten das Rascheln einfach ignorieren, da wir ziemlich müde waren, aber das ging einfach nicht. Wir konnten so nicht schlafen. Also kam ich auf die Idee, es noch einmal mit der Kühlbox zu versuchen. Diesmal wollten wir sie im Kofferraum hinlegen und ich wollte mich auf die Lauer legen. Ich konnte direkt über die Sitzkante sehen, ob sich etwas bewegt oder nicht. Der Jagdinstinkt wurde aktiviert. Nur blöd, dass der Mensch das Jagen, vor allem in der Nacht, verlernt hatte. So haben mir meine Augen oftmals einen Streich gespielt und ich dachte, dass ich da irgendetwas vorbei huschen gesehen hätte, aber da war nichts. Nach 45 Minuten, einer gefühlten Ewigkeit, wenn man so ins Dunkel starrt und eigentlich schlafen will, kam dann das blöde Vieh dann auch endlich. Ich konnte wirklich sehen, wie diese Maus zur Kühlbox gehuscht ist. Nach einem kurzen Luft anhalten, war sie drin. Jetzt schnell den Deckel zu machen. Ja geschafft, die Maus war endlich gefangen! Jetzt nur noch aussteigen, sich ein paar Meter vom Auto entfernen und die Maus im hohen Bogen, aus der Kühlbox ins Gebüsch werfen.

Herrlich, als es endlich ruhig im Auto war. Morgens um 4.30 Uhr konnten wir dann auch endlich schlafen. Wir hätten echt nicht gedacht, dass wir jemals die Filme verstehen werden, wo zwei erwachsene Menschen verzweifelt eine Maus jagen. So eine wilde Bestie kann einem wirklich die Nerven rauben. Uns aber vor allem den Schlaf.

Nach drei Stunden Schlaf, immerhin wollten wir ja was vom Tag sehen, sind wir trotzdem um acht aufgestanden und fuhren weiter nach Streaky Bay. Nachdem wir uns im Roadhouse einen ziemlich schlecht nachgestellten weißen Hai angeschaut hatten, sind wir weiter nach Smoky Bay gefahren. Dort gab es leider auch nicht viel zu sehen und man hatte nach neun Tagen an der Küste einfach auch keinen Nerv mehr, noch mehr Küste zu sehen. Außerdem waren wir ja immer noch sehr müde. Nachdem wir auf dem Hinweg noch an jedem kleinen Ort angehalten haben, sind wir dann auch nicht mehr überall hingefahren. Wir haben uns in Smoky Bay noch kurz die Beine auf dem Bootssteg vertreten und mussten bei unserer Rückkehr zum Auto leider feststellen, dass wir einen platten Reifen hatten. Nach gut 1000 Kilometern auf Gravel Roads, haben wir mitten in der Stadt einen Platten. Schon merkwürdig oder? Aber vielleicht wollte der Reifen nach so viel losem Untergrund einfach nicht mehr auf der harten asphaltierten Straße fahren und zum Glück hatten wir ja einen Ersatzreifen. Außerdem konnten wir wieder einmal feststellen, dass die Leute in Australien richtig hilfsbereit sind. Als der erste Aussie gesehen hatte, dass sich Sando mit seinem Radschlüssel quält, kam er sofort zu uns um uns sein Radkreuz anzubieten. So konnten wir nach ein paar schnellen Handgriffen weiter nach Ceduna fahren. Dort haben wir sehr viele Aborigines gesehen, die dort leider nicht so naturverbunden sind, wie man sie sich vorstellt. Sie schlingern eher mit einer Flasche Alkohol durch die Straßen. In Ceduna gab es wieder so tolle Toiletten. Diesmal aber hoch modern, man drückt auf einem Knopf und die Tür geht automatisch auf, dann schließt sich die Tür wieder automatisch und nachdem man von einer Computerstimme begrüßt wurde, läuft dann eine Dudelmusik wie man sie aus Aufzügen kennt. So kann man richtig entspannt sein Geschäft erledigen, aber nach zehn Minuten wird man von einer Computerstimme darauf hingewiesen, dass sich die Tür in fünf Minuten wieder öffnet. Also muss man sich beeilen. Das ist jedoch gar so nicht einfach, da auch das Klopapier nur rauskommt, wenn man auf einen Knopf drückt. Nach dem Hände waschen, drückt man erneut einen Knopf und die Tür öffnet sich wieder wie durch Zauberhand. Sesam öffne dich. Aber weiter im Text.

Nach dem wir uns stundenlang mit einem Angler auf dem Bootssteg unterhalten hatten, mussten wir dann doch weiter fahren, da wir ja pünktlich in Cadell sein wollten, damit Sando seine neue Arbeit anfangen kann. Also haben wir die Küste verlassen und sind quer durch die Halbinsel Richtung Port Augusta gefahren. In Minnipa angekommen, konnten wir auf riesige Felsgesteine klettern, auf denen überall Wasserlöcher waren. In fast jedem dieser Löcher war ein eigenes Biotop mit vielen Pflanzen und Kaulquappen. Danach waren wir bei dem zweitgrößten australischen Felsgestein nach dem Uluru. Auch dort konnten wir drauf klettern, wobei wir festgestellt haben, dass sich die Hälfte des Steines im Privateigentum befand. Ja so ist das in Australien, da gehört einem mal einfach so die Hälfte eines unter Naturschutz stehenden Felsgesteins.

Wieder zurück auf der Straße, sind wir durch Iron Knob gefahren. Dort befindet sich eine Eisenmine. Die Minenjobs sind sehr begehrt, denn man kann unheimlich viel Geld verdienen. Deshalb wollten wir die Gelegenheit nutzen und einfach mal nachfragen. Leider bekamen wir wieder nur zu hören, dass alles ausschließlich übers Internet geht. Iron Knob ist ein sehr trauriges, verlassenes Örtchen. Abgesehen davon, dass man kaum Leute gesehen hat, waren da überall nur heruntergekommene Häuser und Schrottautos zu finden. Wahrscheinlich hat der Minenbetreiber dieses Örtchen aufgekauft und alle sind weggezogen. Bei den wenigen verbliebenen Einwohnern wird einfach gewartet, bis sie aussterben. Ein echt trübseliges Örtchen. Deswegen sind wir auch schnell weiter gefahren, nicht dass sich Vicky noch vom Rost der Schrottautos ansteckt.

Nach einer Weile sind wir wieder in Port Augusta angekommen. Da war es dann auch mal wieder Zeit sich eine Dusche zu nehmen, denn bei der Kälte wollten wir unsere Solardusche nicht nutzen und auf dem Weg hatte sich keine gefunden. Bei einer Tankstelle konnten wir dann endlich duschen und haben uns echt gewundert, dass wir nichts dafür bezahlen mussten. Aber nachdem ich mich gerade eingeseift hatte, fiel der Strom aus. Dadurch wurde auch klar, warum die Dusche kostenlos war. Aber davon lässt sich ein echter Wildcamper nicht unterkriegen und es wurde einfach mit dem Licht vom Handy weiter geduscht.

Nachdem wir wieder gepflegt waren und unsere Reserven aufgefüllt hatten, wollten wir uns unseren Schlafplatz suchen. Leider gab die App für Port Augusta nicht viel her. Das Einzige in unmittelbarer Nähe war ein Campingspot, der im Grunde nur ein Feldweg war. Dort wollten wir nicht wirklich kochen und schlafen. Nach dem wir noch eine Weile herum gefahren sind, haben wir beschlossen, dass wir unser Abendessen erst mal an der Flusspromenade kochen. Nur leider war da campen verboten, also mussten wir weiter nach einem Schlafplatz suchen. Da wir keine Lust hatten, wie andere Backpacker umher zu irren, haben wir beschlossen sieben Dollar für einen Parkplatz neben dem Sportplatz zu bezahlen. Eigentlich waren da auch Toiletten ausgeschildert, aber wir haben keine gefunden. Aber kein Problem, da muss halt der Busch herhalten.

Am nächsten Morgen hatten wir uns ein tolles Frühstück zubereitet. So wie es sich für einen Sonntag gehört mit Ei, Brötchen und Kaffee. Das sind hier jedoch leider keine Brötchen, wie man sie aus Deutschland kennt, sondern eher so weiche, labbrige Dinger. Aber für uns ist das trotzdem etwas Besonderes und eine schöne Abwechslung zum Toastbrot. Leider konnten wir das Frühstück nicht ganz so genießen, da direkt nebenan der Schießverein war und die nichts Besseres zu tun hatten, als an einem Sonntagmorgen um acht Uhr Schießübungen zu machen. Ein weiteres Problem war, dass der Busch diesmal nicht als Toilette herhalten konnte, da drum herum über all Camper waren und man nirgendwo hingehen konnte, ohne das man gesehen wurde. Nachts ging das ja alles, da war es dunkel und alle waren in ihrem Wohnmobil. Aber am Tag war das ein kleines Problem. Aber auch das haben wir souverän gelöst, indem wir nach dem Frühstück erst mal zu einem Fastfood Restaurant gefahren sind.

Danach haben wir uns noch den Botanischen Garten von Port Augusta angesehen. Da diese Stadt das Tor zum Outback ist, waren da auch so gut wie nur Wüstenpflanzen zu sehen. Wir bevorzugen dann doch eher einen Garten, der schön blüht und in dem man den Duft der Pflanzen riechen kann. Nachdem wir uns nett mit einem australischen Pärchen unterhalten haben, sind wir wieder Richtung Cadell gefahren. Auf dem Weg haben wir Port Pirie, wirklich eine schöne Hafenstadt, durchquert. Wir sind durch ein Weingebiet gefahren, wo man überall die Traubenhänge sehen konnte. Leider war die Saison für Trauben vorbei, so waren die Hänge leer und grau, aber das zerstörte nicht das Landschaftsbild. Dort gab es auch ein ziemlichen steilen Berg und wir dachten schon, dass unser alter Vicky dort nie hoch kommen würde, aber auch diesen Berg hat er mit Bravour gemeistert. Danach ging es direkt weiter nach Cadell. Nach insgesamt fünf Stunden Fahrt sind wir abends müde aber glücklich in Cadell, beziehungsweise in Morgan wo Jonny und seine Frau Magdalena wohnen, angekommen. Nun startet eine neue Episode unserer Reise.

Arbeit in Cadell

Am nächsten Tag war allerdings der Geburtstag der englischen Queen und somit ein Feiertag. Komischer Weise variiert dieser Tag im Datum und innerhalb der Bundesstaaten. Wir wissen nicht wovon das abhängig ist.

Aber auch Jonny hatte seinen 71. Geburtstag. Deshalb haben wir auch gleich die halbe Familie kennengelernt, denn Jonnys Söhne und seine zwei Enkel waren zu Besuch gekommen. Da wurde es schon etwas eng bei ihm, da er sein Haus verkaufen will, lebt er mit Magdalena in einem Hausboot auf dem Murray River.

Dave, der jüngere Sohn von Jonny, kam auf die Idee, dass es doch ein super Tag zum Angeln wäre und sich das Hausboot doch bestens dafür eignen würde. Sando, der das Angeln schon in Berri für sich entdeckt hat, war natürlich sofort mit dabei und schon nach zehn Minuten hatte der erste Fisch angebissen. Zum Vergleich: In Berri haben es Moritz und Sando mehrmals je zwei bis drei Stunden versucht und trotzdem keinen Erfolg gehabt.

Dieser Fisch war ein sehr schöner, etwa 35 Zentimeter langer Karpfen. Doch die Aussies essen nicht so gerne Karpfen, da er zu grätig ist und zu sehr nach Schlamm schmeckt. Also was soll man dann damit machen? Der deutsche Angler sagt sich natürlich, zurück damit in den Fluss! Aber Achtung: Der Karpfen ist in Australien ein eingeschlepptes Tier und unterliegt damit genau so wie Füchse, Hasen und Kamele, dem Pestkontrollgesetz. Im Falle des Karpfens besagt das, egal welche Größe der Fisch hat, er darf nicht wieder lebend in den Fluss zurück geworfen werden. Also essen wollten die Aussies den nicht und einfach zurückwerfen durfte man ihn auch nicht. Wir hatten auch keine Angelrute, die groß genug für die Raubfische ab 50 Zentimeter aufwärts gewesen wäre. Also wurde dieses schöne Exemplar einfach über die andere Straßenseite geworfen und den Vögeln überlassen. Das arme Tier. Das ist leider dreimal vorgekommen. Beim vierten Mal hatte Sando den Karpfen in der Hand gehabt und ihn wieder ins Wasser geworfen. Er hat einfach behauptet, der Karpfen sei ihm aus der Hand gerutscht.

Für alle, die schon mal stundenlang verzweifelt geangelt und nichts gefangen haben: Diese vier Fische wurden innerhalb von nur einer Stunde gefangen. Nach anderthalb Stunden hing dann auch endlich einer an der Angel, den auch die Australier essen. Eine gut 35 Zentimeter lange Rotfinne. Diese wurde dann natürlich auch gleich filetiert und später zum Abendessen auf dem BBQ-Grill zubereitet.

Nachdem wir den Etappenzieleinlauf eines Kajak Rennens, welches gerade auf dem Murray stattfand, angeschaut haben, hat Dave Sando noch auf eine kleine Spritztour mit seinem An-gelboot mitgenommen, um ihm Morgan zu zeigen.

Alles in allem haben wir uns am ersten Tag zwar ein bisschen fehl am Platz gefühlt, so mitten im Familienleben, aber trotzdem irgendwie auch sofort als ein Teil dieser Familie.

Am nächsten Tag fuhr Sando mit Jonny nach Cadell, wo sich die Firma befindet. In der Zeit durfte ich in Jonnys Hausboot duschen. Danach hab ich überlegt, was ich tagsüber anstellen soll. Aber sobald ich wieder ans Auto kam, fiel mir schon das Erste ein: Auto waschen. Das war nach etwa 1000 Kilometern staubiger Gravel Road nach Port Lincoln auch wirklich notwen-dig. Also wurde Vicky schön poliert und das alles nur mit der Hand. Nicht weil wir das Auto so sehr lieben, sondern weil es in dem Moment keine andere Möglichkeit gab.

Nach dem Mittag kamen Jonny und Sando zum Haus zurück, wo wir dann erst einmal richtig mit der Arbeit beginnen konn-ten. Ich habe mit geholfen. Ziel der Arbeit war es Jonnys Haus, eine kleine Villa die er erst vor sechs Jahren größtenteils selbst gebaut hat – ja, Jonny baut noch mit 65 ein Haus – für den Ver-kauf ein bisschen aufzuhübschen. Das hieß im Klartext: Gelän-der und Boden der Veranda streichen und ein paar defekte oder nie fertig gestellte elektrische Einrichtungen im Haus reparieren oder verstecken. Das hat schon allein deshalb Spaß gemacht, weil wir zusammenarbeiten konnten und mal nicht nur irgendwelche Früchte pflücken mussten.

So ging die erste Woche relativ schnell ins Land. Am Anfang war es für uns jedoch eine sehr ungewisse Zeit, denn anscheinend nehmen die Aussies es alle nicht so ernst mit dem Arbeitsvertrag. Daher waren wir die ersten Tage unsicher, ob und was wir überhaupt für unsere Arbeit bekommen. Ich war erst erleichtert, als Jonny mich schon am Mittwoch im Voraus bezahlen wollte, damit ich Essen im Supermarkt kaufen konnte.

Am nächsten Tag, habe ich meinen ersten Lohn bekommen und Sando wurde nach der Steuernummer gefragt. Das gab uns die letzte Gewissheit, dass wir nicht wieder über das Ohr gehauen werden, sondern auch mal Glück haben. Leider waren es nicht wie versprochen 28 Dollar pro Stunde, sondern nur 22. Aber dafür wurden wir jeden Abend von Magdalena bekocht und Jonny hat uns eine Toilette und eine Dusche zur Verfügung gestellt. Okay, die Toilette war nur ein kleiner Gartenschuppen mit vielen Pestiziden und anderem Kram darin, aber so mussten wir keinen Campingplatz bezahlen. Am Anfang durften wir immer im Hausboot duschen und später wurde die Dusche in der Firma hergerichtet.

Am ersten Wochenende kam dann auch gleich das erste Highlight für Sando. Da Jonny sein Haus versteigern wollte, war für den Samstag eine Hausbesichtigung angesetzt, bei der sich potenzielle Bieter über den Zustand des Hauses informieren konnten. Dummerweise hatte Jonny vorher schon zugesagt, beim alljährlichen PutPut-Treffen für die Musik zu sorgen. PutPuts sind kleine Boote oder auch »Nussschalen«, die nach dem Sound ihrer Einzylinder-Motoren benannt wurden. Da Jonny sich nun mal nicht zerteilen konnte, wurde kurzer Hand Sando gefragt ob er nicht einspringen könnte und ein bisschen auf die Musikanlage aufpassen will. An sich kein Problem, denn der Plan war das Sando drei Stunden auf diesem Dorffest sitzt und nur aufpasst das keiner an der Musik herumspielt. Dummerweise wurden dann aber aus den drei Stunden sieben. Sando hatte kein Bargeld einstecken, um sich etwas am Imbiss zu kaufen, neben dem er die ganze Zeit gesessen hat und das Schlimmste von allem war, dass die ganzen sieben Stunden lang nur Country Musik gespielt wurde. Das war echt Hardcore für ihn. Der arme Junge. Gehässiger Weise musste ich darüber ziemlich lachen, als er die Geschichte erzählte. Sieben Stunden Country Musik mit knurrendem Magen ist schon eine ziemlich üble Sache.

Aber der Tag hatte dann auch noch etwas Schönes, denn am Abend sind wir noch zum abschließenden Konzert des Dorffestes gegangen. Es wurde zwar wieder Country gespielt aber diesmal von einer Liveband und wir mussten keinen Eintritt bezahlen. So konnten wir den Abend schön ausklingen lassen und etwas tanzen. Das war aber auch das einzige und letzte Mal, während unserer Zeit in diesem Dorf, dass der Bär gesteppt hat. Gut, dass wir dieses unglaublich atemberaubende Fest mit Country Musik, drei Verkaufsständen und ein paar verlaufenen Menschen miterleben konnten. Wir hätten sonst echt was verpasst.

Am Sonntag, nach einem selbstgemachten und exklusiven Frühstück mit Brötchen, Ei und Kaffee – ja das ist für uns in dem Moment exklusiv – lud Jonny uns zu einer Tour auf seinem Hausboot ein. Er zeigte uns die Schönheiten der Natur Morgans aus der Flussperspektive und zum krönenden Abschluss durfte Sando auch selbst das Boot steuern. Dabei hat er gemerkt, dass das viel schwerer ist als es aussieht, denn es fährt sich in etwa wie ein voll beladener Vierzigtonner auf einer glatt polierten Eisfläche. Wenn man lenkt, passiert erst mal gar nichts, bis das Boot dann auf einmal viel weiter eindreht als man es will. Aber es hat trotzdem unheimlich Spaß gemacht, nur das Einparken hat er dann doch lieber Jonny überlassen. Er wollte ja aus dem Hausboot kein U-Boot machen.

In der zweiten Woche war dann auch endlich mal richtiger Arbeitsstart für Sando. Während ich weiter die Terrasse gestrichen habe, ist er mit Jonny in die Firma gefahren und hat sich erst mal gefühlt wie ein Lehrling. Nicht das die Aufgabenstellung so schwer gewesen wäre aber die Arbeit war stupide und seiner Meinung nach sinnlos. Er sollte sich nämlich das australische Regelwerk für Gebäudeelektrik durchlesen, welches so ziemlich gleich zum deutschen ist. Der größte Unterschied bestand darin, dass es auf Englisch verfasst war. Das war dann schon etwas frustrierend, sich als gelernter Elektriker mit einer doch schon beachtlichen Berufserfahrung, die Grundregeln der Elektrotechnik durchlesen zu müssen. Aber so ist es nun mal. Hier ist man halt nur der Pampel vom Dienst.

Da wir ja schon von vornherein wussten, dass meine Arbeit am Haus nicht ewig dauern würde, sind wir, nach einem Tipp von Magdalena, zu einer Biofarm gefahren um nach einem Job zu fragen. Dort wurden wir erstaunlich freundlich von Cindy und Kevin begrüßt und sofort herein gebeten. Nachdem man uns dann zu einem, am Ende waren es dann zwei, Gläsern selbstgebrauten und ziemlich starken Wein (Sando war schon nach zwei Gläsern ganz schön angetrunken) eingeladen hatte, wurde uns erklärt, dass es auf dieser Farm leider momentan keine Arbeit gibt, aber man versuchen wolle mich auf einer anderen Farm unter zu bringen. Wir haben uns dann noch etwa anderthalb Stunden mit den beiden über Gott und die Welt unterhalten, mussten ihre Einladung zum Abendessen aber leider ausschlagen, da wir schon bei Jonny und Magdalena zum Essen eingeplant waren. Magdalena hat schon wie eine echte Großmutter angerufen, wo wir denn bleiben.

Aber es hat sich gelohnt, denn am nächsten Tag konnte ich gleich bei Jock Zitrusfrüchte ernten. Was ich dann mit mehr oder weniger Begeisterung auch gemacht hab. Eigentlich hatte ich genug Früchte geerntet und wollte nicht mehr in den Büschen herumkriechen, aber ich wollte einfach auch die Zeit nutzen, um etwas Geld für die weiteren Reisen zu verdienen. Früchte pflücken ist wirklich keine allzu schöne Arbeit. Nicht nur, dass man sich dabei die Hände zerkratzt und jede Menge Dornen in die Finger rammt, es ist auch eine ziemliche Schufterei. Das erste Mal in meinem Leben, dass ich meine Brötchen mit körperlicher Arbeit verdienen musste. Die Früchte lassen sich soweit leicht pflücken, aber manchmal muss man direkt durch den Busch greifen, damit man an die Frucht kommt. Nach etwa zehn Minuten hat man seinen Beutel vor dem Bauch voll. Dieser hängt zwischen Nacken und Schulter und mit diesem vollen Beutel schlängelt man wie eine Schwangere zum Bin und lehnt sich über diesen um den Beutel zu entleeren. Dann geht man wieder zurück zum Busch und pflückt mit beiden Händen die Früchte. Und das macht man so sechs Stunden lang. Nach ein paar Tagen pflücken, sieht man selbst noch nach Feierabend die Früchte vor seinem inneren Auge, so stupide und langweilig ist diese Arbeit. Aber es hatte auch etwas Gutes, denn ich hatte dabei viel Zeit über mein Leben nachzudenken. Es war zum Teil auch wie eine Meditation für mich. Mir ist teilweise klargeworden, dass ich nicht immer nur Pech habe, sondern wirklich sehr froh bin wie mein Leben so läuft. Mir ist außerdem bewusst geworden, dass ich auch wirklich sehr viel Glück mit Sando habe. Es ist einfach wunderschön mit seinem Partner über alles reden zu können und dieses Abenteuer zu zweit zu erleben.

Aber genug vom positiven Denken.

Auch für Sando haben sich die Arbeiten schnell geändert, so ist er schon nach wenigen Tagen mit Jonny und Rick, ein Schweißer der ab und zu für Jonny arbeitet, das erste mal auf eine etwa 250 Kilometer entfernte Schaffarm gefahren, um dort eine Solarstation aufzubauen. Schon die Fahrt dort hin war ein Erlebnis, denn von den 250 Kilometern waren 100 nicht asphaltiert. Das bedeutet, dass die Fahrbahn nur ein besserer Feldweg ist. Jetzt sollte man denken, dass Jonny auf dieser »Straße« mit seinem voll beladenen Jeep und Anhänger eine für diese Strecken empfohlene Geschwindigkeit um die 70 Kilometer pro Stunde fährt. Aber weit gefehlt. Die Tachonadel zeigte konstante 110 Kilometer pro Stunde ohne jede Rücksicht auf Verluste.

Auf der Farm gingen dann die ganz normalen Arbeiten los: Kabel verlegen, Solarpanele, Verteiler, Batterien und Sicherungen anschließen. An sich ganz normale Elektrikerarbeit mit dem kleinen Unterschied, dass es das erste Gebäude war an dem Sando gearbeitet hat, bei dem es absolut keinen Strom aus einer Netzversorgung gab. Das war dann doch eine ganz neue Erfahrung gewesen. Dieser erste Außeneinsatz ging dann auch bis abends um elf und auf dem Rückweg mussten die Männer aufpassen, dass sie nicht das ein oder andere Känguru überfahren.

Auch ich hatte ab und zu kleine Abwechslungen in meinem stupiden Arbeitsalltag. An einem Tag konnte ich mit einer Hebebühne durch die Gegend düsen. Die Bäume waren ziemlich groß und man bekommt normalerweise nur eine sehr schwere Bogenleiter zur Verfügung gestellt. Da es an dem Tag windig war und ich mich auf dieser Leiter nicht sicher fühlte, wollte ich nicht mehr weiter pflücken. Außerdem braucht man bei großen Bäumen so viel Zeit, dass es schon eine ziemliche Ausnutzung war, wenn man pro Bin bezahlt wird und den gleichen Preis bekommt wie für die kleinen Bäume. Also ging ich zu Jock und hab ihm das Problem geschildert. Eigentlich wollte ich meinen angefangenen Bin zu Ende pflücken und dann nach Hause fahren, als Jock mit der Hebebühne um die Ecke kam. An dieser Hebebühne war ein Beutel befestigt, mit dem man direkt von der Bühne aus die Früchte pflücken konnte. Ich bin dadurch zwar nicht schneller geworden aber es hat mir riesigen Spaß gemacht, mit fünf Kilometern pro Stunde über das Feld zu »düsen«. Irgendwie hab ich mich da wie Superman gefühlt, der über den Bäumen schwebt. Ich hätte echt nicht gedacht, dass mir Orangen pflücken so viel Gaudi machen könnte. Aber leider durfte ich die Hebebühne nur für einen Tag nutzen, am nächsten Tag war sie angeblich kaputt. Am Ende war dem Farmer einfach nur der Sprit zu teuer.

Ich konnte meinem sonst stupiden Arbeitstag auch komplett entfliehen. Sando hatte an einem Dienstag frei, weil er zu viele Überstunden hatte. Am Dienstag habe ich die Dusche in der Firma mit wasserfester Farbe gestrichen, während Sando die Heizung im Auto repariert hat. Ja, wir benötigen auch in Australien eine Heizung im Auto, vor allem seitdem hier die Temperaturen nachts bis in die Minusgrade gefallen sind.

Einen Tag vor Sandos Geburtstag hatte er seinen nächsten Außendienst: wieder auf derselben Farm und diesmal durfte Sando fahren.

Nachdem er auf den unbefestigten Teil der Strecke gekommen ist, bekam er von Jonny die Anweisung: »Pegel dich mal so um die 110 Kilometer pro Stunde ein, wir haben es eilig!« und Sandos Grinsen wurde breiter! Das macht schon ganz schön Spaß mit einem großen Jeep über die Gravel Road zu düsen und weil die Piste teilweise so schlecht war, musste er auch manchmal ein paar Kilometer daneben im freien Gelände fahren. Nur die Kängurus versuchen dich halt immer zu stoppen. Und wehe man versucht einem auch nur ein bisschen auszuweichen. Dafür hat Sando mal einen Anschiss kassiert, mit der Aussage: »Das Roo (australisch für Kängurus) wird von der Bullbar erledigt, den Rest macht die Versicherung«. Also wie beim Reh immer drauf halten.

Der Arbeitstag ist dann auch ziemlich lang geworden und Sando ist erst um ein Uhr nachts nach Hause gekommen und wurde von einer vollkommen in Sorge aufgelösten Anna-Maria in Empfang genommen. Dummerweise hatte Sando vergessen mir zu sagen, dass er rausfahren muss und als es ihm auf der Farm eingefallen ist war es zu spät, denn dort gibt es keinen Handyempfang. Ich wusste überhaupt nicht wo die Jungs bleiben. Ich hatte nicht mal eine Handynummer von Jonny und

Magdalena war leider auch nicht da. Zum Glück hat sie mich dann angerufen, sonst hätte ich wahrscheinlich die Polizei gerufen.

Das Gute an der Sache war, dass Sando dadurch zu seinem Geburtstag am Donnerstag frei hatte. So konnten wir beide noch mal nach Renmark fahren, was etwa 100 Kilometer entfernt ist, aber die nächstgrößere Stadt ist. Dort haben wir erst ein paar Einkäufe erledigt und Sando hat sich ein »neues« Handy zugelegt, da sein Smartphone den Geist aufgegeben hatte. Zum krönenden Abschluss haben wir uns zum Abendbrot endlich mal wieder eine Pizza von Dominos gegönnt. MH LECKER. Als wir schon fast wieder zurück waren, bemerkten wir, dass ich meine Bauchtasche im Dominos vergessen hatte. Und das war ziemlich übel, denn da sind alle wichtigen Dokumente wie Reisepass und internationaler Führerschein sowie der Geldbeutel drin. Ich hab mich ziemlich geärgert, wie ich nur so leichtsinnig sein konnte. Aber zum Glück hat ein Mitarbeiter die Bauchtasche hinter der Theke gesichert und Dominos hat auch lange auf. Nur blöd, dass wir noch mal 200 Kilometer fahren mussten. Aber besser, als wenn meine ganzen Reisedokumente weg sind. Das Herz ging erst vom Erdboden zum normalen Platz über, als ich meine Bauchtasche wieder in den Händen hielt. Das war ein echter Schock für mich und an dem Tag beschloss ich, meine Bauchtasche nie mehr außerhalb des Autos abzulegen. Nie mehr.

Nicht nur die Arbeit an der Dusche und die »große« Stadt waren eine willkommene Abwechslung für mich. An einem Tag konnte ich Sando mit zu den abgelegenen Farmen begleiten, die eine Solarstation installiert bekommen sollten. So konnte ich ein bisschen das wahre Outback erleben. Aber nicht nur das, sondern mir wurde gezeigt, dass man auch auf einer ungeteerten Gravel Road mit 100 Kilometern pro Stunde preschen kann. Aber das scheint in Australien ziemlich normal zu sein. Da stört es auch nicht, wenn mal ein Emu, eine Ziege, ein Schaf oder auch mal ein Känguru mitten auf der Straße steht. Das erhöht höchstens den Adrenalinspiegel und fügt ein paar ungewollte Gefahrenbremsungen in die Strecke ein.

Nachdem wir auf der Fahrt ordentlich durchgeschüttelt wurden, sind wir auf der Farm angekommen. Diese war etwa 150 Kilometer von der nächstgelegenen Zivilisation und damit von der nächsten Einkaufsmöglichkeit und zehn Kilometer vom nächsten Nachbar entfernt. Das ist ein ziemlich abgeschiedenes Leben. Dabei ist das ja doch noch relativ nah an der Zivilisation, denn es gibt Menschen in Australien, die mit dem Privatflugzeug einkaufen fliegen. Also das wäre kein Leben für uns. Da ist man schon froh, wenn man in einem kleinem Dorf lebt und wenigstens ab und zu mal soziale Kontakte um sich hat. Morgan ist zwar auch kein großes Dorf, aber die Menschen beschäftigen sich schon irgendwie. So kommt es eben auch vor, dass ein Aussie jegliches Musikinstrument, dass man als gut ausgestattete Band benötigt, in seiner Garage hat. Dieser Aussie namens Jan kann selber nur Schlagzeug spielen. Da Dave wusste, dass Sando auch Schlagzeug spielt, hat er uns mal an einem Samstagabend mit zu Jans Garage genommen.

So konnte Sando ab und zu mal Schlagzeug spielen, teilweise auch mit anderen Musikern zusammen, und ich konnte der Live-Musik lauschen. Mir war das lieber als selbst zu singen, da Singen noch nie meine Stärke war. Selbst mein Musiklehrer in der Mittelschule hat bei mir aufgegeben. Natürlich konnten wir nur in unserer Freizeit zu Jan gehen, da wir beide Arbeiten mussten. Zum Glück wurde dann die Arbeit für Sando immer anspruchsvoller. So konnte er mehrmals bei Verkaufs- und Beratungsgesprächen dabei sein, ganze Generatoren-Verschaltungen planen und zeichnen und teilweise auch bauen. Außerdem hat er auch eine zweite ganz neue Erfahrung gemacht. Er hat die Aufgabe bekommen, zu einem Kunden zu fahren der seine Anlage nicht bezahlen will und diese Anlage wieder zu demontieren. Ja, das ist in Australien im Gegensatz zu Deutschland erlaubt. Da war ihm schon etwas unwohl dabei, bei einem Typen auf dem Dach herumzuklettern und dessen Solarpanele zu demontieren, in dem Wissen das so ziemlich jeder Farmer mindestens ein Gewehr hat. Aber zum Glück war er nicht zu Hause.

So vergingen unsere Wochen bei Jonny und Magdalena ziemlich schnell und es war eine richtig schöne Zeit. Doch leider wurde es auch von Woche zu Woche kälter und unsere Zeit in Australien immer knapper. Daher mussten wir uns leider schweren Herzens von dem schönen Örtchen Morgan und seinen überaus freundlichen Bürgern, aber besonders von Magdalena und Jonny verabschieden. Nicht ohne zu versprechen, dass wir noch mal vorbei kommen.

Doch zuerst wollten wir das wirkliche Outback kennen lernen, also einmal quer durch den Kontinent nach Darwin bitte.

Ab durch die Mitte

Nachdem wir uns schweren Herzens von Jonny und Magdalena getrennt hatten, ging es Richtung Alice Springs. Doch bevor wir an die Hauptstadt des Outbacks denken konnten, wollten wir die Flinders Ranges erleben. Dies ist eine wundervolle Gebirgskette mit einer großen Bedeutung für die Aborigines, die Ureinwohner Australiens. Auf dem Weg dorthin fanden wir einen Magnetic Hill. Dieser Berg trägt nicht umsonst diesen Namen, denn er besitzt an seiner Spitze ein so starkes Magnetfeld, dass unser Vicky ohne Handbremse und mit abgestelltem Motor, bergauf gerollt ist. Das war eine ziemlich interessante Erfahrung, fast wie Magie und für uns auch die Bestätigung das unser alter Vicky noch aus mehr Metall als Rost besteht. Wir hätten dieses Spielchen die ganze Zeit machen können aber wir hatten Angst, dass unsere Bankkarten von dem starken magnetischen Feld zerstört werden, da auch diese mit Magnetfeldern arbeiten.

Fasziniert von der »magnetischen Hand«, stellten wir zudem fest, dass unser Vicky schon die 400.000 Kilometer Marke erreicht hat. Das ist zwar für australische Verhältnisse normal aber wir finden es trotzdem beachtlich.

Also machten wir uns auf den Weg in die Flinders Ranges. Dort verbrachten wir zwei Tage damit, durch die Natur zu wandern und die Malereien der Ureinwohner zu betrachten. Aber nicht nur alte Kunst konnten wir bestaunen, sondern sehr viele wilde Tiere. So haben wir wilde Bergziegen, Emus und natürlich Wallabys, die kleinere Variante der Kängurus, gesehen. Wir waren nicht nur wandern, sondern haben Vicky zum Allradfahrzeug umfunktioniert. So sind wir über einen nicht asphaltierten Bergpass gefahren, der alles andere als angenehm war, da die Strecke viele ausgetrocknete Flussbetten passiert und die Straße aus mehr Steingeröll, als allem anderem bestand. Es waren nicht nur die Steine die Vicky zu schaffen machten, sondern auch das steile Auf und Ab, denn die Straße erinnerte an eine Achterbahn. Sogar das war noch nicht alles, denn ein Flussbett führte immer noch auf 30 Metern Breite Wasser. Aber auch das war kein Hindernis für unseren Van. Jedenfalls würgte Sando mit Vicky da durch. Glücklicherweise hat er das alles unbeschadet überlebt. Vicky ist halt doch im Herzen ein Allradfahrzeug. Er weiß es nur noch nicht.

Nachdem wir ordentlich durchgeschüttelt wurden, besuchten wir eine ehemalige Kupfermine, die im 19. Jahrhundert abgebaut wurde und den Ort Blinman, der drum herum entstand. Dieser Ort zählt heute genau 22 Einwohner und gilt als Stadt. Diese muss, aufgrund seiner abgeschiedenen Lage, seine eigene Strom- und Wasserversorgung, sowie die Müllabfuhr selbst organisieren. Dafür müssen die Leute keine Grundsteuer bezahlen.

Nachdem wir die wunderschöne Natur erleben konnten, sind wir nach Port Augusta gestartet. Dort haben wir erst mal ordentlich Reserven gekauft, denn immerhin sind es 1500 Kilometer bis zur nächstgrößeren Stadt Alice Springs. Auf dem Weg gibt es zwar auch viele kleine Supermärkte, die sind aber in der Regel sehr teuer und man bekommt nicht immer alles, da diese Orte weit abgelegen sind.

Nicht nur unsere Reserven konnten wir auffüllen, sondern noch mal einen letzten Blick auf das Meer erhaschen, bevor es für eine lange Zeit durch das trockene Outback geht. Des Weiteren kann man sich in Port Augusta auch die Arbeit des Royal Flying Doctor Services anschauen. Das ist im Grunde die Notfallambulanz, die per Flugzeug das abgelegene, trockene und einsame Outback medizinisch versorgt und im Notfall raus fliegt. Dafür muss man erst mit dem Arzt gesprochen haben und der entscheidet dann, ob ein Flugzeug raus fliegt oder nicht. Dort haben wir auch gelernt, dass jede im Outback lebende Person ihren eigenen Medizinkasten hat und die Sprechstunde meistens über das Telefon erfolgt. Der Patient schildert seine

Probleme und der Arzt nennt ihm eine Nummer, die das passende Medikament aus dem Medizinkasten beschreibt. Das war schon sehr interessant, zu erfahren wie die medizinische Versorgung über weite Distanzen erfolgt. Nicht nur den Medizinkasten konnten wir bei dieser Station sehen, sondern auch eines der Flugzeuge begutachten, in dem neben dem Piloten, je zwei liegende und ein sitzender Patient, ein Arzt und eine Krankenschwester transportiert werden können. Es ist schon beeindruckend wie Australien die Probleme der Endlosigkeit des Landes löst.

Als wir endlich alle Reserven aufgefüllt und verladen hatten, konnten wir zu unserem ersten Etappenziel im Outback, einem Ort namens Coober Pedy, starten. In diesem kleinen Städtchen werden immer noch wertvolle Opale abgebaut und das wollten wir uns unbedingt mal anschauen. Auf dem Weg dahin sind wir an vielen ausgetrocknete Salzseen vorbeigekommen. Von weitem sah der See aus wie ein weißer Sandstrand, doch aus dem Sand wurde bei näheren Hinsehen weißes Salz, welches sogar richtig gut geschmeckt hat. Wir konnten uns nicht die ganze Zeit darauf konzentrieren die Salzseen zu bewundern, denn wir mussten auch auf die Kühe auf der Straße achten. Dadurch dass die Bauern ihre Kühe oft nicht einzäunen, kann es eben schon mal sein, dass eine oder mehrere Kühe auf dem Highway stehen. Aber leider sieht man nicht nur lebendige Kühe am Straßenrand, sondern auch viele tote. Das war nicht alles, was wir auf dem Weg erlebt haben. So konnten wir wirklich durch die verschiedene Klimazonen fahren: von Küstenlandschaft zur Steppenlandschaft zur Wüste. Also da soll noch einer sagen, das Outback sei langweilig.

Nach einem Tag Fahrt sind wir in Coober Pedy angekommen. Dadurch, dass immer noch Opale abgebaut werden, sind um Coober Pedy überall kleine Hügel aufgeschüttet und es sieht aus, als hätten die eine große Maulwurfplage. Dadurch ist es auch ziemlich gefährlich durch das Feld um diese Stadt zu laufen, da überall tiefe Löcher vorhanden sind. Vor dieser Gefahr warnen auch Schilder auf eine sehr lustige Art und Weise. So wird auf diesen Schildern in Comic-Form ziemlich genau beschrieben wie man auf verschiedene Arten in die Löcher fallen kann. Dort kann man viele interessante Bauten sehen, denn etwa 50 Prozent aller Häuser befinden sich unter der Erde. Teilweise sind es ehemalige Minen, teilweise wurden diese Häuser bewusst unter der Erde gebaut, da es im Sommer, zwischen Oktober und März, bis zu 50 Grad Celsius heiß werden kann. Die so genannten Dougats stellen mit ihren konstanten 23 Grad Celsius eine angenehme Behausung dar. Es wurden auch nicht nur Wohnhäuser in die Erde gegraben, sondern auch drei Kirchen, viele Cafés, Kneipen, Restaurants, Galerien und so weiter. So auch unser Motel. Das wollten wir uns schließlich nicht entgehen lassen, eine Nacht unter Tage zu schlafen. Es gab zwar keine Fenster und keinen Balkon mit Meeresblick, aber es war wahnsinnig cool die ganzen unterirdischen Gänge des Motels zu erkunden. Dabei haben wir auch die Dorms (Mehrbettzimmer) entdeckt, die eigentlich eher an Schlafräume in einem Luftschutzbunker erinnerten. Wir waren froh das wir uns ein privates Zimmer gegönnt hatten.

Es war noch Zeit bis zum Schlafengehen, deshalb sind wir zu einer ehemaligen Mine gefahren. Dort konnte man wieder durch einige schmalen Gänge gehen und man bekam ein kleinen Einblick in das harte Minenleben. An dieser Museumsmine konnte man wunderbar sehen, dass es sich immer noch lohnt in dieser Stadt nach Opalen zu graben. Alleine beim Graben des Kassen- und Souvenirraumes sind die Besitzer auf Opale im Wert von etwa 20.000 Dollar gestoßen. Das erklärt dann auch warum wirklich jeder in dieser Stadt eine kleine Mine im Garten hat.

Nachdem wir uns das harte Leben eines Minenarbeiters angesehen haben, sind wir zu kleinen Wesen gefahren, die es noch härter erwischt hatte. Eine Auffangstation für Kängurus, deren

Eltern bei Autounfällen ums Leben gekommen waren. Ich fand die kleinen wahnsinnig süß. Vor allem das jüngste, welches noch im Stoffbeutel hing und mit Flasche gefüttert werden musste. Sando hingegen konnte sich nach den vielen Begegnungen mit diesen Tieren auf der Straße, nicht wirklich dafür erweichen. Für ihn sind und bleiben es die dümmsten Tiere, die er je auf der Straße gesehen hat – von ein paar speziellen Homo sapiens mal abgesehen. Er musste aber auch zugeben, dass es die kleinen Scheißer wirklich schwer hatten. Doch das Backpackerleben kann auch ziemlich schwer sein. So blieb Vicky auf dem Rückweg zum Motel einfach mitten auf der Straße stehen. Er wollte einfach nicht mehr angehen. Nachdem wir eine ganze Weile versucht haben Vicky wieder neu zu starten, mussten wir ihn in eine Einfahrt schieben, damit wir wenigstens nicht den Verkehr blockieren. Nachdem Sando ein paar Tests gemacht hatte haben wir festgestellt, dass die Benzinpumpe den Geist aufgegeben hat. Und das natürlich an einem Samstagabend, wenn keine Werkstatt mehr offen hat. Glücklicherweise sprang Vicky dann doch noch auf Gas an. Also mit dem letzten Rest im Gastank zur nächsten Tankstelle fahren. Nur leider konnten wir auf Gas nicht weiter durch das Outback fahren. Damit hatten wir gerade mal eine Reichweite von 250 Kilometern und die Tankstellen liegen schon mal gute 250 bis 300 Kilometer auseinander. Es ist auch nicht sicher, dass jede Tankstelle gerade Gas im Angebot hat. Also musste eine neue Benzinpumpe her.

Wir steckten erst einmal bis Montag in Cooper Pedy fest. Doch davon haben wir uns den Abend in der Unterkunft nicht verderben lassen und sind an die Bar gegangen, um etwas Gesellschaft zu haben. Der Barkeeper hatte keine Zähne mehr im Mund, war aber total nett. Er hatte ganz viele Rätsel, teilweise nur aus drei Strohhalmen bestehend, teilweise aus verknoteten Metallteilen. Er konnte eine ganze Menge erzählen, denn er selbst fing in der Stadt als Minenbesitzer an. Daher konnte er uns auch viel über das Motel berichten, welches ursprünglich auch mal eine Mine war. So hatten wir wirklich einen schönen Abend, vor allem da er so freundlich war und uns Bier und Chips ausgegeben hat.

Am nächsten Tag wollten wir uns noch etwas die Natur um Cooper Pedy anschauen. Dabei haben wir das längste, von Menschenhand geschaffene Bauwerk der Welt gesehen: den Dog Fence. Ein etwa 5200 Kilometer langer Zaun, der die Dingos vom Land der Schafherden fernhalten soll. Und das ist kein Schreibfehler, er hat wirklich diese Länge. Dingos sind australische Wildhunde, die immer auf der Suche nach Essen sind. Auch wir haben schon einige Begegnungen mit diesen Tieren gehabt, aber dazu später mehr. Damit lässt es sich auch erklären, dass es in Süd Australien so viele Kängurus gibt, da es dort kaum Wildhunde gibt.

Nun musste erstmal die große Baustelle Auto geklärt werden.

Am Montag sind wir die ganzen Werkstätten abgefahren, wobei wir irgendwie immer im Kreis gefahren sind. Die erste Werkstatt riet uns, weiter bis nach Alice Springs zu fahren, weil es da Teile gibt. Da uns das Risiko zu groß war, haben wir weitere Werkstätten abgeklappert, aber die dritte hat uns wieder zur ersten weitergeleitet. Nachdem wir einige Kostenangebote bekommen hatten, wären wir um etwa 500 Dollar leichter gewesen und hätten eine weitere Woche in Coober Pedy verbringen müssen, weil das Ersatzteil erst geliefert werden musste. Wir hatten schon alles Sehenswerte in dieser kleinen Stadt angeschaut und wollten nicht wirklich solange auf die Teile warten. Nicht nur die Zeit wäre ein Problem gewesen, sondern die 500 Dollar waren einfach zu viel wenn man bedenkt, dass wir für Vicky nur 1150 Dollar bezahlt haben. Also schauten wir uns ein wenig um und entdeckten in einem Garten gegenüber von der ersten und vierten Werkstatt viele alte Autos. Ja der Schrottpreis hier in Australien scheint ziemlich niedrig zu sein, da sehr viele Leute ihre alten Autos einfach im Garten verrosten lassen oder es sich ganz einfach machen und sie auf dem Highway stehen lassen. Wir wollten Vicky noch nicht aufgeben, also haben wir auf gut

Glück bei dem alten Mann gefragt ob er denn nicht eine entsprechende Benzinpumpe hätte. Er hatte zwar keine passende mechanische, dafür eine elektrische. Die war zwar eigentlich für einen Außenbordmotor eines Bootes gedacht, aber funktionierte genauso gut. Nach etwas herum schrauben und etwas Kleber war die Benzinpumpe eingebaut und Vicky lief wieder. Das sogar besser als vorher, denn jetzt konnten wir während der Fahrt von Gas auf Benzin wechseln. Dafür mussten wir immer erst anhalten. Wir mussten dem Mann nach dem Einbau und Test sogar nur 90 Dollar zahlen. Da sieht man wieder wie nett und offen die Australier sind, er hätte uns auch vertraut und uns erst ein anderes Teil besorgen lassen, bevor wir die Pumpe bezahlen müssen. Aber nur Wettschulden sind Ehrenschulden, also haben wir gleich bezahlt. Nicht nur die Benzinpumpe, sondern auch einen Dachgepäckträger konnten wir ergattern. Da sich im Leben eines Backpackers immer mehr Zeug ansammelt, brauchten wir Platz und haben schon lange nach so etwas gesucht. Wir haben uns schon vorher kundig gemacht, was so ein Dachgepäckträger kostet aber ein Schrottplatz wollte für einen gebrauchten 300 Dollar haben, der neu schon so viel kostet. Da der Mann jedoch drei Stück rumliegen hatte, hat er uns einen für unschlagbare 20 Dollar verkauft. Wir konnten unser Glück kaum fassen. Wir hatten das Auto günstig repariert und dazu einen Dachträger bekommen. So konnten wir endlich Holz für das abendliche Lagerfeuer verstauen und einen Benzinkanister mitnehmen, um nicht teuer im Outback tanken zu müssen. Die Reise konnte vollgepackt mit vielen neuen Sachen weitergehen.

Doch dann kam George. Wie schon oben erwähnt, brauchten wir noch ein kleines Teil um die mechanische Benzinpumpe zu überbrücken. Dieses Teil bekamen wir erstaunlicher Weise von einem Klempner, denn richtige Baumärkte gibt es in Coober Pedy nicht wirklich. Dieser Klempner wiederum, hatte einen Helfer namens George. Die beiden kamen nach unserem Anruf auf dem Firmentelefon direkt aus der Kneipe, um uns das entsprechende Teil zu geben. Wohl gemerkt, es war ihre Arbeitszeit und nachmittags um 14 Uhr. Dieser Helfer war schon sehr nett, aber auch sehr merkwürdig. Es fing schon damit an, dass er die Musik von einer Hardcore Band laut aufgedreht und dazu mitgesungen hatte und das mit seinen 60 Jahren. Aber das war nicht das einzig Merkwürdige.

Er lud uns in sein Haus ein, um dort zu schlafen, unsere Wäsche zu waschen und uns zu duschen. Offensichtlich sahen wir ziemlich runtergekommen aus. Natürlich haben wir das Angebot dankend angenommen – warum auch nicht. Eigentlich wollten wir zwar weiterreisen, aber wir dachten auf die eine Nacht kommt es nun auch nicht mehr an. Also haben wir noch ein paar Sachen erledigt und uns nach ein paar Stunden wieder mit George getroffen, der bis dahin wieder in der Kneipe verschwunden war. Nachdem er uns den Weg zu seinem Haus gezeigt hatte, stellte Sando erst mal fest, dass er beim Überbrücken der alten Benzinpumpe nicht richtig aufgepasst hat, denn wir hatten Benzin verloren. Also hieß es für ihn doch noch mal etwas schrauben.

Später, als George uns herum geführt hatte, wurden wir dann erst einmal etwas misstrauischer. Wir wussten nicht so richtig was wir von ihm halten sollten. Seine Einrichtung war ziemlich spärlich. Wenn man das Haus betrat, sah man nur zwei ausgefranste Sofas, die vor einem riesigen Flachbildschirm standen und an der Wand hing ein großes Pferdebild. Der Fernseher war dann auch der einzige Luxus in diesem Haus.

Hinter dem Fernseher war ein Zimmer mit einem Doppelbett, einem uralten Schrank und ein paar toten Kakerlaken auf dem Boden. Das sollte unser Zimmer für die Nacht sein. In der Küche stand ein Haufen willkürlich zusammen gesammeltes Geschirr im Spülbecken herum. Im Bad gab es außer den normalen Sachen wie Waschbecken, Dusche und Toilette nur einen alten Spiegelschrank, an dem schon der Spiegel fehlte und der nur mit einer Flasche Mundwasser gefüllt war. Davor stand eine alte

Waschmaschine, bei der man erst einmal 30 Minuten lang warten musste, bis das Wasser aufgefüllt ist, damit man die Wäsche reinpacken kann und die mehr Geräusche machte, als das sie eigentlich wusch. Links neben der Waschmaschine ging es in einen anderen Raum, der nur Holzmüll beinhaltete. Nach dem Rundgang und nachdem Sando das Auto repariert hatte, konnten wir duschen und unsere Wäsche waschen. Sauber war es nicht gerade, denn in der Dusche haben sich schon Spinnweben gebildet. Aber man will sich ja nicht beschweren und wer hat schon ein klinisch reines Haus. Nachdem die Wäsche fertig war, wollten wir sie eigentlich draußen im Garten aufhängen, jedoch hat uns George davor gewarnt, im Dunkeln im Garten herum zulaufen. Im Spaß haben wir in gefragt ob er Opal Minen und damit Löcher im Garten hat. Das einzige was er antwortete war: »Ja« und das war kein Spaß, denn das war wirklich Fakt. Somit wurde unsere Vermutung, dass jeder eine Mine im Garten hat, ein zweites Mal bestätigt. Denn auch bei dem alten Mann von dem wir die Teile bekommen hatten, war eine Mine vorhanden. Also haben wir die Wäsche auf einen kleinem Wäscheständer im Haus aufgehangen.

Nachdem wir uns ein bisschen mit George unterhalten hatten, verkündete er, dass er Durst hat und ist wieder zur Kneipe gelaufen. Er hat uns also nach nur gut anderthalb Stunden, in denen wir uns kennengelernt haben, allein in seinem Haus gelassen. Nicht dass wir das Vertrauen ausnutzen würden, aber wir haben uns sehr darüber gewundert. Wir sehen halt auch sehr vertrauensvoll aus, außerdem gab es ja eh nicht viel was man hätte klauen können. Der Fernseher war zu groß für unseren Van und das einzig andere Wertvolle war der Hund. Versuch mal einen Hund zu klauen. Wir hatten überlegt, ob wir George nach dem Essen folgen, um das australische Nachtleben zu erleben.

Nachdem er so oft erwähnt hatte, dass wir uns wie zu Hause fühlen sollen und alles nutzen können, haben wir auf seinem Herd gekocht und erst mal Abendbrot gegessen. Natürlich haben wir auch für ihn mitgekocht, wenn er uns schon so lieb alles zur Verfügung stellt. Nach zirka einer Stunde kam George dann wieder und verkündete, dass er die Nacht nicht zu Hause sein würde und mit seinem Kumpel um die Häuser zieht. Und das mit 60 Jahren.

Nachdem er uns also gezeigt hatte, wo wir den Schlüssel hinlegen sollen, damit er wieder ins Haus kommt, hat er sich verabschiedet und meinte, dass er erst am nächsten Morgen um zehn zurück sei. Wir sollen uns wie zu Hause fühlen und eine angenehme Nacht haben. Wie gesagt, es gab in dem Haus nichts, was man hätte stehlen können aber das er Fremden so sehr vertraut, fanden wir schon etwas merkwürdig. Der ganze Montag war ja schon sehr verrückt gewesen. Erst den alten Mann getroffen, das Auto günstig repariert, billig einen Gepäckträger bekommen und dann der Abend bei George. Wir waren echt verblüfft, was das für ein merkwürdiger Tag war.

Wir hatten überlegt trotzdem in die Kneipe zu gehen, haben dann aber festgestellt, dass wir ja das erste mal seit Monaten einen Fernseher zu freien Verfügung haben und somit entschieden wir, einfach mal wieder einen schönen Fernsehabend zu machen. Wir haben beschlossen doch im Auto zu schlafen, da wir das Zimmer nicht mit vier toten Kakerlaken teilen und auch nicht auf einem schmutzigen Bettlaken schlafen wollten. Es gab auch weder Kissen noch Decken und daher hatten wir Bedenken, dass wir uns Bettwanzen, die hier wirklich keine Seltenheit sind, einfangen wenn wir unsere eigenen nehmen.

Am nächsten Morgen wollten wir nicht auf George warten, da wir ja zum Uluru wollten und der ja immerhin noch etwa 700 Kilometer entfernt war. Also sind wir wie gewohnt früh aufgestanden und losgefahren.

Nach anderthalb Tagen Fahrt sind wir am Ziel angekommen. Leider war der erste Tag am Uluru sehr enttäuschend, denn wir sind zuerst zum Ressort gefahren. Das ist eine reine Ferienanlage und von Pauschaltouristen vollkommen überlaufen. Die Sorte Touristen, die mit dem Flugzeug zum Uluru kommen, von einem klimatisierten Bus abgeholt und einmal um den Uluru herum gefahren werden, dabei Highheels tragen und zu Hause dann erzählen, dass sie das australische Outback er- und überlebt hätten. Das war schon etwas nervig. Auch die Showprogramme, die eigentlich den Menschen die Kultur der Aborigines näher bringen sollten, waren eher wie ein Animationsprogramm aufgebaut. Man hat sich wie ein Tourist auf Mallorca gefühlt. Alle tanzen und klatschen mit wie die Besoffenen. Okay, das Didgeridoo-Spielen war schon mal interessant, aber die Tänze waren wirklich eine reine Nachmittagsbeschäftigung. Enttäuscht sind wir zum letzten Parkplatz vor dem Nationalpark gefahren, auf dem man kostenlos schlafen konnte. Dort haben wir ein paar andere Backpacker getroffen, mit denen wir auch die nächsten zwei Tage verbracht haben. Am nächsten Morgen sind wir ziemlich früh aufgestanden, damit wir den Sonnenaufgang am Uluru erleben konnten. Doch leider war auch das enttäuschend, denn auf dieser Plattform waren wieder die Pfennigabsatztouristen und zwar so viele, das man eher dachte bei einem Viehtrieb zu sein. Die Busfahrer und Reiseführer waren die Schäfer und die Touristen die Schafherde.

Das machte natürlich auch das Fotografieren nicht einfach, da ständig jemand im Bild stand. Erst nachdem die Schafherde in den Bus zurückgetrieben wurde, konnten wir endlich in Ruhe Bilder machen. Doch leider stand der Uluru immer noch im Schatten und die leuchtende Farbe kam nicht sehr zu Geltung. Dadurch ließen wir uns den Tag nicht vermiesen. Wir machten eine kostenlose Tour mit einem Ranger, der etwas über die Ureinwohner erzählte. Leider ist während dieser Tour eine Frau auf Grund der Hitze zusammengebrochen. Damit war die Tour beendet und wir setzten den Rundgang um den Uluru alleine fort. Dabei konnten wir wirklich viel entdecken, auch wenn einige Leute behaupten, dass man genau so viel sieht wenn man einfach nur drumherum fährt. Es ist zum Beispiel erstaunlich wie Wind und Wasser den Stein in Tausende verschiedene Formen verwandelt haben und das dieser sich beim Dranklopfen anhört als sei er aus Pappmaché. Man kann dort so viele Strukturen erkennen. Auf dem Weg waren sogenannte Sacred Sites (heilige Stätten). Diese Stellen sind den Aborigines sehr heilig, daher wird man gebeten keine Fotos zu machen. Allgemein wird einem bewusst, welche spirituelle Bedeutung der Berg für die Ureinwohner hat. Man wird auch gebeten, den Uluru nicht zu besteigen, denn das ist für die Aborigines so, als würde man in einer Kirche auf den Altar klettern oder eine muslimische Moschee mit Schuhen betreten. Da es aber leider eine der Hauptattraktionen ist, ignorieren das viele Supertouristen einfach. Wenigstens haben diese dabei keine Highheels an.

Am Abend wollten wir uns den Sonnenuntergang ganz nah am Uluru anschauen. Dabei ist zur Abenddämmerung ein Dingo um unser Auto herumgeschlichen. Die sehen wirklich aus wie Hunde und man würde sie am liebsten füttern, da sie meist sehr abgemagert aussehen. Leider werden die Tiere dadurch nur aggressiv, da sie mehr Futter haben wollen. Aus diesem Grund sollte man sie nicht füttern. Der Dingo kam ziemlich nah ran und war oft nur ein paar Meter von uns entfernt. Er ließ sich von den anderen Touristen nicht stören. Nachdem wir ihn eine Weile beobachtet hatten, sind wir auf unseren Gepäckträger geklettert und konnten den Sonnenuntergang direkt am Berg sehen. Endlich konnte man ihn wirklich leuchten sehen. Sein Farbspiel begann mit feuerrot und wurde immer brauner bis der Uluru, nach dem die Sonne untergegangen war, fast grau erschien. Man könnte denken, dass er von innen heraus leuchtet und jemand drinnen sitzt, der langsam das Licht herunter dimmt bis es vollständig erloschen ist. Diesmal waren wir wirklich zufrieden, da wir den Berg fast für uns alleine hatten und uns keiner im Weg rumgesprungen ist.

Am nächsten Morgen mussten wir feststellen, dass ein Dingo

unsere Wasserflasche, die wir als Kühlakku für unsere Kühlbox benutzt haben, gestohlen hatte. Wir haben sie nachts immer zum Abkühlen an das Auto gestellt, damit sie am nächsten Tag die Kühlbox etwas kühlt. Aber der Dingo hatte anscheinend Durst und hat die gesamte Flasche entführt. In Süd-Australien mussten wir schauen, dass wir kein Känguru überfahren und in Northern Territorium müssen wir aufpassen, dass uns über Nacht nicht die Dingos beklauen, denn auch unser Mülleimer ist in dieser Nacht verschwunden. Wir haben das Gefühl, dass jeder Bundesstaat seine eigene Probleme für uns bereit hält.

Am nächsten Morgen sind wir zu den Olgas gefahren. Sie sind der zweite Teil des Uluru, denn unter der Erde sind beide Berge miteinander verbunden. Die Olgas ähneln eher vielen Köpfen, die einen aus dem Erdboden anstarren. Wir liefen durch viele Täler und Schluchten und hatten einen tollen Wanderweg. Danach konnten wir uns im Kulturzentrum ein bisschen über die Ureinwohner informieren.

Nachdem wir drei Tage lang in Ruhe den Uluru und die Olgas erkundet und bewandert hatten, sind wir weiter zum Kings Canyon gefahren. Leider hatte uns die App für das Handy, die ja sonst immer recht gut funktioniert hat, keinen richtigen Schlafplatz anzeigen können. Einer war direkt hinter einem Schild auf dem stand, dass campen nicht erlaubt ist. Der andere Schlafplatz befand sich an einem Aussichtspunkt, für dessen Straße man allerdings eine Genehmigung braucht, da man das Land der Aborigines durchfährt. Also haben wir uns für 5,50 Dollar so eine Genehmigung geholt.Leider stand darin, dass Campen auf diesem Lookout nicht erlaubt ist. Wir mussten in den sauren Apfel beißen und 39 Dollar (!) für einen Campingplatz ohne Strom bezahlen. Das war schon ziemlich ärgerlich. So konnten wir wenigstens mal wieder warm duschen. Sonst konnten wir uns mit unserer Solardusche nur kalt waschen. In Berri hatten wir zwar einen Metallkanister, in dem wir das Wasser auf einem Lagerfeuer erhitzen konnten, aber wir hatten keinen Platz diesen mitzunehmen. Wir konnten ja auch nicht ahnen, dass wir einen Gepäckträger so gut wie geschenkt bekommen.

Aber zurück zum Kings Canyon. Am nächsten Morgen sind wir zum Lookout gefahren, da wir die gekaufte Genehmigung ja wenigstens etwas nutzen wollten. Nach einer ziemlich steinigen Straße sind wir am Ziel angekommen. Allerdings war das eine reine Enttäuschung. Erstens war das keine schöne Aussicht auf den Kings Canyon und zweitens stand ein Schild auf dem Parkplatz, dass campen für 24 Stunden erlaubt ist. Also umsonst die 39 Dollar ausgegeben, das hat uns schon sehr geärgert.

Wir hatten auch überlegt, diese Straße zu nutzen um nach Alice Springs zu fahren, da sie kürzer als der Highway ist, aber wir haben mit ein paar Leuten gesprochen und die haben uns von dieser Straße abgeraten, da sie immer schlimmer wird. Wir dachten, dass alleine das erste Stück zum Lookout schon richtig schlimm sei. Also konnten wir uns vorstellen, in welchem schlechten Zustand sich die restliche Straße befand. Das wollten wir Vicky dann nun wirklich nicht antun. Außerdem wollten wir ja erst einmal durch, oder doch besser über den Kings Canyon wandern gehen, bevor wir überhaupt nach Alice Springs fahren.

Es gab zwei Routen die man wandern konnte, zum einen den Weg in die Schlucht des Canyons und zum anderen einen fünf Stunden langen Rundweg immer an der Kante entlang.

Der Weg in den Canyon war sehr entspannt. Man hat sich wie in den Tropen gefühlt, denn tatsächlich haben hier in Australien, mitten im Outback, urzeitliche Tropenwälder überlebt. Der zweite Weg war schon etwas anstrengender, denn gleich zum Anfang war der Aufstieg. Das waren immerhin 150 Höhenmeter. Wir hatten eine wunderschöne Aussicht auf die rostroten Farben vom Canyon. Und der Weg führte wie gesagt immer direkt an der Kante entlang. Dieser Abgrund ist auch mehr als steil. An vielen Stellen sieht es so aus, als hätte jemand den Stein mit einem Messer auseinander geschnitten, so glatt sind die Abbruchkanten des Canyons. So konnten wir immer wieder einen Blick in die Schlucht erhaschen, bis es dann wieder hieß: Runter und in die Schlucht hinein. Denn dort, wo man vom ersten Weg aus nicht hin kommt, weil eine heilige Stätte der Aborigines den Weg beendet, liegt der eigentliche Urwald des Kings Canyon: Der Garten von Eden. Es war wirklich himmlisch, wenn man zweieinhalb Stunden auf der glühend heißen Kante, auf der es hauptsächlich nur Steine und Staub gibt, herum gelaufen ist und dann in eine kleine Oase mit Wasserloch hinabsteigt, in der ein Urwald wächst. Dieser beherbergt noch die Dinosaurier der Pflanzenwelt, die Palmfarne. Eine Pflanzenart von der sich schon die Dinosaurier ernährt haben. Zum Teil hat man da 4000 Jahre alte Pflanzen gefunden. Das konnte man daran sehen, dass sie mannshoch sind. Normalerweise sind sie sehr klein, denn sie wachsen nur ganz langsam. Nachdem wir uns am Wasserloch etwas abgekühlt hatten, war es dann auch leichter die restlichen Kilometer auf dem Canyon entlang zu wandern und dabei die wahnsinnig gute Aussicht in vollen Zügen zu genießen.

Mit diesem Bild im Kopf machten wir uns auf den Weg nach Alice Springs. Dafür wollten wir nicht ganz den großen Umweg über den asphaltierten Highway fahren und haben beschlossen eine Abkürzung zu nehmen. Allerdings war dies wieder eine unasphaltierte Straße, von der uns aber nicht abgeraten wurde. Also sind wir die sandige Piste entlang gepoltert. Zum Glück hatte Sando mittlerweile so viel Fahrerfahrung mit solchen Pisten gesammelt, dass er wusste wie man sich auf Sand verhält. Zu allem Übel hatten wir noch mit der Dämmerung zu kämpfen. Diese Straße bei Dämmerung entlang zu fahren war zugegebener Maßen eine ziemlich blöde Idee. Nicht nur weil man die Löcher der Straße nicht mehr so gut sieht, sondern weil man noch zusätzlich auf die Viecher achtgeben muss. Also wendeten wir wieder unsere lang trainierte Methode an: Sando schaut auf die Löcher in der Straße und ich auf die Viecher neben der Straße. Nachdem wir schon eine Weile so gefahren sind, tauchten schon die Ersten auf. Zuerst dachten wir es seien drei Kühe, dann tendierten wir im Halbdunkel zu Pferden. Doch beim Näherkommen, stellte sich heraus, dass es sich um wilde Kamele handelte. Ja richtig gelesen: Kamele. Diese standen mitten auf der Straße und dachten nicht wirklich darüber nach sich zu bewegen. Nach dem wir paar Mal gehupt hatten, haben sie sich doch überreden lassen, die Straße ganz gemütlich und träge freizuräumen. Ist ja nicht so, dass sie irgendjemand hetzt. Doch wir hatten ja etwas Zeitdruck, um noch vor Einbruch der Dunkelheit am Zielort anzukommen. Wenigstens haben sie sich überhaupt bewegt. Ja wenn man an das australische Wildleben denkt, dann kommen einem Kamele nicht wirklich in den Sinn oder? Doch Kamele wurden, wie andere Tiere auch, aus anderen Ländern eingeschleppt. Kamele sind zum Beispiel als Packtiere in der australischen Wüste sehr begehrt gewesen. Nur leider haben die Menschen die Kontrolle darüber verloren und nun sind sie im Northern Territorium eine Plage. So ist es auch nicht unüblich, dass man mal auf wilde Kamele trifft. Aber wenigstens sieht man die Tiere schon von weitem und sie sind nicht so doof wie die Kängurus. Letzten Endes sind wir ohne Wildschaden, glücklich aber erschöpft an unserem Schlafplatz angekommen. Die Fahrt auf der Gravel Road in der Dämmerung ist für uns beide ziemlich anstrengend.

Am nächsten Morgen konnten wir endlich ein Teilziel erreichen: Alice Springs. Dort haben wir erstmal eine Pause von den Sehenswürdigkeiten eingelegt und uns paar Tage lang um die Bewerbung für die nächste Arbeitsstelle und die Steuererklärung gekümmert.

Da wussten wir noch nicht, dass das die Ruhe vor dem Sturm war.

Der Sturm

Nachdem wir uns etwas ausgeruht hatten, ging es in die westlichen Mc Donalds Ranges, eine wundervolle Gebirgskette mit rot leuchtenden Bergen und faszinierenden Schluchten, die mit eiskaltem Wasser gefüllt sind. Leider luden die Außentemperaturen nicht wirklich zu einer Abkühlung ein. Es wurde zwar schon jeden Tag etwas wärmer, seit wir Süd Australien verlassen hatten – immerhin von 10 Grad auf 20 Grad Tagestemperatur – trotzdem war es für diese Wassertemperatur eindeutig zu kalt. Zum Glück gibt es dort auch richtig tolle Wanderwege. Vom 500 Meter langen rollstuhltauglichen Weg zu Aussichtspunkten, bis zum 250 Kilometer langen Larapinta Trail ist für jeden Geschmack etwas dabei. Wir haben uns jedoch mit den normalen Wanderstrecken bis zu zehn Kilometern begnügt, die für jeden etwas zu bieten hatten. Vom Panorama-Ausblick über die Wüstenlandschaft bis hin zum Tropenwald. Teilweise auch mit Flussdurchquerungen, die bei fünf Grad Wassertemperatur – die Sonne reicht nicht in die Schluchten – eine echte Überwindung sind. Aber auch der eingefleischte Allradfahrzeug-Fahrer kommt nicht zu kurz. Das hat auch unser Vicky zu spüren bekommen, da wir uns auch ein paar Dinge anschauen wollten, dessen Zufahrtswege eigentlich nur für Allradfahrzeuge gedacht sind. Wir ernteten damit zwar ein paar sehr skeptische Blicke von den Jeep-Fahrern, aber Vicky hat alles mit Bravour gemeistert. Nachdem wir wandern waren, sind wir auf Kamelen am Gebirge entlang geritten. Dieser Ritt fühlt sich tatsächlich an, als wäre man auf einem Boot, auf dem man hin und her geschaukelt wird.

Danach sind wir wieder in die Stadt zurück gefahren und etwas durch die Fußgängerzone gelaufen. Dabei haben wir an einer Anschlagtafel eine Annonce entdeckt, dass jemand nach einer Mitfahrgelegenheit nach Darwin sucht. Wir haben ihn kurzerhand angerufen und ein Treffen für den übernächsten Tag mit ihm vereinbart. Danach haben wir uns eine Didgeridoo Show angeschaut, bei der ein Mann auf dem Holzinstrument wundervolle Musik gespielt hat, die wir nicht für möglich gehalten hätten. Nach der Show hat er dem Publikum noch gezeigt wie man das Blasrohr spielt und jeder konnte es dann selber probieren. Sogar, entgegen der Aborigine Tradition, auch Frauen. Weiterhin hat er erklärt, aus welchen unterschiedlichen Materialien die Instrumente hergestellt sind und wie man sich ein Didgeridoo selber bauen kann. Nach der Show sind wir noch ein bisschen durch die Stadt gebummelt und konnten feststellen, dass wir uns – entgegen vieler Aussagen, dass die Stadt nach Anbruch der Nacht unsicher sei – sicher gefühlt haben.

Am nächsten Morgen sind wir erstmal noch in die östlichen Mc Donalds Ranges gefahren, wo wir eine alte verlassene Goldgräberstadt besichtigen konnten. Ansonsten waren die östlichen Ranges aber nicht so spannend und schön, wie die westlichen. Deshalb war es da auch nur bei einem Tagesausflug geblieben.

Am nächsten Tag haben wir uns bei einem gemütlichen Kaffee, mit Ieuan (Ian gesprochen) getroffen und alles Nötige für die Fahrt nach Darwin besprochen. Ieuan ist aus Neuseeland und arbeitet dort saisonweise als eine Art Ranger, indem er hilft die Kiwis, eine bedrohte Vogelart, zu schützen und zu retten. Nun reist er per Anhalter durch Australien.

Den darauf folgenden Tag mussten wir nur noch Benzin, Essen und Wasser auffüllen und unseren neuen Mitreisenden aufgabeln und schon konnte es weiter Richtung Darwin gehen. Die Strecke ist etwa 1500 Kilometer lang und bis nach Katherine war sie leider nicht sehr spektakulär. Am Anfang findet man die tausenden Termitenhügel am Highway noch sehr interessant und manchmal mussten wir auch lachen, denn manche Leute waren von der Strecke offensichtlich so gelangweilt, dass sie die Termitenhügel mit T-Shirts oder Seidenkleidern bekleidet haben, nur um etwas Abwechslung und vielleicht ein gutes Fotomotiv zu haben. Aber auch das wurde mit der Zeit sehr langweilig und monoton. Manchmal sorgten ein paar Raststätten für Abwechslung, in dem sie sich zum Beispiel als Alien-Stadt ausgaben und man Souvenirs von grünen Männlein kaufen konnte. Obwohl man meinen könnte, dass die Eigentümer zu viel Sonne abbekommen haben, war es doch eine sehr amüsante Raststätte. Eine andere hat ihren Namen in großen Buchstaben auf einen Hügel aufgestellt und hatte dadurch etwas Ähnlichkeit mit Hollywood. Aber außer dem Schriftzug war drum herum ganz viel nichts.

Auf der Strecke befanden sich auch die Devils Marbles (Teufels Murmeln), die ganz und gar nichts mit dem Teufel zu tun haben. Es ist einfach ein Naturphänomen, bei der durch Erosion große Steinkugeln entstehen, die exakt auf anderen kleineren Steinformationen ausbalanciert sind. Dies war sehr interessant anzusehen.

Am nächsten Tag wurden wir zum ersten Mal mit einem Buschfeuer konfrontiert. Bevor jetzt Panik ausbricht: In Australien sind Buschfeuer völlig normal und nur die wenigsten sind in gefährlicher Nähe zu Siedlungen. In den meisten National Parks wird auch mit Absicht ein Buschfeuer angezündet. Das passiert auf der einen Seite um neues Grün wachsen zu lassen und andererseits um die Gefahr vor einem richtig großen Buschfeuer zu verringern. So werden Teile von Australien kontrolliert bewusst abgebrannt. Das haben auch schon die Aborigines gemacht, um das Land fruchtbar zu halten. Dieses Buschfeuer war nicht gefährlich, denn wir mussten nur kurz durchfahren. Das ist am Anfang schon etwas merkwürdig, wenn es rechts und links von der Straße brennt. Da es auch ausgerechnet eine der wenigen Male war, wo Sando keine Lust hatte zu fahren, kamen bei mir schon ein paar Zweifel auf, ob ich da wirklich einfach durch fahren soll. Aber wie gesagt, in Australien ist das völlig normal und so haben wir wenigstens mal einen Eindruck von einem Buschfeuer von innen bekommen. Ansonsten war die Strecke bis kurz vor Katherine eher unspektakulär.

Doch dann kam Mataranka. In diesem Ort gibt es warme Quellen, die nicht heiß sind, weil sie keinen vulkanischen Ursprung haben. Nachdem wir uns nach der langen Fahrt, am Fluss entlang die Beine vertreten hatten, suchten wir uns eine schöne und krokodilfreie Badestelle raus um dort den Abend ausklingen zu lassen. Im Northern Territorium muss man überall mit Krokodilen rechnen. An unserem Campingplatz wurden wir auch von der Natur erschreckt, denn es raschelte die ganze Zeit um uns herum. Erst dachten wir, es sei ein Känguru, das durch das hohe trockene Gras springt. Doch beim näheren Hinschauen waren es nur Frösche, die die Millionen kleinen Spinnen gefressen haben. Doch da es so viele waren, hat sich das angehört, als wäre es ein großes Tier.

Am nächsten Morgen sind wir sehr früh aufgestanden, damit wir die warmen Thermalquellen für uns alleine haben und nicht von einer Herde Touristenschafe überrannt werden. Das frühe Aufstehen hat sich definitiv gelohnt. Zwar hatten wir die Quelle nicht ganz für uns alleine aber man konnte im 34 Grad warmen Wasser sitzen, ein paar Wallabys beim Fressen beobachten und den heißen Dampf über dem Wasser sehen. Nachdem die »Schafherde« dann auch wach wurde und das Wasser erreicht hatte, sind wir noch etwas am Fluss entlang, durch einen sehr imposanten Tropenwald mitten im Outback gewandert und danach zu einer anderen Thermalquelle gefahren.

Diese empfing uns auch wieder mit kristallklarem, 30 Grad warmen Wasser. Das war uns dann aber zugegebener Maßen doch etwas zu warm. Bei angenehmen 34 Grad Außentemperatur – nachdem wir die tropische Klimagrenze überquert hatten, wurde es angenehm warm – wollte man eigentlich eine schöne Abkühlung haben. Aber dafür konnte man unter weit ausgebreiteten Spinnweben schwimmen, die überall knapp einen Meter über dem Wasser gespannt waren. Für die Leute, die Spinnen hassen, wahrscheinlich der reinste Alptraum aber wir fanden das es ein toller Ausblick auf die Natur war und ein super Fotomotiv.

Außerdem konnten wir auf dem Parkplatz noch eine Schlange beim Jagen beobachten. Allerdings war die Echse schneller als die Schlange und vor allem so gut unter dem Laub versteckt, dass niemand sie gesehen hat bis sie von der Schlange entdeckt wurde und ihren Sprint durch die umstehenden Menschenbeine gemacht hat. Es war schon sehr amüsant anzusehen, wie alle Zuschauer weggesprungen sind, als die Schlange der Echse in Richtung Menschen gefolgt ist. Man weiß ja nie, welche hochgiftige Schlange auf einen zuschlängelt. Sie hätte in dem Moment wahrscheinlich eh keinen gebissen, weil sie nur ihre Beute im Sinn hatte. Aber da sie die nicht bekommen hatte, haben wir sie lieber in Ruhe gelassen, denn einer hungrigen, mies gelaunten Schlange sollte man besser aus dem Weg gehen.

Nach dem Naturspektakel haben wir uns wieder auf den Weg nach Katherine gemacht. Der nächste Stopp war ein Abstecher zu einer Tropfsteinhöhle. Die war an sich zwar sehr interessant, aber man konnte sie nur mit einer etwas überteuerten Führung betreten. Nachdem wir die Führung mitgemacht hatten, entdeckte Sando auf einer älteren Karte des Nationalparks – ja in Australien ist so ziemlich alles ein Nationalpark – dass es noch eine zweite Höhle geben muss, die nicht mehr für Touristen zugänglich ist. Nach kurzer Absprache mit Ieuan, der wegen dem Preis der Führung im Auto auf uns gewartet hatte, beschlossen wir drei diese Höhle selbst zu erkunden. Taschenlampen einpacken und los geht es. Es hat sich gelohnt, denn es ist unheimlich spannend, wenn man in einer Höhle herumkriecht, die gesperrt ist und nur vom Licht der Taschenlampen beleuchtet wird. Die Höhle wurde gesperrt weil festgestellt wurde, dass sich auf Grund des künstlichen Lichtes Algen bilden, die das Ökosystem zerstören.

Als wir von unserer Erkundungstour wieder zurück waren,

haben wir noch die letzten Kilometer nach Katherine zurückgelegt.

Am nächsten Morgen sind wir zu den Katherine Gorges gefahren. Dort sind wir wieder durch wundervolle Schluchten gewandert und konnten massenhaft Fledermäuse an den Bäumen hängen sehen. Wir dachten bis dahin eigentlich, dass Fledermäuse nur in dunklen Höhlen leben und nur Nachts rauskommen. Aber die » Fliegenden Füchse« offensichtlich nicht. Die hängen da den ganzen Tag faul herum, meckern und verbreiten einen unangenehmen Gestank. Auch das war interessant zu beobachten, vor allen wenn sie in der Dämmerung zur Jagd nach Insekten und Blütennektar ausschwärmen. Es ist auch cool zuzuschauen wie sie trinken, denn sie kreisen in einem riesigen Schwarm über dem Wasser und ab und zu stürzt sich eine Fledermaus wie eine Stuka (deutsches Sturzkampfflugzeug WWII) nach unten und »fängt« sich einen Schluck Wasser. Manchmal kann man dabei auch Raubvögeln oder Süßwasserkrokodilen bei der Jagd zuschauen, wenn diese die Fledermäuse über dem Wasser fressen.

Während wir 23 Kilometer wandern waren und die Fledermäuse beobachtet haben, hat sich Ieuan überlegt, eine dreitägige Buschwanderung zu machen. Für ihn ist das normal, da er auch den vorher genannten Larapinta Trail bewandert hat. Wir hatten auch überlegt mit ihm zu gehen doch mangels Trecking-Ausrüstung haben wir uns dagegen entschieden. Da aber Ieuan noch ein paar Sachen und Essen für die Wanderung benötigte, sind wir zurück in die Stadt gefahren. Und da begann der Sturm.

Sando hatte auf einem Parkplatz die Betonumrandung einer Blumenrabatte übersehen und ist darüber gefahren. Damit hatte er die Geländefähigkeiten von Vicky deutlich überschritten. Er hat mit dieser Aktion nicht nur die Betonumrandung aus ihrer Verankerung gerissen, sondern auch die Lenkachse von Vicky verbogen und die Ölwanne vom Getriebe aufgerissen. Nachdem wir die Betonumrandung so einigermaßen wieder an den richtigen Platz gesetzt hatten, haben wir den restlichen Tag damit verbracht, in Katherine eine Werkstatt zu finden, die unser Auto reparieren kann. Für die Achse haben wir sogar relativ schnell etwas gefunden. Ein Mechaniker hat sie grob mit einem Hammer wieder gerade gebogen und auch unser Ölwanne wieder etwas fester geschraubt, damit wir wenigstens nicht ganz soviel Öl verlieren. Leider hat uns nur eine andere Werkstatt angeboten, die Wanne zu schweißen. Doch das hätte über 500 Dollar gekostet. Die meisten Werkstätten haben uns jedoch empfohlen weiter nach Darwin zu fahren, wo die Ersatzteilversorgung besser ist. So eine Antwort kann auch nur von einem Australier kommen: »Fahr doch einfach die 500 Kilometer weiter, ist ja nicht so schlimm, dass man Getriebeöl verliert. Überprüfe einfach aller 100 Kilometer deinen Ölstand und schütte bei Bedarf was nach«. In Deutschland hätte dich so keiner mehr weiterfahren lassen. Aber na gut, da uns die 500 Dollar zu viel waren, sind wir dem Ratschlag der Werkstätten gefolgt. Nachdem wir uns Öl und eine Wanne zum darunter stellen gekauft hatten, mussten wir ja immer noch auf unseren Mitreisenden warten, der ja trotzdem auf seine Buschwanderung gegangen ist. Wir haben die Zeit trotzdem genossen und sind mit einem ausgeliehen Kajak auf dem Fluss lang gepaddelt und haben einige Wanderungen gemacht.

Wir sind dann zu den Edith Falls gefahren. Diese lagen eh auf der Strecke und waren der vereinbarte Treffpunkt mit Ieuan. Außerdem gibt es dort eine der schönsten Badestellen im Northern Territorium. Man muss zwar etwas bergauf wandern, aber dann kommt man zu einem natürlichen Steinpool, der in der Mitte von zwei Wasserfällen liegt. So floss das Wasser von oben in den Pool und floss gleich weiter nach unten. Dort konnte man auch ziemlich sicher sein, dass es keine Krokodile gibt, da diese nicht klettern. Trotzdem hatte der Pool genügend Leben. Auch ein ein Meter langer Waran aalte sich in der Sonne und ließ sich von den herum planschenden Menschen nicht wirklich stören.

Nachdem wir dann auch Ieuan gefunden hatten, setzten wir unseren Weg nach Darwin fort. Wir konnten unterwegs sogar eine gebrauchte Ölwanne und eine neue Dichtung für 50 Dollar auftreiben.

Als wir dann endlich in Darwin angekommen waren, schockte uns erst einmal ziemlich die Menschenmasse. Darwin, als Hauptstadt vom Northern Territorium hat zwar nur 100.000 Einwohner, aber wenn man gut anderthalb Monate durch das fast menschenleere, ruhige und weiträumige Outback fährt, dann sind das im ersten Moment einfach zu viele Menschen auf einem Platz. Wir konnten nicht mal einen Parkplatz in der Nähe des Info-Centers finden ohne dafür ein Vermögen zu bezahlen. Wir haben uns darauf geeinigt, dass einer im Auto sitzen bleibt und der andere holt die notwendigsten Informationen über die Stadt. Wir wollten im Auto nur noch kurz etwas im Internet nachschauen, als uns schon die Security verscheucht hat, denn der Parkplatz neben dem Info-Center war nur für Abgeordnete des benachbarten Parlaments und nicht für Backpacker.

Nachdem wir uns von einem, ebenfalls sichtlich von der Menschenmasse überforderten, Ieuan verabschiedet hatten – er wollte von Darwin nach Bali fliegen um sein neues Visa zu beantragen, da dies billiger ist – sind wir erst einmal aus dem Stadtzentrum raus gefahren.

Das hatte aber noch zwei andere Gründe: Zum einen konnten wir in diesem Stadtteil den nötigen Alkohol- und Drogentest für CBH, unseren nächsten Arbeitgeber, erledigen und zum anderen brauchten wir einen Schlafplatz für die Nacht und der ist in Darwin nicht einfach zu finden, schon gar nicht in der City. Nachdem wir unseren Test bestanden haben – bei mir hat das etwas länger gedauert, weil ich einfach nicht aufs Klo musste, obwohl ich laut Sando ja sonst gefühlt alle 15 Minuten muss – zu einem schönen Strand gefahren, um dort einen Schlafplatz zu finden. Leider konnte man da nicht baden gehen, denn in den Sommermonaten sind an den Stränden Darwins überall hochgiftige Quallen im Meer und wenn es keine Quallen sind, dann sind es Krokodile. Ja, das wussten wir vorher auch nicht aber Krokodile können sich auch im Meer aufhalten.

An diesem Strand waren auch schon paar andere Backpacker, deswegen dachten wir, dass dort ein guter Platz wäre um ungestraft zu schlafen. Doch am nächsten Tag weckte uns der Ranger und erklärte uns, dass hier Campen nicht erlaubt ist. Er hat uns netterweise keine Strafe aufgedrückt, da wir gesagt haben, dass unser Auto, was ja immer noch Öl verlor, defekt sei und wir deshalb stehen bleiben mussten.

An unserem zweiten Tag in Darwin hat sich Sando erstmal um das Auto gekümmert und auf dem Parkplatz der Bibliothek die Ölwanne gewechselt, während ich den Rest des geforderten Onlinetrainings für CBH absolviert hab. Nachdem wir im Shoppingcenter unterwegs waren, sind wir mit dem Bus zu einem Sommerfestival gefahren. Dort bekamen wir sehr großes Heimweh und vermissten unsere Freunde, denn überall saßen Gruppen, die zusammen getrunken und gelacht haben. Wir konnten uns nicht dazu bewegen, uns einer Gruppe anzuschließen. So sind wir relativ früh wieder zurück zum Auto gefahren. Als wir im Parkhaus des Shoppingcenters ankamen, mussten wir feststellen, dass der Benzinkanister auf dem Gepäckträger aufgeschraubt war und ein Fenster weit offen stand. Nachdem wir auf den ersten Blick festgestellt haben, dass nichts fehlte, dachten wir, dass die Security vom Parkhaus vielleicht überprüfen wollte, ob der Benzinkanister voll ist und ob jemand im Auto schläft. Erst nach ein paar Tagen bemerkten wir, dass unsere Kopfhörer fehlten. Aber das konnte man noch verkraften, wenn man bedenkt, dass wir auch den Computer, die Kamera und den Videorekorder im Auto hatten.

Außerdem war unser größeres Problem, dass wir uns noch einen neuen Schlafplatz suchen mussten. Da man ja als Backpacker sparsam sein wollte um mehr zu erleben, wollten wir nicht auf einen Campingplatz. Auf einen Tipp hin sind wir zur Universität gefahren und wollten es dort versuchen. Doch nach nur einer Stunde Schlaf klopfte die Security an und scheuchte uns weg. Im Halbschlaf hat Sando dann ein anderen Platz gefunden, wo wir ungestört weiter schlafen konnten. Am nächsten Morgen haben wir uns erst mal die Stadt angeschaut und waren auf einem Markt am Mindil Beach, wo es viele Straßenkünstler gab. Da wir die Nacht zuvor keine Probleme mit dem zweiten Schlafplatz bekommen haben, sind wir dort auch gleich eine weitere Nacht geblieben. Am nächsten Morgen sind wir zum Crocosaurus Cove gefahren, wo viele Reptilien und Fische zu sehen sind. Dort konnten wir auch durch eine Glasscheibe Krokodile unter Wasser beobachten. Es gab mehrere Fütterungen, bei denen man einen guten Eindruck davon bekam, was passiert wenn es dich angreift. Wenn so ein Salti (Salzwasserkrokodil) zuschnappt entsteht ein tiefes Geräusch, als wenn jemand ein dickes Buch zuschlägt und das mit einem Druck von 7,5 Tonnen.

Die folgende Nacht haben wir auf einem anderen Platz verbracht, der nicht so weit von der Innenstadt entfernt und leichter zu finden ist. Auch diesmal wurden wir von niemandem unsanft geweckt, doch trotzdem kam am nächsten Morgen der Schock:

Wir waren etwas unvorsichtig gewesen, denn wir hatten das Auto nicht abgeschlossen als wir etwa zehn Meter davon entfernt frühstückten. Das ist im Outback ja normalerweise kein Problem, weil da ja für gewöhnlich keine Menschenseele zu sehen ist.

Während wir beim Frühstück saßen, stellte sich ein Typ mit seinem Auto neben Vicky und hat ziemlich nervös an seinem Auto herum gekramt. Er ist ist uns auch deshalb aufgefallen, weil der Kerl nicht wirklich zu dem Auto passte. Aber wir haben nicht weiter darauf geachtet, denn wir haben hier schon viele merkwürdige Gestalten getroffen und die haben sich meistens sogar als die Nettesten herausgestellt. Sando hat sogar kurz mit ihm geredet, weil dem Typ etwas aus dem Auto gefallen ist und er es ihm wieder gegeben hat.

Nach dem Frühstück – der Typ war immer noch da – ist Sando erst einmal auf die Toilette verschwunden und ich habe mit dem Aufwaschen begonnen. Da nutzte der Dieb die Gelegenheit, riss die Beifahrertür von Vicky auf und griff zu. Ich wurde erst aufmerksam als er mit quietschenden Reifen davon fuhr und ich die weit offen stehende Beifahrertür entdeckte. Zu meinem Erschrecken stellte ich fest, dass unsere Bauchtaschen mit Reisepass, Geldbeutel und allen anderen wichtigen Dokumenten weg waren. In Deutschland wäre das nicht so ganz so schlimm, weil man da alles relativ einfach wieder bekommt aber in Australien? Der Schock saß tief und ich bekam Gänsehaut. Völlig aufgelöst bin ich auf die Männertoilette gerannt und hab Sando gerufen. Er konnte einen klaren Gedanken fassen und hat erstmal die Polizei verständigt. Während wir warteten, sperrten wir alle unsere Bankkarten und bestellten für das australische Konto gleich neue zur Bank nach Darwin, damit wir trotz all dem irgendwann wieder an unser Geld herankommen. Als die Polizei dann eintraf, war Sando immer noch wegen der Bankkarten am Telefonieren, doch ich war zu aufgelöst um den Sachverhalt gegenüber der Polizei zu erklären. Sando war da glücklicherweise etwas gefasster. Nachdem die Polizei den Diebstahl aufgenommen hatte, eröffnete sie uns auch gleich, dass es wenig Hoffnung gibt, dass man den Dieb findet oder wir unsere Sachen wieder bekommen, da Darwin eine sehr hohe Kriminalität hat und die Polizei dem nicht Herr wird. Dabei haben die von uns eine ziemlich genaue Täterbeschreibung bekommen, da Sando ja mit dem Typen noch geredet hat. Leider haben wir uns das Kennzeichen des Autos nicht gemerkt. Aber das war wahrscheinlich eh nur gestohlen. Nachdem wir uns ziemlich über uns selber geärgert hatten und endlich wieder einen klaren Gedanken fassen konnten, sind wir in die Bücherei gefahren und haben eine Kopie von unseren Papieren ausgedruckt, die wir in Deutschland vorher eingescannt hatten. Danach wollten wir bei der Bank etwas Bargeld holen. Doch da hatten wir schon das erste Problem: Wie weist du dich ohne Pass, EC- Karte oder anderen ID- Karten aus. Wir hatten glücklicherweise den Vertrag von der Kontoeröffnung in unserem Backpack, somit konnten wir wenigstens an unser Geld ran. Danach haben wir uns erstmal einen Geldbeutel gekauft, damit wir das Bargeld, was wir von der Bank geholt hatten, verstauen konnten. Wir brauchten das Bargeld, weil wir in dem Moment auch einen leeren Tank hatten und wir aber in die Stadt zur Botschaft fahren wollten. Dort kam dann der nächste Schock, denn einen Reisepass von Australien aus zu beantragen, würde 200 Dollar kosten und mindestens zehn Wochen dauern. In Deutschland kostet ein neuer Reisepass etwa 70 Euro. Das ist wirklich kein schönes Gefühl zu wissen, dass man nicht einfach so nach Hause kann wenn man es will, sondern in einem Land festsitzt. Das machte die Situation schlimmer. Doch die Frau von der Botschaft hat uns ohnehin geraten, erst ein paar Tage zu warten, falls die Reisepässe doch wieder auftauchen sollten. Und das war auch der Fall. Nur fünf Stunden nach dem Diebstahl kam der Anruf von der Polizei, dass mein Reisepass und internationaler Führerschein am Flughafen gefunden und in der Polizeistation abgegeben wurden.

Wir sind sofort hingefahren und haben die Dokumente abgeholt, dabei haben wir gleich noch gefragt von wem das Zeug gefunden wurde und vor allem wo. Die Antwort war schon erstaunlich. Die Dokumente wurden am Flughafen gefunden und zwar von einem Taxifahrer, aber die Polizei hat ihn nicht nach seinem Namen gefragt und auch nicht wo genau sie gefunden wurden. Das muss man sich mal auf der Zunge zergehen lassen: Da kommt einer in die Polizeistation und bringt einen als gestohlen gemeldeten Ausweis und die kommen nicht mal von selbst darauf, ein paar grundlegende Fragen zu stellen. Aber na ja, warum sollten hier die Behörden cleverer sein als in anderen Ländern. Wir sind sofort zum Flughafen gefahren, um vielleicht den Finder am Taxistand anzutreffen und mehr Informationen zu bekommen. Leider hatten wir dabei kein Glück. Wir konnten mit der Polizei vom Flughafen sprechen. Die hatte eine Videoaufzeichnung von einem Kerl, der mit einem deutschen Reisepass (vermutlich Sandos) versucht hat, die letzten 25 Euro die ich im Geldbeutel hatte umzutauschen und dadurch aufgefallen ist, dass er ja als vermeintlicher Deutscher keine Ahnung hatte was das für eine Währung ist. Dank der Personenbeschreibung, die Sando der Polizei nun schon zum zweiten Mal gegeben hatte, und der Kopie von Sandos Ausweis, konnte die Polizei unserem Dieb dann wenigstens ein Gesicht zuweisen. Auch wenn die Polizeiarbeit keine große Professionalität durchblicken ließ, hat uns das doch Hoffnung gegeben, dass sie den Dieb fangen. Aber auch wir waren nicht untätig, da wir als Detektive unterwegs waren und die Verfolgung aufgenommen hatten. Wie bei CSI haben wir alles versucht, was wir konnten. So haben wir die Taxiunternehmen angerufen und sie darum gebeten, eine Rundmail an alle Taxifahrer zu schreiben, damit sich der Finder von meinem Ausweis vielleicht meldet. Auch das Mädchen, das in diesem Park saß und den Diebstahl beobachtet hatte, hatten wir noch einmal getroffen. Sie meinte allerdings nur, dass nicht sie das war, sondern ihre Schwester. Sie wollte uns partout nicht helfen. Wir vermuten, dass sie die Schule schwänzte und sich deswegen nicht als Zeuge bekennen wollte. So blieb nur abzuwarten.

Die nächsten Tage und Nächte waren sehr unruhig. Es fing schon damit an, dass wir mitten in der Nacht um zwei Uhr von der Polizei angerufen wurden, weil sie uns stolz mitteilen wollten, dass sie Sandos Führerschein und ein paar andere Dokumente gefunden haben. Das war natürlich eine tolle Nachricht aber war es denn wirklich notwendig, dass sie uns mitten in der Nacht anrufen? Danach waren wir hellwach und konnten nicht mehr weiterschlafen. Aber wir wollen uns ja nicht darüber beschweren. Am nächsten Tag sind wir gleich wieder zur Polizeistation gefahren und haben die Sachen abgeholt. Das war wie Weihnachten und Ostern zusammen, denn der Polizist hatte unseren kleinen Rucksack gefunden in dem ganz oben drin Sandos Führerschein war. Die cleveren Polizisten sind nicht mal auf die Idee gekommen den Rucksack komplett auszuräumen, bevor sie uns anrufen. Vor unseren Augen entleerte der Polizist den Rucksack und befragte uns in blindem Vertrauen, ob es unser Eigentum wäre oder nicht. Unter den Sachen befanden sich unter anderem ein I-Pad, etliche Smartphones und sogar der Schlüssel zu einer Harley Davidson. Natürlich haben wir nichts davon behalten, wir wussten ja schließlich nicht wo die Harley dazu stand. Aber immerhin haben wir ein Haufen Zeug von uns wieder bekommen. Ich hab auch meinen Geldbeutel wieder bekommen, in dem der Polizist sogar noch zehn Dollar gefunden hatte und nach genauerem Hinschauen hat Sando noch mal zehn Dollar zusätzlich darin gefunden. Soviel zur genauen Polizeiarbeit. Sando hatte seine Bauchtasche wieder. Leider war sein Reisepass immer noch nicht dabei. Aber wir haben die Hoffnung nicht aufgegeben, immerhin wurde der Rucksack bei einer Hausinspektion gefunden und somit konnten wir davon ausgehen, dass die Polizei auf der Spur des Diebes ist. Die Polizisten sind allerdings schon ganz schöne Schlafnasen, denn als Sando später erstmal den Stapel EC-Karten aussortierte, bemerkte er, dass zwei der Karten nicht seine waren. Aber gut, dafür steht wohl auch das N.T. von Northern Territorium für » Not Today« , »Not Tomorrow« maybe »Next Tuesday«. Was soviel heißen soll, dass der ganze Bundesstaat für das langsame Arbeiten und manchmal auch Denken berühmt ist. Das zeigt sich ja auch am Beispiel des Gahns, der Zugverbindung von Adelaide über Alice Springs nach Darwin. Denn obwohl es schon im 20. Jahrhundert eine Zugverbindung von Adelaide nach Alice Springs gab und der Baustart für die Zugstrecken zur selben Zeit war, konnte der Zug von Adelaide nach Darwin erst 2008 fahren. Also war Geduld angesagt.

Nachdem wir eine Führung im Parlament gemacht haben, ist uns eingefallen, dass wir Sandos Reisepass bei unserer Bank blockieren sollten, da der Dieb offensichtlich versucht ihn zu nutzen. Also bin ich mit meinem Ausweis zur Bank gegangen und hab den immer noch fehlenden Reisepass gesperrt. Wir haben versucht uns soweit wie möglich abzulenken, indem wir im botanischen Garten waren, nach neuen Mitfahrenden gesucht und einiges andere erledigt haben. Wir wollten so schnell wie möglich aus diesem Alptraum aufwachen.

Zum Glück kam dann am Donnerstag endlich die Nachricht, dass Sandos Reisepass gefunden wurde. Und nicht nur das, denn auch der Dieb wurde geschnappt. Sando bekam alles wieder, ich hatte leider nichts weiteres zurück bekommen aber wenigstens war der Reisepass da. Jetzt mussten wir nur noch auf die Bankkarten warten. So verbrachten wir weitere unruhige Nächte. Da wir in der Nacht von herum schreienden Aborigines und Vögeln, die so klingen als hätte jemand Geschlechtsverkehr, wach gehalten wurden. Während wir auf die EC-Karten warteten, stieg mit jedem Tag den wir in Darwin geschlafen haben, auch die Chance eine Strafe für illegales Campen zu bekommen. Auch wenn wir uns relativ sicher fühlten, da wir zu diesem Zeitpunkt schon vier Mal in Folge am selben Ort geschlafen hatten und niemand etwas gesagt hat. Nicht mal die Stadtmitarbeiter die jeden Morgen den Park, in dem wir waren, aufgeräumt haben.

Bis zum Freitagmorgen. Da klopfte es an unserer Tür und prompt hatten wir eine 300 Dollar Strafe fürs wild Campen. Dabei war es nicht mal die Polizei gewesen, sondern ein Angestellter der Stadt, der kein Bisschen Mitleid mit uns hatte und uns auch nicht vorgewarnt hatte. In diesem Park existierte auch kein einziges »Campen Verboten« Schild und auf die Frage hin, woher wir denn wissen sollen, dass es an diesem Platz nicht erlaubt ist, bekamen wir lediglich die Antwort: »Das ist nicht mein Problem«. Und wieder saß der Schock tief. Jetzt wurden wir nicht nur bestohlen, sondern haben auch eine Strafe auf dem Hals. Wir konnten Darwin immer noch nicht verlassen, weil wir auf die neuen Bankkarten warteten. Wir haben schon alles Mögliche von dieser Stadt gesehen und festgestellt, dass sie nicht wirklich viel zu bieten hatte. Nur die Sonnenuntergänge waren sehr schön, aber die leuchten auch nur so spektakulär, weil so viel Staub und Dreck in der Atmosphäre ist, dass sich das Licht stärker darin spiegelt. Und darauf sind die auch noch stolz!

Doch dann kam endlich die Erlösung. Die Bank rief an und man teilte uns mit, dass die Bankkarten da wären.

Dabei erfasste uns auch schon die nächste Sturmböe, denn nur meine Bankkarte kam an. Sandos Karte wurde fälschlicherweise nach Süd-Australien geschickt. Es waren nur noch die Karten die uns in dieser langweiligen, frustrierenden Stadt gehalten hatten und jetzt kam diese Nachricht. Dann kam noch das Entsperren des Kontos mit Sandos gesperrten Reisepass dazu. Man sagte mir, die ja vollen Zugriff zum Bankaccount und einen gültigen Ausweis besaß, dass ich das nicht machen könne, sondern nur Sando. Also musste Sando mit seinem gesperrten Ausweis als Identifizierung – Bankkarte hatte er ja keine – diese Sperrung löschen. Die haben nicht mal eine Unterschrift von ihm verlangt. Das macht irgendwie keinen Sinn oder? Unserer Meinung nach spricht es nicht gerade für die Sicherheit einer Bank, wenn jemand mit einem als gestohlenen gemeldeten Reisepass die Sperrung raus nehmen kann.

Nachdem wir unseren Frust mit einer Beschwerde abgelassen hatten, setzten wir alle Hebel in Bewegung, um die Stadt so schnell wie möglich verlassen zu können. Wir dachten, dass wir erstmal mit einer Bankkarte auskommen und Sandos später noch einmal bestellen. Wir hatten einfach genug von Darwin. Das war einfach zu viel gewesen.

Aber zum Schluss machten wir auch noch eine echt tolle und berührende Erfahrung: Während Sando noch im Supermarkt war um ein paar Lebensmittel einzukaufen, kam ich mit einem älteren Pärchen ins Gespräch und erzählte von unseren Erlebnissen in Darwin. Nachdem der Mann sich das eine Weile angehört hatte, ist er kurz verschwunden und kam ein paar Minuten später mit einem Lottoschein wieder. Er drückte ihn mir mit den Worten in die Hand: »Ihr hattet so viel Pech, da könnt ihr ja jetzt nur noch Glück haben.« Danach umarmte er mich und sie verschwanden. Das war wirklich so rührend von ihnen. Das ist schon Wahnsinn, wenn man bedenkt, dass man jemanden für 2,50 Dollar so aufmuntern kann. Ich hatte Gänsehaut vor Freude. Wir haben zwar kein Geld gewonnen, aber das war einfach eine so unvergessliche und selbstlose Geste, dass wir eigentlich schon dadurch etwas gewonnen haben: Ein gutes Erlebnis in Darwin.

Trotzdem wollten wir diese Stadt einfach nur noch verlassen und waren echt glücklich darüber, endlich losfahren zu können. Dafür mussten wir unserem potentiellen Mitfahrer leider absagen, weil wir ursprünglich einen Tag später losfahren wollten, aber uns hielt nichts mehr in dieser verdammten Stadt. Wir waren mittlerweile in einigen Städten gewesen, aber Darwin war unser schlechtestes Erlebnis, das wir bis dato hatten und unser schlimmster Alptraum. Es bringen uns keine sieben Pferde mehr dahin. Wir hätten niemals gedacht, dass wir, nachdem wir die Stadtgrenze überquert hatten, dermaßen erleichtert waren. Wir konnten die erste Nacht seit sieben Tagen endlich mal wieder ruhig und entspannt schlafen.

Jetzt wollten wir erstmal ein paar gemütliche Tage im Kakadu National Park verbringen und hofften dass der Sturm vorüber war. Doch leider hatten wir nur das Auge eines Orkans erreicht, denn der größte Schaden kam noch.

Das Auge des Orkans

Nachdem wir aus Darwin heraus waren und endlich mal wieder super gut geschlafen hatten, sind wir zum Kakadu National Park gefahren. Dort konnten wir viele detaillierte Felsmalereien von Aborigines bestaunen und sehr viele wilde Salzwasserkrokodile beobachten. Also war erst mal kein Baden mehr möglich. Zumindest, wenn man den Besuch im Nationalpark überleben wollte, denn bis auf eine einzige Badestelle konnte man nämlich nirgends baden, ohne Gefahr zu laufen von einem Salti gefressen zu werden. Diese besagte Stelle war für Krokodile unerreichbar und auch der Mensch kommt ganz schön ins Schwitzen wenn er sich dort erfrischen will, denn die Stelle ist ein natürlicher Steinpool am oberen Ende eines 80 Meter hohen Wasserfalls. Um zu diesem Wasserfall zu gelangen, muss man erst einmal eine Gravel Road fahren, die zwar offiziell für normale Autos freigegeben, aber in Wirklichkeit eine stattliche Allradstrecke ist. Wir haben uns zwar nicht festgefahren, aber die Piste war so uneben und löchrig, dass wir teilweise mit maximal fünf Kilometern pro Stunde dahinschleichen mussten, um nicht noch eine Ölwanne zu vernichten. Abgesehen von der Unebenheit, waren auch überall große Steine und der Weg erinnerte eher an ein ausgetrocknetes Flussbett. Aber auch diese Strecke meisterte Vicky mit Bravour obwohl wir wieder skeptische Blicke von Allradfahrzeugfahrern ernteten. Er ist einfach der beste. Wir waren nicht die Schlimmsten, denn eine asiatische Familie hat es tatsächlich fertiggebracht ein gemietetes Wohnmobil über diese Piste zu prügeln.

Als wir den steilen Weg zum Pool erklettert haben, konnten wir unsere Erfrischung mit einem wunderschönen Ausblick verbinden, denn der Steinpool befand sich direkt an der Kante eines Wasserfalles. Das hatte den Effekt, dass es so aussah als könne man bis zum Horizont schwimmen. So etwas ähnliches, haben wir bereits in Singapur in dem Hotel gesehen: da endete der Hotelpool auf dem Dach auch genau an der Kante. Dies war also die natürliche Version davon und es war wirklich wunderschön dort.

Wir haben im Kakadu Nationalpark nicht nur die krokodilfreie Badestelle gefunden, sondern sind auch wieder sehr schöne Wanderwege entlang gelaufen. Zu einer »Hauptattraktion« des Parks mussten wir dann trampen, da diesmal wirklich ein Allradfahrzeug nötig gewesen wäre. Um das Ziel zu erreichen, muss man mit dem Auto einen etwa 80 Zentimeter tiefen Fluss, in dem viele Krokodile leben, durchqueren. Wir mussten auch nicht lange warten, denn nach zehn Minuten hat auch schon einer angehalten. Nach einer zweistündigen Fahrt über sandige Pisten, konnten wir dann die berühmten Jim Jim Falls bewundern. Leider war Trockenzeit und die Wasserfälle waren ausgetrocknet, aber man konnte die Spuren des Wassers im Stein sehen und sich vorstellen, was für Wassermassen in der Regenzeit da runter stürzen. Auf dem Weg, weiter zu den Twin Falls, sind wir durch den Fluss gefahren. Das war wirklich aufregend, denn wie gesagt in diesem Fluss leben Krokodile, was im Northern Territorium auch nicht anders zu erwarten war. Da sitzt man dann in einem fremden Auto und hofft das es nicht wegen irgendetwas stehen bleibt. Wäre auch blöd wenn man mitten im Fluss einen Platten hätte.

Leider war der Zielort ziemlich enttäuschend, denn man kann die Twin Falls nur sehen, wenn man vorher im Besucherzentrum eine Bootstour gebucht hat oder 2,5 Stunden klettert. Da weder wir, noch unsere Mitfahrgelegenheit diese Tour gebucht hatten und eine ältere Frau mit im Auto saß, konnten wir beides nicht machen. Daher konnten wir diese Wasserfälle leider nicht sehen. Aber manchmal ist auch einfach der Weg das Ziel. Auf dem Rückweg mussten wir wieder durch das Wasser fahren und haben leider beide Male kein einziges Krokodil gesehen. Wir wussten aber, dass sie da sind und uns sehen, denn so ein

Krokodil kann locker drei Stunden unter Wasser bleiben und seine Umgebung beobachten.

Nachdem wir zurück bei unserem Vicky waren, sind wir zu unserem Campingspot gefahren und wurden wieder mit einem Buschfeuer konfrontiert. Schon auf dem Weg zum Spot sah man überall verbrannte Bäume und Pflanzen. Am Schlafplatz selbst waren wir im Rauch eingenebelt und da dort nur zwei andere Camper waren, haben wir ein älteres Pärchen gefragt, ob wir hier denn sicher schlafen können. Darauf kam nur die Antwort, dass ist hier schon seit vier Tagen so, das Buschfeuer was den Rauch verursacht ist schon längst aus und das würde nur noch glimmen. Auf der anderen Seite des Flusses war zwar noch ein Buschfeuer, aber das würde den Schlafplatz nicht erreichen.

Da wir auch keine großen Flammen mehr gesehen haben, entschieden wir uns die Nacht dort zu bleiben. Wir vertrauten darauf, dass die Australier schon wissen, wann sie vor dem Feuer flüchten müssen und wann nicht. Wir haben uns zwar trotzdem nicht hundertprozentig wohl gefühlt, aber das war endlich mal eine Nacht, in der man bedenkenlos draußen sitzen konnte ohne von tausenden Mücken zerfressen zu werden. Und das ganz ohne Chemie. Ein weiterer Pluspunkt für den Campingspot war, dass wir dort auch nichts bezahlen mussten, denn der sogenannte Iron Ranger (Eiserner Aufseher) für die Selbstbezahlung war defekt. Der Iron Ranger ist im Grunde nur eine Art Briefkasten, bei dem man seine Details auf dem bereitgestellten Formular niederschreibt und dieses mit der entsprechenden Bargeldsumme einwirft. Wir finden es schon sehr interessant, dass hier in Australien das Vertrauen noch ganz groß geschrieben wird und das auch noch funktioniert. Auch wenn wir es etwas ungeschickt finden, dass die Gebühren meist unmögliche Beträge wie zum Beispiel 6,30 Dollar waren. Das bedeutet nämlich man muss immer die passende Menge an Kleingeld haben oder Trinkgeld geben, denn der Iron Ranger wechselt nicht.

Aber wir hatten eh Glück, denn wir mussten während der

gesamten Zeit im Park nichts fürs Campen bezahlen. Obwohl normalerweise überall Gebühren zu bezahlen sind. Beim ersten Schlafplatz kamen wir etwas später an und da es keinen Iron Ranger für die Selbstbezahlung gab und der Platzwart schon mit dem Geldeinsammeln durch war, konnten wir dort sogar kostenlos duschen. Der zweite Spot war der verrauchte und beim dritten war der Iron Ranger wegen Wartungsarbeiten mit einer Folie abgedeckt.

Es war richtig angenehm, nach dem ganzen Alptraum wieder zurück in der Natur zu sein und mal wieder Glück zu haben. Doch leider hielt das nicht lange an.

Nachdem wir dreieinhalb Tage im Nationalpark verbracht hatten, sind wir wieder Richtung Darwin gefahren. Aber um Gotteswillen nicht wieder in die Stadt zurück, sondern wir waren auf dem Weg zum Lichtfield Nationalpark. Dieser liegt vom Stuart Highway aus gesehen ungefähr auf der gleichen Höhe wie der Kakadu Nationalpark. Eigentlich wollten wir diesen schon vor Darwin besuchen, aber auf Grund des auslaufenden Getriebeöls mussten wir diesen Umweg in Kauf nehmen und die Reihenfolge etwas ändern.

Im Lichtfield angekommen, haben wir die wunderschönen Kaskadenwasserfälle und Steinpools, die sich unterhalb beziehungsweise oberhalb eines Wasserfalles befanden, genossen und konnten sogar in jedem schwimmen, da es im Lichtfield Nationalpark keine Krokodile gibt. Auch wenn es keine Krokodile gab, konnten wir trotzdem mit Echsen schwimmen, denn davon gab es genügend in den Pools. Es ist Wahnsinn, wenn man aus dem Wasser auftaucht und eine Armlänge entfernt schwimmt eine ein Meter lange Echse ihre Bahnen. In diesem Nationalpark befanden sich auch beeindruckende, fünf Meter hohe Termitenhügel.

Nach zwei Tagen in diesem Badeparadies, sind wir zurück nach Katherine gefahren. Diese Stadt ist mehr oder weniger eine große Kreuzung, denn um auf den Victoria Highway Richtung West-Australien zu kommen, muss man durch diese Stadt.

Auf der Fahrt dorthin sahen wir einen Mann am Straßenrand stehen, der auf den ersten Blick wie ein ganz normaler Tramper aussah. Doch beim zweiten Hinsehen sahen wir, dass er gar kein Gepäck hatte und am Straßenrand ein defekter Jeep stand. Also haben wir, wie wir das für einen normalen Tramper auch gemacht hätten, angehalten. Er hieß Murray und erzählte uns, dass er einen platten Reifen hat und sein Radschlüssel beim Versuch den Reifen zu wechseln abgebrochen war. Da man in Australien ja nicht überall Mobilfunkempfang hat und man auch sehr oft weit weg von der nächsten Zivilisation ist, ist Trampen meist die einzige Möglichkeit um Hilfe zu holen. Wir konnten ihm mit unserem Bordwerkzeug nicht helfen, so haben wir ihn natürlich mitgenommen. Auch wenn einem schon etwas mulmig wird, wenn man mitten in der Pampa einen wildfremden Menschen mitnimmt, aber wenn wir eine Panne hätten, wären wir auch froh, wenn jemand hilft. Denn wenn keiner anhält, kann das in Australien auch schnell mal lebensbedrohlich werden, da man ja nicht unbegrenzt Wasser mit sich trägt und es schnell um die 40 Grad heiß wird.

Nachdem wir ihn bis zu seinem Haus im nächst größeren Ort, in das etwa 130 Kilometer entfernte Pine Creek, gefahren hatten lud er uns ein die Nacht dort zu verbringen. Da man als Backpacker immer froh ist, Australier kennen zu lernen und ab und zu den Luxus eines richtigen Hauses zu genießen, haben wir das Angebot natürlich dankend angenommen. So konnten wir wieder die tolle Gastfreundlichkeit der Australier erleben, denn wir wurden bekocht, konnten duschen gehen und auch unsere Wäsche waschen. Das Essen war echt was besonderes. Es war zwar »nur« Fischschnitzel mit Salat und selbst gemachten Pommes Frites, aber das war so himmlisch, weil es einfach mal keine Nudeln oder Reis waren. Das ist normalerweise unsere Hauptmahlzeit, da wir für gewöhnlich keine Kühlmöglichkeit und keinen Backofen haben. Abgesehen davon sind Reis und Nudeln die günstigsten Lebensmittel und wir sparen uns das Geld für das Reisen. Somit freut man sich schon über kleine Dinge wie über einen Salat und Pommes.

Sando ist mit Murray noch mal zurück gefahren, um mit dem neuem Radschlüssel einen zweiten Versuch zu starten, den Reifen zu wechseln. Das war im Endeffekt auch nicht von Erfolg gekrönt, da die Werkstatt, in der das Auto zwei Tage zuvor war, das Rad so fest angeschraubt hatte, dass die den zweiten Radschlüssel auch abgebrochen und einen dritten verbogen hatten. Also waren sie um sonst noch mal 260 Kilometer gefahren. Währenddessen wurde ich von Murrays Frau Ann zu ein paar Apple Cider (schmeckt wie Saurer Apfel mit Kohlensäure und Alkohol) eingeladen und hab es mir vor dem TV gemütlich gemacht. Das war echt angenehm, nach dem ganzen Stress mal wieder die tollen Erlebnisse zu spüren und die Beine hochzulegen.

Am nächsten Morgen haben wir uns von Murray und seiner Frau verabschiedet. Da er etwas später am Tag ebenfalls nach Katherine fahren wollte, um einen transportablen Schlagschrauber für sein Auto zu besorgen, sagte er so aus Spaß, dass er uns eine Stunde Vorsprung gibt falls wir am Straßenrand liegen bleiben und Hilfe brauchen. Er gab uns auch seine Handynummer, was ohne Empfang zwar nicht sehr nützlich, aber immerhin lieb gemeint war. Doch leider war das kein Spaß, sondern eher eine Vorahnung.

Schon nach etwa 20 Kilometern Fahrt lief der Motor heiß. Wir haben schon seit ein paar Tagen manchmal ein komisches metallisches Klopfen aus dem Motorraum gehört, aber da es immer wieder nach kurzer Zeit verschwunden ist und der alte Vicky immer irgendwelche Geräusche macht, haben wir uns keine großen Gedanken darüber gemacht. Das war vielleicht ein Fehler. Nachdem wir am Straßenrand angehalten haben, hat Sando festgestellt, dass kein Kühlwasser vom Kühler in den Motor gepumpt wird und das Wasser im Motorblock schon vollständig verdunstet war. Er hat dann erst einmal Wasser aufgefüllt in der

Hoffnung, dass die Pumpe einfach nur aufgrund des niedrigen Wasserstandes nicht funktionieren konnte, doch das half wenig. Irgendwo musste der Kreislauf verstopft sein. Die nächste Möglichkeit war ein defektes Thermostat. Wieder einmal bewährte sich das Werkstatthandbuch. Sando baute das Thermostat aus, was bei kochend heißem Motor auf dem Highway nicht gerade Spaß machte und probierte das Fahren ohne. Leider blieb auch das ohne Erfolg. Mittlerweile waren etwa anderthalb Stunden ins Land gezogen als tatsächlich Murray, auf dem Weg nach Kathrine, neben uns angehalten hat. Er und Sando erörterten kurz das Problem und Sando hoffte auf eine letzte Möglichkeit die reparierbar war. Die Kühlwasserpumpe könnte defekt sein. Murray sagte kurz entschlossen zu Sando, dass er doch schon mal die alte Pumpe ausbauen sollte. Er wollte in die Stadt fahren und eine neue besorgen.

Also machte sich Sando daran die Wasserpumpe auszubauen. Wohl gemerkt, wir waren immer noch auf dem Highway – ohne Schatten. Sando hatte nur sein Bordwerkzeug und die Temperaturen gingen in Richtung 35 Grad. Ich hab deshalb auch die ganze Zeit darauf geachtet, dass Sando wenigstens immer genug trinkt und sich zwischendurch mal mit Sonnencreme einschmiert.

Kurz nachdem Sando mit dem Ausbau der Pumpe fertig war, kam auch schon Murray mit der neuen an. Wir haben keine Ahnung wie er es geschafft hat, in so kurzer Zeit ein neues Ersatzteil für einen 30 Jahre alten Van zu besorgen, denn jedes Mal wenn wir nach irgendeinem Teil gesucht haben, hätten wir es mit einer Wartezeit von mindestens einer Woche bestellen müssen. Wir waren froh, dass er es geschafft hatte. Leider musste Murray dann auch schon gleich weiter, denn er hatte einen Termin mit der Werkstatt.

Also neue Pumpe eingebaut und nun schon zum vierten Mal wieder Kühlwasser aufgefüllt. Der ganze Wechsel hat ohne Wartezeiten ganze zwei Stunden gedauert und das auf dem

Highway mit Bordwerkzeug. Der nächste Mechaniker, der uns erzählen will, dass er dafür einen halben Tag braucht, bekommt einen Arschtritt.

Dann machten wir den finalen Test. Da sich der Motor bei Vicky unter dem Beifahrersitz befand und wir in diesem Auto leben, sah es entsprechend aus als hätte eine Bombe eingeschlagen. Überall war unser Zeug nur grob beiseite geschmissen. Damit Sando während der Testfahrt den Motor im Blick behalten konnte und sich keine Stauwärme bildet, musste ich die ganze Zeit auf der Rückbank sitzen und den Beifahrersitz hoch halten. Da saß ich nun da wie eine türkische Asha, eingeklemmt in einem uralten Van, zwischen Matratze, Jacken, Bettzeug, Wasserkanister und jeglichem anderem Gerümpel. Ich konnte mich kaum bewegen, da ich immer noch den Beifahrersitz hoch halten musste. Es fehlte nur noch die Waschmaschine auf dem Gepäckträger. Statt einer Waschmaschine befanden sich ein Benzinkanister, zwei Wasserkanister und Feuerholz auf dem Dach. Eigentlich fehlte nur das Kopftuch und das Bild wäre perfekt gewesen.

Der Austausch der Kühlerpumpe half leider auch nicht. So mussten wir nach kurzer Zeit wieder am Straßenrand stehen bleiben und waren trotzdem immer noch 60 Kilometer von der nächsten Stadt entfernt. Während Sando sich noch mal den Motor angeschaut hat, band ich mir ein Handtuch um den Kopf, um es etwas angenehmer zu haben, da es im Auto mitten in der Sonne sehr heiß wurde. In dem Moment musste ich einfach nur laut loslachen. Das Bild war perfekt, hinten die türkische Asha mit dem Kopftuch und dem ganzen Kram und vorne stand der Mann fluchend am dampfenden Auto. Die Situation war alles andere als witzig, aber es war einfach nur göttlich und ich konnte mir das Lachen nicht mehr verkneifen. Doch mir verging es, als Sando festgestellt hat, dass der Kühlkreislauf offensichtlich irgendwo in den feinen Kanälen des Motors verstopft war und dieser zu allem Übel jetzt auch noch Abgase durch das Kühlsystem blies. Außerdem vermutete er, dass der Zylinderkopf gerissen war. Das würde bedeuten, dass wir das Auto entweder nicht reparieren können oder sehr hohe Kosten auf uns zukommen.

Jetzt erst einmal tief durchatmen und eine Lösung finden. Erstmal mussten wir vom Highway runter kommen. Wir versuchten es mit Murrays Technik und haben Autos angehalten, in der Hoffnung irgendjemand hat ein Abschleppseil dabei. Wir stellten zu unserem Bedauern fest, dass in Australien normalerweise niemand so etwas dabei hat, da es mit den ganzen großen LKW auf der Straße ziemlich gefährlich ist, jemanden abzuschleppen. Da haben wir es auch bereut, nicht wie geplant, ein Abschleppseil in Darwin gekauft zu haben. Das hätten wir lieber machen sollen.

Zu unserer Verwunderung stellten wir aber auch fest, wie viele Deutsche im australischen Outback unterwegs sind. Und so fanden wir zum Glück auch drei Jungs, die uns mit einem Bergsteigerseil abgeschleppt haben.

Damit hat der Orkan mit voller Wucht eingeschlagen, denn wir ahnten, dass das Auto Schrott sei.

Die Jungs haben uns zur nächstbesten Werkstatt in Katherine geschleppt, die auch gleichzeitig den einzigen Schrottplatz im Umkreis von 300 Kilometern betreibt. Da wir aber fast den ganzen Tag auf dem Highway standen und es mittlerweile 16.00 Uhr war und zu unserem Glück auch noch Freitag, mussten wir bis Montag warten, um mal einen Mechaniker zu Gesicht zu bekommen.

Also mussten wir ein paar Tage in Katherine verbringen und hatten Zeit den Schock zu verarbeiten und uns Gedanken darüber zu machen wie wir weiter reisen, wenn Vicky wirklich so kaputt ist wie wir vermuten.

Da wir schon vermuteten, dass wir das Auto verschrotten müssen, haben wir es zusammen mit der ganzen Campingausrüstung als Ersatzteilspender ins Internet gestellt, um wenigstens noch etwas Geld aus dem Unglück herauszuschlagen. Wir hatten über das Wochenende auch schon mit ein paar Interessenten verhandelt, sie aber auf Montagnachmittag vertröstet, in der Hoffnung, dass der Schaden doch irgendwie zu beheben sei. Wir haben schon mal unsere Rucksäcke zusammen gepackt und mussten feststellen, dass sich nach sechs Monaten wirklich so einiges angesammelt hatte, was wir eigentlich nicht brauchen. Aber ein Backpacker stürzt sich wie ein Obdachloser auf alles was er umsonst kriegen kann, auch wenn er es gar nicht braucht. So mussten wir einiges aussortieren, damit wir wenigstens das Wichtigste in die Rucksäcke bekommen. Damit dieses Wochenende nicht ganz so deprimierend war, haben wir versucht uns etwas abzulenken und waren jeden Tag an den warmen Quellen baden, die zum Glück in der Nähe vom Schrottplatz waren.

Am Montag Morgen bekamen wir die endgültige Bestätigung: Riss im Zylinderkopf, Reparaturkosten über 3000 Dollar! Das war für arme Backpacker wie uns nicht drin. Wir hatten gerade mal noch 2000 Dollar auf dem australischen Konto und bei einem Fahrzeugwert von 1200 Dollar wäre es eh total unwirtschaftlich gewesen. Nun war auch die letzte Hoffnung gestorben und wir machten uns an den Ausverkauf von Vicky. Das war das Schlimmste was uns nach dem ganzen Stress hätte passieren können. Wir waren wirklich am Boden zerstört.

Noch am gleichen Tag haben wir Vicky ausgeschlachtet. Ein paar Teile und das ausgepumpte Benzin – wir hatten ja noch in Pine Creek vollgetankt – haben wir an Murray verkauft. Er war noch einmal nach Katherine gekommen, weil er wissen wollte wie es weiter geht und da er selber ein paar Oldtimer-Projekte hat, darunter einen alten Toyota, hat er uns die Teile bereitwillig abgekauft. Leider hat er uns viel zu wenig Geld gegeben, aber wir waren froh, dass wir wenigstens noch etwas rausschlagen konnten.

Und auch die Interessenten für die Campingausstattung waren schnell zur Stelle, um sich das Beste raus zu greifen. Wir

fühlten uns wie bei einer Zwangsvollstreckung, denn wir mussten alles verkaufen was wir an materiellem Wert hier in Australien besessen haben. Selbst ein paar Lebensmittel, da wir nicht
alles was wir für zwei Wochen eingelagert hatten, tragen konnten. Der Käufer hat die Situation sogar noch ausgenutzt und die
Campingausstattung etwas runter gehandelt. Wir haben das
Zeug eh schon viel zu günstig verkauft, aber wir hatten ja keine
andere Wahl. Das war eine weitere Bestätigung, dass wir bei
einer Zwangsvollstreckung sein mussten. So wurden uns »Wohnung«, Auto, Lebensmittel und sogar die Matratze genommen.

Nebenbei mussten wir uns dann auch noch mit dem Besitzer
des Schrottplatzes herum streiten. Er weigerte sich Vicky anzunehmen, weil er angeblich kein Platz mehr hatte. Dummerweise
war er der einzige Schrottplatz im Umkreis von 300 Kilometern
und Vicky stand nun mal fahruntauglich direkt vor seiner Tür.
Wir vermuteten, dass der Schrottplatzbesitzer darauf hoffte,
dass wir das Auto einfach stehen lassen würden und er es sich
dann kostenlos holen könnte. Also ist Sando noch mal zu ihm
hin und hat ihm gesagt, dass wir Freunde in Katherine haben,
die täglich am Schrottplatz vorbei fahren. Sobald das Auto nicht
mehr stünde, würden wir ihn wegen Diebstahls anzeigen. Falls
wir einen Strafzettel von der Stadt bekommen, weil unser unan-
gemeldetes Auto mitten in der Stadt vor sich hin rottet, würden
wir der Stadt erklären, dass wir es nicht ordnungsgemäß verschrotten können, da sich der Schrottplatz weigert. Siehe da,
plötzlich hatte er einen Platz frei und hat uns noch, großzügig
wie er war, 50 Dollar gegeben.

Das war zwar ein kleiner Sieg, doch die Niederlage war erdrü-
ckend. Wir haben uns gefühlt, als wären wir von oben nach ganz
unten herabgestürzt. Zwar haben wir durch den Teileverkauf,
den Verkauf unserer Campingausrüstung und dem Verschrotten insgesamt 400 Dollar eingenommen, aber das ersetzte den
entstandenen Schaden nicht einmal annähernd. Dabei ging es
nicht mal um Vickys materiellen Wert, sondern darum, dass wir

mit ihm unsere Wohnung, unseren Lebensmittelpunkt, unseren Rückzugsort und unsere Reisefreiheit verloren haben. Es mag wirklich etwas merkwürdig klingen aber Vicky war für uns mehr als nur ein Auto. Er war alles was wir in Australien besaßen und immer ein treuer Wegbegleiter. Es brach uns wirklich das Herz, ihn zu verschrotten. Zum Teil kamen schon die ersten Gedanken auf, nach Hause zu fliegen, da wir so viel Pech nicht mehr ertragen konnten. Aber wir versuchten uns davon nicht entmutigen zu lassen.

Wir haben uns nach einer Mitfahrgelegenheit umgeschaut und dabei ein wirklich unseriöses Angebot bekommen: Ein Mann hätte uns mitgenommen, wenn ich mit ihm geschlafen hätte. Natürlich haben wir sofort aufgelegt als wir das hörten, denn wir waren sicher, dass es auf dieser Welt noch normale Menschen gibt. Also ging die Suche weiter. Normalerweise ist das auch kein Problem, da man ganz schnell andere Backpacker findet. Aber nur wenige fahren von Katherine aus nach Westen weiter und wenn doch, haben sie ihre Mitfahrgelegenheit meist schon in Darwin oder Alice Springs eingeladen.

Wir waren schon so verzweifelt, dass wir sogar auf dem Parkplatz am Supermarkt Reisende gefragt haben, ob sie nach West-Australien fahren. Leider fuhren alle nur zurück nach Adelaide oder zur Ostküste. Wir haben uns ziemlich am Ende gefühlt und ganz unten in der Gesellschaft. Es hat den Eindruck gemacht, als wären wir Obdachlose, die nach etwas Essen betteln. Wir kamen uns echt blöd vor. Wir überlegten sogar, ob wir auf die Schnelle ein günstiges Auto kaufen können. Entweder waren die zu teuer oder in einem so schlechten Zustand, dass wir damit keine 3000 Kilometer lange Reise antreten wollten.

Da wir in circa vier Wochen in Geraldton sein mussten, um die neue Arbeitsstelle bei CBH anzufangen, wollten wir keine weitere Zeit mehr verlieren. Kurzerhand entschieden wir uns, am nächsten Tag mit dem Bus nach Broome zu fahren, um von da aus zu schauen wie es weitergeht. Trotz des Ausverkaufs hatten wir immer noch so viel Zeug, dass wir noch ein Paket nach Deutschland schicken mussten. Hauptsächlich mit Klamotten, die wir in den letzten sechs Monaten nicht gebraucht hatten.

Schon standen wir vor dem ersten Problem ohne Auto. Wie bekommen wir das Zeug, was noch im Vicky war, bis in das zwei Kilometer entfernte Stadtzentrum? Da wir uns eh schon wie Penner gefühlt haben, entschieden wir uns für das Naheliegende: Wir borgten uns am Supermarkt einen Einkaufswagen und sind damit von der Stadt aus zum Schrottplatz gelaufen, um unsere Habseligkeiten zu holen. Die Situation war so komisch, dass ich die ganze Zeit darüber lachen musste, wie Sando den Einkaufswagen durch die Stadt schob. Das sah einfach zu merkwürdig aus. Sando fand das im Gegenteil dazu, ganz und gar nicht lustig. Aber als Backpacker lernt man schnell, dass einem nichts zu blöd sein darf, solange man dabei Geld spart. Und der Einkaufswagen war wirklich eine gute Wahl, denn das war angenehmer, als das ganze Zeug zwei Kilometer weit durch die Hitze zu schleppen und viel billiger, als ein Taxi zu bezahlen. Das Schamgefühl sinkt immer mehr.

Wir haben noch einmal eine letzte Nacht in Vicky geschlafen, so wie am Anfang, nachdem uns der Inder in Berri aus dem Hostel geschmissen hatte. Keine Kochmöglichkeiten, keine Matratze und kaum Ausstattung. Nicht, dass es für Verwunderung sorgt: Vicky war in dem Moment schon im Besitz des Schrottplatzes aber wir haben mit dem neuen Besitzer ausgemacht, dass wir in ihm schlafen können bis unser Bus nach Broome abfährt.

Am nächsten Morgen kam dann der schwerste Teil unserer Reise: Wir mussten uns endgültig von Vicky verabschieden. Er hat uns wirklich gute Dienste geleistet und uns in den letzten fünf Monaten 20.000 Kilometer weit gebracht. Er hat uns an Orte gebracht, die einem Van keiner zugetraut hätte, uns eine Unterkunft gegeben und war immer zuverlässig. Doch es war einfach zu viel für den alten Mann. Bei unserer Vorbesitzerin war er im Ruhestand, da sie nur kleine Strecken innerhalb des

Stadtteiles gefahren ist. Wir haben ihn wahrscheinlich zu sehr belastet, denn der Zylinderkopf war nur die Krönung der vielen kleinen Macken und Defekte. Auch wenn wir den Zylinderkopf repariert hätten, wären immer mehr Reparaturen auf uns zu gekommen. Trotzdem war er jeden Cent wert. Er war wirklich ein super Auto und guter Wegbegleiter.

Nachdem wir uns schweren Herzens verabschiedet hatten, sind wir mit unseren restlichen Sachen im Einkaufswagen ins Zentrum gelaufen und haben das Paket zur Post gebracht.

Dann ging es in den Bus. Wir hatten uns ganz fest vorgenommen, mit dem Einsteigen alle Probleme und das ganze Pech hinter uns zu lassen und nach vorne zu schauen. So ging es mit neuem Optimismus in Richtung Broome. Dort hofften wir, dass wir eine Mitfahrgelegenheit nach Geraldton finden, damit wir dann dort erst mal wieder zur Ruhe kommen und neu starten können. Doch auch die Reise nach Geraldton war nicht immer einfach.

Ungewohnte Wege

Nach anderthalb Tagen Busfahrt sind wir recht zerknittert in Broome angekommen. Dies war für uns eine extrem kurze Zeit für die 1500 Kilometer, denn mit Vicky hatten wir dafür eine Woche geplant. Trotzdem kam es uns wie eine Ewigkeit vor, auch wenn wir die meiste Zeit versucht haben zu schlafen. Nachdem wir unsere Sachen aus dem Bus genommen haben, sind wir erst mal zum nächsten Hostel gelaufen, das in fünf Minuten zu Fuß zu erreichen war. Leider konnten wir erst um 10 Uhr einchecken und es war erst 7 Uhr morgens. Zum Glück konnten wir aber schon mal unsere Sachen verstauen und frühstücken. Danach konnten wir erst mal in Ruhe die Stadt erkunden. Wir haben gleich andere Hostels angesteuert, um nach einer Mitfahrgelegenheit nach Geraldton zu suchen. Wir hatten Glück, denn in einem Hostel suchte jemand mit einem Aushang nach Mitreisenden. Sofort haben wir dort angerufen und nach fünf Minuten stand Otto vor uns. Wie wir schnell erfuhren, ist dieser 1,90 Meter große, blonde Tollpatsch ein zwar etwas ruhiger aber netter Finne. Nachdem wir uns kurz unterhalten haben, beschlossen wir, dass wir zusammen in drei Tagen mit einem Mietwagen nach Geraldton fahren. Ursprünglich wollte Otto zwar erst später losfahren, aber er hatte sich umentschieden, was uns natürlich zugute kam. So hatten wir Zeit uns in Ruhe die Stadt anzuschauen, ohne dass wir weitere Tage verplempern. Danach sind wir erst einmal in ein Shopping-Center gegangen, um noch mal nach Autos zu schauen. Leider haben wir keine gefunden, doch wir haben durch Zufall zwei Mädchen getroffen, die wir in dem ersten Hostel in Port Adelaide kennengelernt haben. Das war schon merkwürdig, wenn man nach so vielen Kilometern und sechs Monaten, die Leute vom ersten Hostel wieder trifft. Australien ist halt auch nur ein kleines Land. Nach einem kurzen Plausch haben wir uns für den nächsten Tag auf einen Kaffee verabredet und sind wieder zurück zum Hostel gelaufen, um endlich einchecken zu können. Doch da kam erst einmal ein Kulturschock: Wir, oder eher ich, haben total vergessen was es bedeutet in einem Hostel zu schlafen und sich mit wildfremden Leuten das Zimmer teilen zu müssen. Nachdem wir den Schlüssel bekommen haben und in das zugewiesene Sechs-Personen Zimmer eingetreten sind, konnten wir keine zwei freien Betten mehr erkennen. Also wieder zurück zur Rezeption und sich ein anderes Zimmer geben lassen. Doch auch im nächsten Zimmer, diesmal nur für vier Personen, konnten wir keine freien Betten erkennen. Also wieder runter an die Rezeption. Der Chef ist dann selber mit in das Zimmer gegangen und hat festgestellt, dass eine einzelne Person, die in dem Zimmer schläft, sich so ausgebreitet hat, dass alle vier Betten belagert wurden. Nachdem der Chef das ganze Zeug auf ein Bett geschmissen hatten, waren nun endlich 2 Betten frei und wir konnten unser Zeug, das wir die ganze Zeit von einem Zimmer zum anderen geschleppt hatten, wieder ablegen. Aber nicht nur das war am Anfang wieder etwas schockierend, denn unser Zimmergenosse benötigte nicht nur sehr viel Platz, sondern war zudem auch ziemlich merkwürdig. Er hat die ganze Nacht nur gehustet, geröchelt und sich im Bett herumgewälzt. Und das war kein leichtes Husten wie bei einer Erkältung. Das klang eher so als würde er diese Nacht nicht mehr überleben. Wir wissen nicht, ob er eine Lungenentzündung oder sonst irgendwelche Seuchen hatte. Auf jeden Fall hörte es sich so schlimm an, dass er eigentlich zum Arzt gehen sollte. Bei jedem lauten Husten ist er so zusammen gezuckt, dass es schon fast so aussah, als hätte er einen Anfall. Da wir beide nachgefragt hatten, ob wir ihm irgendwie helfen können und er dankend abgelehnt hat, lagen wir so die halbe Nacht wach. Zum Glück ist er dann meistens mitten in der Nacht rausgegangen und hat draußen weiter geschlafen. So konnten wir wenigstens auch ein paar Stunden in Ruhe schlafen ohne zusammen zu zucken, weil wieder ein lautes Husten kam. Abgesehen von der Krankheit des Zimmergenossen, war auch sein Tagesverhalten ziemlich merkwürdig. Wenn man mit ihm geredet hat, dann schien es so, als wäre er in einer ganz anderen Welt und würde gar nicht wirklich zu hören. Jedoch wandelte sich das Verhalten innerhalb einer Stunde, wo er dann einen Rededrang bekam und Sachen erzählte, die einen in dem Moment nicht interessierten. Er hat auch nicht aufgehört wenn man ihm signalisiert hatte, dass man gerade was am PC arbeitet und jetzt keinen Nerv hat. Manchmal hat er einfach den ganzen Tag geschlafen und sich darüber beschwert, dass wir im Zimmer etwas gesucht haben und dabei laut waren. So wurde uns schon vor der zweiten Nacht klar, dass wir auf Dauer nicht von einem Hostel zum anderen reisen wollen. Natürlich ist so ein Hostel eine sehr günstige Unterkunft. Jedoch muss man dadurch viele Abstriche machen. Man hat kaum Privatsphäre und muss sich eine Küche, vier Toiletten und vier Duschen mit 60 Leuten teilen. Wenn man nur Zweisamkeit im Auto gewöhnt ist, dann ist es am Anfang schon recht erschreckend so zu leben. Zum Glück hatten wir ja schon eine Mitfahrgelegenheit nach Geraldton.

Nachdem wir also endlich unser Bett gefunden hatten, sind wir durch das chinesische Stadtviertel gelaufen und haben uns ein bisschen über die Geschichte von Broome informiert. Diese Stadt ist hauptsächlich durch Perlenzucht zu Reichtum gelangt. Am Abend haben wir uns dann die »Staircase to the Moon« – die Treppe zum Mond – angeschaut. Endlich mal etwas Positives an unserer unerwarteten Reise mit dem Bus, denn mit Vicky hätten wir das Naturphänomen wahrscheinlich verpasst. Durch die sehr stark ausfallenden Gezeiten in Broome, mit bis zu 12 Metern Tidenunterschied, entstehen durch das Licht des Vollmondes und der Spiegelung im Wattenmeer leuchtende Treppenstufen zum Mond. Das war wirklich ein tolles Naturschauspiel. Aber noch besser war, dass man auf dem Wattenmeer gute zwei Kilometer heraus laufen konnte. Dabei entdeckten wir jede Menge Seelebewesen. So zum Beispiel einige Seegurken, Seesterne und Krabben. Aber der Höhepunkt war, dass man bei der Dunkelheit genau sehen konnte wo man langgelaufen ist, denn im Schlamm befanden sich kleine Mikrolebewesen, die bei jedem Tritt anfingen blau zu leuchten. Man könnte denken, sie wären verstrahlt oder Aliens. Das war mir etwas unheimlich, da es es bei jedem Schritt bläulich schimmerte. Es sah offen gesagt auch irgendwie aus wie bei Avatar. Ich versuchte den Würmchen auszuweichen, indem ich die ganze Zeit von einem Bein zum anderen gehüpft bin. Trotzdem fand ich dieses blaue Leuchten mitten in der schwarzen Nacht atemberaubend. Das war wirklich ein interessantes Naturphänomen.

Am nächsten Morgen sind wir zum japanischen Friedhof gelaufen, der entstanden ist, weil viele Japaner beim Perlentauchen ihr Leben gelassen haben. Wir haben alles zu Fuß erkundet. Trotzdem haben wir festgestellt, dass Broome doch recht groß ist. So haben wir uns entschieden für einen Tag einen Roller auszuleihen, um damit durch die Stadt zu düsen. Damit sind wir bequem zu den langen weißen Sandstränden gefahren um uns dort etwas zu entspannen. Außerdem haben wir uns dann noch mit den Mädels von Adelaide im Shopping Center getroffen und dort einen Kaffee getrunken. Danach sind wir an die Stelle gefahren, wo es es angeblich richtige Fußspuren von Dinosauriern zu finden gibt. Diese kann man nur an bestimmten Tagen und Zeiten sehen, denn der Wasserstand im Meer muss stimmen, damit die Fußspuren zu sehen sind. Auf dem Weg dahin, haben wir noch mal an einem Strand angehalten, um zu schauen ob wir dort etwas schwimmen gehen können. Plötzlich kamen da zwei Journalisten, Vicky und Peter, mit dem Auto heran gefahren und haben gefragt, ob sie Fotos von uns machen könnten, da sie einen Bericht über den Tourismus in Broome schrieben. Natürlich haben wir nicht abgelehnt. Also sind wir gemeinsam mit ihrem Jeep an die Stelle gefahren, wo auch die Fußspuren zu finden waren. Und so begann unsere Modelkarriere. Es war wirklich lustig, einmal für einen richtigen Fotografen, für gute Fotos zu posieren. Es war schon interessant die Befehle, wie den Kopf einen halben Zentimeter nach oben zu drehen oder die Arme anders zu legen, zu befolgen. Auch wenn wir selbst keinen wirklichen Bildunterschied erkennen konnten. Nach etwa einer Stunde war der Fotograf dann zufrieden und leider endete damit auch unsere Modelkarriere. Wir mussten die ganze Zeit darüber lächeln, dass wir bald in einer Zeitung für ganz Australien zu sehen sind.

Nachdem sich Vicky und Peter von uns verabschiedet und Vicky uns in ihr Haus in Perth eingeladen hatte, war die Sonne auch schon fast untergegangen. Da wir eigentlich noch die Fußspuren der Dinosaurier sehen wollten, haben wir das Angebot für den Rücktransport zu unserem Roller dankend abgelehnt. Wir haben versucht im Dunkeln die Fußspuren zu finden. Doch daran scheiterten wir kläglich. Ohne Taschenlampe und mit Flip Flops, direkt an der Brandung auf den nassen rutschigen Steinen herum zu klettern, war dann doch etwas zu riskant. Die Stadt hat diese Fußspuren auch nicht markiert, da sie Angst hat, dass sie jemand aus dem Stein heraus schlägt und von diesem Ort entfernt. Die Bürger von Broome haben aber wenigstens eine Kopie von den Fußspuren in Beton nachgestellt, die man leichter finden konnte. Trotzdem war es etwas enttäuschend, da es ja nicht die originalen uralten Fußabdrücke sind.

Hier an dem Ort wurde einem richtig bewusst, dass vor vielen Jahren Dinosaurier wirklich gelebt haben und nicht nur Fantasie von Hollywood sind. Das war schon etwas merkwürdig.

Nachdem wir so einen tollen Tag hatten, bekamen wir aber auch gleich wieder einen Dämpfer. Das ATO (Australisches Finanzamt) hat sich gemeldet, dass wir Steuern nachzahlen sollen. In Australien kann man als Backpacker die Steuern für gewöhnlich zurück erstattet bekommen, dabei muss man allerdings steuerrechtlich ein Einwohner Australiens sein. Dies ist dann der Fall, wenn man sich mindestens sechs Monate in Australien aufhält und davon die meiste Zeit an einem Ort gelebt hat. Da wir leider ehrlich sein wollten, haben wir uns selber nicht als steuerrechtlichen Einwohner gesehen. Damit haben wir keine Freigrenze und müssen sogar nachzahlen, da unsere Arbeitgeber zu wenig Steuern vom Lohn abgeführt haben. Also müssen wir jetzt nicht nur schauen wie wir weiterreisen und unsere Strafe von Darwin bezahlen, sondern auch noch wie wir uns mit dem Finanzamt einig werden. Damit war die Stimmung erst einmal wieder nach unten gerutscht. Wir wollten uns dadurch nicht die Reise vermiesen lassen. So sind wir erst mal zu unserem Hostel zurück gefahren. Dort haben wir Chris kennengelernt. Chris ist ein Weltreisender mit dem Motorrad. Er ist in der Schweiz gestartet und ist über Zentralasien wie Indien bis nach Australien gefahren und fährt von hier aus weiter Richtung Amerika. Wir haben uns mit ihm bestimmt vier Stunden über die verschiedenen Aspekte vom Reisen mit dem Motorrad unterhalten und natürlich auch die Gedanken über gesehene und erlebte Dinge ausgetauscht. Alles in allem war das eine sehr inspirierende Unterhaltung.

Mit frischer Reiselust sind wir am nächsten Morgen mit unserem Roller zum Strand gefahren. Dort haben wir Wracks von Wasserflugzeugen, die im Zweiten Weltkrieg bei einem japanischen Angriff versenkt wurden, angeschaut. Wieder stellten wir fest, dass wir zur richtigen Zeit in Broome waren, denn auch die Wracks sind nur an bestimmten Zeiten und Tagen im Jahr zu sehen. Wir mussten zwar gute anderthalb Kilometer über das Watt laufen, aber wo kann man schon so was auf dem Meeresboden ohne Taucherausrüstung sehen.

Danach sind wir noch mal zum Cablebeach, dem 21 Kilometer langen und teilweise bis zu 50 Meter breiten XXL Sandstrand gefahren und haben dort etwas entspannt. Leider mussten wir den Roller dann auch schon wieder abgeben und waren wieder zu Fuß unterwegs. Am Abend hat uns Otto mit dem Mietwagen abgeholt und wir haben gemeinsam Lebensmittel für die nächste Reiseetappe eingekauft. Am nächsten Morgen hab ich bemerkt, dass mein ganzer Körper mit Mückenstichen übersät war. Das waren mindestens 100 Stück. Sie sahen zumindest aus wie Mückenstiche, aber sie juckten so heftig, dass ich mir nicht anders zu helfen wusste, als meine Allergie-Creme rauszuholen. Im Nachhinein haben wir herausgefunden, dass es keine Mücken waren, sondern Sandfliegen, die es in tropischen Regionen wie Darwin und Broome sprichwörtlich wie Sand am Meer gibt. Die Fliegen sind so groß wie ein Sandkorn, stechen aber wie Mücken. Eigentlich hätte ich das wissen müssen und mich einsprühen sollen. So lernte ich das auf eine sehr schmerzhafte Art und Weise, denn ich hatte noch zwei Wochen lang ein heftiges Jucken am ganzen Körper. Das war mehr als unangenehm.

Nachdem alle Stiche versorgt waren, haben wir drei das Auto gepackt. Das war schon eine logistische Meisterleistung, da drei Backpacks, Lebensmittel für eine Woche, die Campingausrüstung und drei Personen in einem Toyota Avensis mit Stufenheck gestopft werden mussten. Nachdem alles verstaut war, ging es nach Port Headland. Dort haben wir zum ersten Mal gesehen, dass es Rastparkplätze mit kostenlosem W-Lan gibt. Da man sogar legal campen darf ist es perfekt für Backpacker, auch wenn es da nichts anderes gab. Jedoch schon ein Ort zu finden wo man legal campen darf ist schon echt super und dann noch mit WiFi. Das ist natürlich schon Luxus. Am nächsten Morgen sind wir zum wunderschönen Karijini National Park gefahren. Dort konnten wir durch atemberaubende Schluchten wandern. Zum Teil mussten wir durch Felsspalten klettern, Flüsse überqueren, über lose Steine im Wasser balancieren oder uns einen kleinen Wasserfall runter hangeln, um sehr schöne Badestellen zu erreichen. Das war wirklich ein Abenteuer für sich und auf jeden Fall sehr empfehlenswert. Man findet da nicht nur Wander- und Kletterwege mit verschiedenen Schwierigkeitsgraden, sondern man erlebt auch eine unheimliche Vielfalt von Farben. Die Schluchten enthalten Eisen, welches sie rot leuchten lässt und an den Flüssen wachsen oft viele grüne Bäume, Büsche und prächtige Blumen. Das glasklare Wasser und der leuchtend blaue Himmel machen daraus ein unheimlich schönes Farbenspiel. Doch bei all der Pracht die der Park zeigt, darf man nicht vergessen, dass die ganze Kletterei auch seine Gefahren birgt. Vor allem, wenn man sich nicht an die grundsätzlichen Dinge hält, wie festes Schuhwerk anzuziehen. So ist es einem Mädchen ergangen, die sich gedacht hat, dass Flip Flops zum klettern ausreichen. Sie ist gestürzt und hat sich dabei die Schulter ausgekugelt. Und da dieser Park nun mal mitten im Outback liegt und die Schluchten selbst für erfahrene Bergretter schwer zugänglich sind, musste sie 12 schmerzvolle Stunden über sich ergehen lassen bevor sie einen Arzt zu Gesicht bekommen hat. Da soll sich noch einer darüber beschweren, dass der Rettungsdienst in Deutschland so lange braucht.

Nachdem wir dreieinhalb wunderbare Tage im Park verbracht hatten, dachten wir, dass es doch langsam Zeit wird weiter zufahren. Doch leider war das nicht der Fall, da Otto unbedingt den Mount Bruce besteigen wollte. Das war für uns eine echt ungewöhnliche Situation, da wir es normalerweise gewohnt waren, dass die Mitreisenden sich nach uns richten müssen. Doch nun waren wir ja die Mitreisenden. Wir hatten das Problem, dass wir pünktlich am 3. Oktober in Geraldton sein mussten und es bis dahin nur noch zwei Wochen waren, wir aber noch fast alles auf diesem Weg sehen wollten. Es waren immerhin noch gute 2000 Kilometer. Wir hatten kein Geld, um auf eine andere Reisemöglichkeit umzuschwenken. So mussten wir uns gedulden. Schon am frühen Nachmittag haben wir unser Lager aufgebaut.

Zugegeben der Aufstieg zum Mt. Bruce war schon interessant und der Ausblick war spitze. Zumindest für Sando, denn ich bin aufgrund der glühenden Hitze ohne Schatten nicht mit nach oben gestiegen. Leider haben wir dadurch anderthalb Tage verloren, aber wir waren mehr oder weniger dazu gezwungen, es hinzunehmen. Es war für uns schon eine zwiespältige Situation, aber wir haben beschlossen, dass wir es einfach mal hinnehmen und weiter mit Otto reisen. Und falls die Zeit für unser Eintreffen in Geraldton zu knapp werden sollte, müssten wir einfach für die verbliebene Strecke den Bus nehmen.

Am nächsten Tag sind wir dann in Exmouth angekommen. Dort wollte Otto in einem Caravan Park übernachten und anderthalb Tage am Pool verbringen. So verloren wir wieder Zeit. Aber wir wollten das beste draus machen und mit einer Tauchschule das Ningaloroo Riff erkunden. Wir wussten zwar, dass wir nur noch 1500 Dollar auf dem Konto hatten, aber das wollten wir uns gönnen. Schließlich ist man nur einmal am größten Korallenriff Westaustraliens und wenn man den Einheimischen glaubt, ist es das schönste in ganz Australien. Leider waren die Tauchschulen alle schon ausgebucht. Da haben wir wieder gemerkt, dass es sehr ungewohnt und auch einschränkend ist, wenn man sich nach einer Person richten muss und nie weiß wann und wie lange man an einem Ort ist. Also mussten wir uns über den Tag eine andere Beschäftigung suchen. So hab ich versucht, Sando endlich mal wieder die Haare zu schneiden. Dies war ganz und gar nicht so einfach. Wir hatten nur ein billiges Haarschneidegerät, dessen Akku 24 Stunden braucht um genügend Ladung zu haben eine halbe Stunde zu schneiden. Da wir ihn »nur« vier Stunden am Morgen angesteckt hatten, konnten wir so nur fünf Minuten schneiden und mussten das Gerät wieder eine Stunde laden. Sando fand das ganz und gar nicht witzig, weil er mit einer halb geschnittenen Frisur rumlaufen musste, aber zum Glück hatte er ja seinen Lederhut.

Nachdem Sandos Haarschnitt einigermaßen gleichmäßig aussah, gingen wir zu der Wal-Tour, die wir noch ergattern konnten. Auf dem Weg zu den Walen haben wir im Meer eine hochgiftige Seeschlange und einen fliegenden Fisch gesehen. Das war echt interessant, da dieser Fisch einfach aus dem Meer gesprungen kam und dann mit seinen Flossen, die er als Flügel benutzt, 50 Meter über das Wasser geflogen ist, um danach wieder ins Meer einzutauchen. Das war amüsant anzuschauen. Nachdem wir diese Meeresbewohner beobachten konnten, haben wir dann auch die Buckelwale entdeckt. Es war schön anzusehen wie sich die Familie um das Kalb kümmerte, während dieses gespielt hat. Es kam aus dem Wasser gesprungen und hat mit der Flosse gewunken. Leider waren wir etwa 40 Meter von den Walen entfernt und konnten sie nicht aus der Nähe sehen. Aber aufgrund eines australischen Gesetzes, darf man nicht näher als 20 Meter an die Wale heran fahren.

Am nächsten Morgen habe ich mich beim Frühstück mit einem älteren Paar aus Deutschland unterhalten, welches mit 50 Jahren Job und Wohnung hinter sich gelassen hatte, um mit dem Fahrrad durch Alaska zu fahren. Nun waren sie Rentner und sind mit Backpack und Bus durch Australien gereist. Das fand ich schon sehr bewundernswert. Wieder einmal bestätigt sich: es ist nie zu spät für irgendwas.

Nach dem Frühstück sind wir zum Cape Range Nationalpark gefahren, um im Niganloo Riff zu schnorcheln. Eine Besonderheit dieses Riffs ist, dass es extrem nah am Strand, teilweise sogar nur zehn Meter davon entfernt, ist. Das bedeutet, dass man im Gegensatz zum Great Barrier Riff und den Aparolos Inseln weder Boot noch Flugzeug braucht, um es zu erreichen. Doch leider war die erste Schnorchelstelle nicht so bewundernswert. Wir konnten eine Möwe und einen Adler beobachten, die sich um eine Maus gestritten haben. Beide scherten sich nicht darum, dass wir nur ein paar Meter daneben standen. Leider haben wir auch Zeit verloren, da wir auf den Platzwart einer Campingstelle warten mussten, um die anfallenden Gebühren zu bezahlen.

Am nächsten Tag haben wir am Austernstrand geschnorchelt, an dem man sehr aufpassen musste, weil es ein sehr steiniger und rutschiger Einlass war. Aber wir konnten viele Korallen, Fischschwärme, Papageifische und echte riesige Austern in verschiedenen Farben sehen. Otto hat sogar einen kleinen Riffhai entdeckt. Nachdem wir uns eine kleine Pause gegönnt haben und durch den Mandu-Mandu Gorge gelaufen sind, waren wir noch mal in der Turquoise Bay schnorcheln. Das war sehr interessant, da die Strömung so stark war, dass man sich einfach über das Riff treiben lassen konnte und dabei die atemberaubende Unterwasserwelt genießen konnte ohne sich viel zu bewegen. Es fühlte sich an, als würde ein Film von einem Aquarium an uns vorbei ziehen. Es war wirklich atemberaubend das bunte Riff mit den vielen Korallen und Fischen zu sehen. Falls man mal eine Pause braucht, kann man sich an den Strand legen und das türkis blaue Wasser beobachten. Einfach nur paradiesisch. Am Abend war es leider zu windig, um weiter zu schnorcheln. Der Wind war sogar so stark, dass es uns schwer fiel unser Zelt aufzubauen. Zum Glück hat es die Nacht gehalten. Wir konnten trotzdem nicht gut schlafen, da das aufklappbare Dachzelt von Otto zu viel Krach gemacht hat. Das Dachzelt befand sich auf dem Mietwagen und man kann es so zusammen klappen, dass es im Grunde nur ein Gepäckträger ist. An sich ist das ist eine echt gute Erfindung, jedoch ist es durch die Montage auf dem Autodach dem Wind absolut schutzlos ausgeliefert.

Am nächsten Morgen haben Otto und Sando versucht an einer anderen Stelle zu schnorcheln, während ich im Auto gewartet hatte, da es mir zu kalt war. Die Jungs hatten aber kein Erfolg, da es zu windig und somit das Wasser zu aufgewühlt war. Dafür hatten die beiden an Land mehr Erfolg, denn Sando entdeckte am Strand die Spuren eines großen Warans. Da er eh nichts besseres zu tun hatte, ist er ihnen einfach mal gefolgt. Es dauerte auch nicht lange bis er ihn entdeckte. Das war an sich ja auch nicht schwer, denn eine anderthalb Meter lange schwarze Echse fällt am schneeweißen Sandstrand nun mal auf. Was für ein Fund. Doof nur, das er keine Kamera dabei hatte.

Da das Wetter sowieso nicht mehr so richtig zum schnorcheln geeignet war, sind wir weiter Richtung Coral Bay gefahren. Vor der Abfahrt konnte ich die Jungs noch dazu überreden eine große Eispackung zu kaufen. Da wir die nicht gleich essen wollten und wir kein schönes Plätzchen gefunden hatten, mussten wir nach anderthalb Stunden Fahrt das flüssige Eis auf einem kleinen Parkplatz löffeln. So ein Kühlschrank ist schon was Feines, wenn man ihn hat. Nach dieser »Schlemmer«-Pause fuhren wir weiter nach Coral Bay. Dort befindet sich das Riff direkt am Strand und man musste nicht erst groß raus schwimmen. Das war wieder unheimlich atemberaubend schön. Wir konnten in diesem Riff auch einen kleinen Rochen entdecken. Diese Unterwasserwelt ist einfach unbeschreiblich faszinierend.

Am nächsten Morgen hatte ich Geburtstag. Es fiel mir schon schwer, dass ich diesen Tag nicht mit Familie und Freunden feiern konnte. Ich hatte an diesem Tag schon sehr starkes Heimweh, aber trotzdem hab ich das Beste daraus gemacht. So sind wir nach Carnarvon gefahren. Dort gab es die sogenannten Blowholes, Felslöcher aus denen das Wasser der Brandungswellen raus gedrückt wurde. Das war ein toller Anblick: die bizarren Felswände und das tosende stürmische Meer unter einem wolkenlosen Himmel. Danach wollten wir noch mal schnorcheln gehen. Leider war gerade Ebbe und damit das Wasser zu flach, so dass schwimmen nicht möglich war. Da das Riff auch hier so nah am Strand war, haben wir etwas Ungewöhnlicheres gemacht und sind durch das Riff gewatet. Das war wirklich ein tolles Erlebnis. Wir mussten zwar ziemlich aufpassen, unsere Füße nicht an den rasiermesserscharfen Kanten der Korallen aufzuschneiden, aber es hat sich wirklich gelohnt, da wir leuchtend grüne Fische und viele große Austern sehen konnten. Auf einer Auster befand sich ein Seestern – ein sehr schönes Bild. Und wer kann schon sagen, dass er mal einen Spaziergang durch ein Korallenriff gemacht hat. Nur für Sando war es weniger schön, denn er hat eben nicht aufgepasst und sich den

Fuß aufgeschnitten. Dabei hat er es gar nicht mal bemerkt bis er aus dem Wasser raus war und gesehen hat, dass der Sand in seinen Fußspuren rot war. Da weiß man auch, warum es Riffsschuhe gibt.

Nachdem wir noch etwas durch die Stadt gelaufen sind, haben wir uns eine Pizza geholt, uns auf die Kaimauer am Yachthafen gesetzt und die Beine baumeln lassen. Dabei konnten wir auf den Hafen mit den kleinen Booten sehen. Das war schon ein schöner Geburtstag, trotzdem habe ich mich etwas einsam gefühlt, so fast ganz ohne Freunde und Familie.

Die Nacht haben wir direkt am Strand geschlafen, wo der Wind ungehindert an unser Zelt preschte. An sich ist das eine tolle Sache, so direkt am Ozean zu campen, doch leider war es so windig, dass wir das Zelt direkt hinter dem Auto aufstellen mussten, damit es nicht weg fliegt. Dadurch wurde es wieder eine sehr unruhige Nacht.

Am nächsten Morgen mussten wir unser Frühstück mit gefühlten zwei Millionen Fliegen teilen, die diesen Strandabschnitt bevölkerten. Das war alles andere als romantisch. Aber auch das härtet ab und der Ausblick auf das Meer, während des Frühstückes war es schon wert. Nachdem wir unsere elektronischen Geräte in der Bücherei aufgeladen haben, sind wir zum Kennedy National Park gefahren. Wir haben vorher nie was davon gehört, aber Otto hat entschieden die 250 Kilometer dahin zu fahren. Es waren zwar schöne Schluchten und Wanderwege, aber wir waren schon nach einem halben Tag mit allem fertig. Wir mussten feststellen, dass es nicht so sehenswert war, dass sich die 500 Kilometer Umweg gelohnt hätten.

Am Abend war es für mich sehr gruselig geworden. Während der Fahrt hatte ich ein Buch gelesen und war darin so sehr vertieft, dass ich nicht wirklich mitbekommen hab, dass wir schon auf dem Rastplatz für die Nacht angekommen waren. Ich habe auch nicht darauf geachtet, dass die Jungs sich schon aufgemacht haben, um nach Holz für das Lagerfeuer zu suchen. Nachdem ich zu Ende gelesen hatte, bin ich aus dem Auto gestiegen. Alleine stand ich da und wusste absolut nicht wo ich war. Weit und breit war keine Menschenseele zu sehen. Die Jungs hörten nicht auf mein Rufen. Doch es wurde noch schlimmer: Ich hörte ein Geräusch, das sich anhörte wie eine rostige Schaukel, die im Wind langsam hin und her schwang. Es war der perfekte Anfang eines Horrorfilms. Ich hatte schon den maskierten Mann mit der Motorsäge vor Augen. Doch zum Glück sind die Jungs unbeschadet wieder aufgetaucht. Das Geräusch war keine Schaukel, sondern ein Vogel, den es an dieser Stelle gab. Er trällerte fröhlich vor sich hin, während ich schon Gänsehaut hatte. Ich sollte vielleicht weniger Horrorfilme schauen. So haben wir unser Nachtlager aufgebaut. Leider konnten wir wieder nicht so gut schlafen, da ein paar Leute mitten in der Nacht ein Zelt auf- und abgebaut haben.

Am nächsten Morgen sind wir weiter nach Sharky Bay gefahren. Dort haben wir am Hamelin Pool angehalten. An dieser Stelle wachsen Mikroben, die es schon seit Millionen von Jahren geben soll. Angeblich ist aus ihnen jegliches Lebewesen unseres Planeten entstanden. Das war ein sehr merkwürdiges Gefühl, diese schwarzen »Steine« zu sehen, aus denen wir Menschen wahrscheinlich entstanden sind. Zumal diese Mikroben offensichtlich noch weitere Millionen von Jahren da sein werden, ohne sich zu verändern.

Auch das Meer war etwas Besonderes: Es ist an dieser Stelle so hypersalin (übersalzen) wie das Tote Meer. Der Strand war ebenfalls anders. Statt aus Sand bestand dieser aus Milliarden kleiner Muscheln. In dieser Region gibt es sogar Häuser, die aus diesen gepressten Steinen aus Muscheln gebaut wurden. Dadurch sind diese erstaunlich gut isoliert.

Danach sind wir nach Denham gefahren und haben versucht, zu schnorcheln. Leider war der Wasserstand immer noch zu niedrig. Zudem bestand noch die Gefahr, auf hochgiftige Steinfische zu treffen. Damit blieb es nur bei einem Versuch. In dieser

Region kann man sich eine Genehmigung für das Campen an den Aussichtspunkten der Küste holen und das für gerade mal zehn Dollar pro Fahrzeug. Toll, dachten wir, das passt. Doch die Campspots waren sehr enttäuschend für den Preis, da es nur kleine Seitenstreifenparkplätze am Strand waren. Die waren nicht mal ausgeschildert und mit unserem Mietwagen kaum zu erreichen, da die Wege ziemlich versandet waren. Da es auch keine Toiletten und kaum Büsche gab, wurde auch das aller nötigste kompliziert. Das ist der Nachtteil eines Backpackerlebens, da wir auf den meisten Komfort verzichten um Geld für die Reise zu sparen. Wenn wir das Glück haben und sich eine Toilette am Schlafplatz befindet, dann ist es meistens nur eine Verrottungstoilette. So abenteuerlich dieses Leben auch ist, man bezahlt halt auch seinen Preis dafür. Nicht nur, dass man seine Freunde und Familie verlassen muss, sondern auch in unserem Fall auf den meisten Komfort und Luxus verzichtet. Es ist zwar auch toll, weil man so viele nette Leute trifft, aber trotzdem fühlt man sich einsam, da diese Bekanntschaften meistens nur ein paar Stunden oder wenn es gut läuft mal ein oder zwei Wochen halten. Manchmal reist man zusammen und sie halten einen Monat, aber danach hört man kaum noch was von den Leuten. Wir wollen uns auf keinen Fall darüber beschweren, denn es ist wirklich toll was wir erlebt haben. Wir haben es uns ja auch selbst ausgesucht. Nur wollten wir mal verdeutlichen, dass wir unseren Preis dafür bezahlen mussten. Natürlich war es auch ein wundervolles Abenteuer. Es ist einfach traumhaft, wenn man an manchen Orten abends unter dem unheimlich schönen Sternenhimmel kocht und isst. Dabei hört man das Rauschen des Meeres und die Grillen zirpen. Natürlich war das nicht immer so, da man manchmal an Orten schlafen musste, die sich direkt an der Straße befinden.

Jetzt kommen wir wieder zu den schönen Dingen der Reise: Am nächsten Morgen sind wir nach Monkey Mia gefahren, wo wilde

Delphine an den Strand kommen und sich füttern lassen. Leider war das ganze wieder mal sehr touristisch, aber trotzdem ein schönes Erlebnis. Danach sind wir etwas am Strand entlang gelaufen und haben die Grenze zwischen Sandstrand und dem roten staubigen Outback überquert. Es war ein sehr farbenreiches und unglaublich schönes Bild: der gelbe Sandstrand, das dunkelblaue Meer, die grünen Pflanzen, der blaue Himmel und die rote Erde des Outbacks. Einfach nur atemberaubend.

Am Nachmittag gab es ein kleines Hin und Her, weil wir eine Segelbootstour machen wollten, die aber erst am nächsten Tag stattfand. Deswegen haben wir auf dem Campingplatz eingecheckt. Nachdem wir dann aber erfahren hatten, dass diese Tour erst am Nachmittag stattfindet und Otto nicht so lange warten wollte, haben wir die Idee mit der Segeltour fallen lassen. Also haben wir wieder ausgecheckt und sind weitergefahren. Ein ziemlicher Nachteil, wenn man auf andere Meinungen angewiesen ist.

Wir sind zu einem Pool gefahren, der durch einen artesischen Brunnen, also durch Erdwärme, erhitzt wurde. So hatten wir angenehme 40 Grad im Wasser. Das war wirklich ein tolles Erlebnis. Draußen in der Natur, mitten im Outback, im warmen Wasser zu sitzen und dabei die dunklen Regenwolken am Himmel beobachten. Außerdem war es das erste heiße Bad seit sechs Monaten, ein Luxus den wir schon etwas vermissten.

Am nächsten Tag hat es zum Glück nicht geregnet, so konnten wir etwas durch den Kalbarri National Park wandern. Die Nacht verbrachten wir auf einer richtigen Ranch mit Pferden, Hühnern, Schafen, Ziegen und Hunden. Das war wirklich ein idyllischer Ort. Morgens sind wir wieder zum Nationalpark gefahren, um den acht Kilometer langen Rundweg zu laufen. Dabei haben wir das sogenannte Nature Window gesehen. Eine große Ausspülung im Felsen, durch die man wie durch ein natürliches Fenster auf einen Fluss blicken kann. Danach sind wir an der Kante der Schlucht entlang gewandert. Weiter ging es direkt am Ufer entlang. Manchmal mussten wir uns an Felswänden entlang hangeln, um keine nassen Füße zu bekommen. Also ein sehr abenteuerlicher Wanderweg.

Nachdem wir wieder am Startpunkt waren, haben wir den Z-Bend Walk gemacht. Dort mussten wir durch Felsschluchten klettern, um den Fluss zu erreichen. Dieser National Park war wirklich wunderschön und sehr vielfältig. So konnten wir nicht nur durch die Schluchten des Outbacks laufen, sondern auch schöne Wanderwege direkt am Meer genießen.

Am Tag darauf sind wir zum Hutt River, einem eigenständigen Fürstentum mitten in Australien, gefahren. Dieses umfasst gerade mal 75 Quadratkilometer und war ursprünglich nur eine, für australische Verhältnisse ziemlich kleine Farm. Der Eigentümer hatte einen Streit mit der westaustralischen Regierung, in dem es darum ging, dass die Bauern einen Teil ihrer Ernte ohne jegliche Gegenleistung an den Staat abgeben sollten. Dieser Farmer hat sich geweigert und durch eine Gesetzeslücke in der Verfassung Westaustraliens, einfach ein neues Land gegründet. Bis heute muss er keine Steuern bezahlen, hat seine eigene Währung und darf Briefmarken und Reisepässe drucken. Nur wurde Hutt River nie als eigenes Land anerkannt. Damit bringt ihm auch sein eigenes Geld nichts und er muss sich mit dem Fürstentum zufrieden geben. Das ist schon eine witzige Sache. Heute ist dieser Farmer der Prinz von Hutt River. Er hat sogar ein schicken königlichen Dienstwagen mit seiner eigenen Flagge, den er von jemandem geschenkt bekommen hat. Er war sogar mal als Botschaftsvertretung in anderen Ländern unterwegs. Warum auch nicht.

Danach sind wir zum Pink Lake, einem Salzsee der wegen einer Mischung aus Bakterien und Algen pinkes Wasser hat, gefahren. Mal was anderes.

Am Nachmittag sind wir dann endlich in Geraldton angekommen. Wir haben uns wirklich sehr danach gesehnt, da wir im Grunde eine Auszeit vom Reisen brauchten. Das klingt jetzt etwas merkwürdig, aber wenn man drei Monate am Stück reist und jeden Tag was neues sieht, dann braucht man einfach eine Pause von den Sehenswürdigkeiten. Wir waren mittlerweile auch schon so weit, dass wir das neue gar nicht wirklich so genießen konnten, da wir einfach etwas zu viel am Stück sahen. So freuten wir uns sehr, dass wir anderthalb Tage später das Training bei CBH anfangen konnten. Damit wir erst mal wieder eine Routine bekommen und uns wieder neu orientieren können. Zum Glück sind wir gerade rechtzeitig in Geraldton angekommen. Mal wieder hat sich gezeigt, dass wir uns vorher viel zu viele Gedanken gemacht haben. Wir hofften sehr, dass wir erst mal wieder zur Ruhe kommen und uns um ein paar Sachen wie zum Beispiel die Steuern oder ein neues Auto kümmern können. Doch leider hielt die Ruhe nicht lang an.

Neustart mit Hindernissen

Nachdem wir noch einen letzten faulen Tag verbracht hatten, ging es dann auch schon los mit dem Training bei CBH. Diese Firma ist eine Gesellschaft von Farmern, die das Getreide einlagern und an andere Länder wie China oder Indonesien verkaufen. Unsere Aufgabe sollte es sein, die Qualität des Getreides festzustellen und die LKW zu wiegen, damit ausgerechnet werden konnte, wie viel Tonnen jeder Farmer einlagert. Allerdings muss man dafür vorher ein viertägiges Training erfolgreich abschließen. Das war für uns schon ungewohnt wieder zehn Stunden am Stück in der Schule zu sitzen. Am Anfang wusste ich überhaupt nicht, was ich eigentlich machen sollte. Mir fiel es schwer die einzelnen Getreidearten zu unterscheiden. Am zweiten Tag konnte ich dem Lehrer dann besser folgen. Sando ist dem Unterricht mit gewohnter Unaufmerksamkeit gefolgt, konnte sich aber auch recht schnell mit den Testverfahren vertraut machen. Nur ein Test fiel ihm schwer. Bei dem ging es darum verschiedene Getreidearten zu benennen. Logischerweise in Englisch, aber nach ein paar Stunden Körner zählen, haben wir auch das hinbekommen. Nachdem ich die Lösungen vom schriftlichen Test im Lehrbuch gefunden hatte, konnten wir beide den Test erfolgreich abschließen. Damit waren die Voraussetzungen erfüllt, wir bekamen das Training bezahlt und dürfen den Job ausführen.

Leider mussten wir uns in dieser Zeit auch von Otto verabschieden, da er weiter nach Perth wollte. Wir haben schnell neue Leute kennen gelernt, da wir wieder in einem Hostel geschlafen haben. Nachdem wir das Training abgeschlossen hatten, wurde uns direkt im Anschluss ein Job versprochen. Doch typisch Australien, verschob sich der Start um eine Woche. Das gab uns natürlich etwas Zeit ein neues Auto zu suchen, da wir in einer etwas abgelegenen Station arbeiten sollten. Leider war die Suche nicht so einfach, da wir gerade mal noch 500 Dollar auf dem australischen Konto hatten. Wir hatten uns zwar ein paar Autos angesehen, aber irgendwie war für den Preis wirklich nur Schrott zu bekommen. Wir wollten eigentlich schon aufgeben und uns irgendeine Mitfahrgelegenheit für die Arbeit suchen, aber wir hatten immer wieder das Gefühl, dass CBH schon darauf setzt, dass wir ein Auto besitzen. Also haben wir einen letzten Versuch unternommen, mit der Vorgabe, wenn wir etwas vernünftiges im Bereich bis 1500 Dollar finden, nutzen wir halt unsere deutschen Reserven. Das Auto sollte nur für die Arbeit genutzt werden und danach könnten wir es wieder verkaufen. So der Plan. Und tatsächlich gab die Internetseite diesmal wenigstens drei passende Autos hervor, die aber nach ein paar kurzen Telefonaten auf ein Fahrzeug zusammengeschrumpft waren. Ein Volvo 240 GL Kombi, Baujahr 1989, mit 2,4 Liter Motor für 1500 Dollar. Wir haben gleich eine Besichtigung vereinbart. Als wir das Auto vor uns hatten, sind Sando fast die Augen rausgefallen. Der Volvo war noch in Erstbesitz und wurde von seinem Besitzer wirklich geliebt. Er hat jeden Service in den letzten 25 Jahren gemacht. Das Auto wurde innen und außen praktisch im Neuzustand erhalten. Sando musste sich wirklich ins Zeug legen, um ein paar Dinge zu finden, die ihm Verhandlungsgrund boten. Nachdem wir ein bisschen verhandelt haben, konnten wir ein scheckheftgepflegtes Auto für 1200 Dollar unser eigen nennen. Es handelte sich um einen Kombi, der mit seiner 2,10 Metern Gesamtladefläche mehr als genug Platz bot, um ein Bett einzubauen. Somit eignete er sich auch hervorragend für Backpacker, was die Wiederverkaufschancen natürlich deutlich steigen ließ. Eigentlich wollten wir trotzdem immer ein Allradfahrzeug kaufen. Aber immerhin hatten wir erst mal ein Auto für die Arbeit. In Anerkennung an die gute Pflege des Vorbesitzers wurde der Volvo nach ihm benannt. Peter wird uns nun also ab jetzt begleiten.

Natürlich haben wir die ganze Woche nicht nur damit verbracht nach einem Auto zu suchen, sondern auch viel Zeit am Strand verbracht oder mit den anderen Karten gespielt. Egal wie schön das Reisen ist, es gibt einen Punkt, an dem man einfach mal ein paar normale Tage und soziale Kontakte braucht. Auch wenn diese nie die Freunde und Familie zu Hause ersetzen können.

Außerdem haben wir uns noch einmal mit den Steuern auseinandergesetzt, denn nachdem wir auch Sandos Steuererklärung zurück bekommen haben, hatten wir offiziell beim australischen Staat etwa 1200 Dollar Schulden. Das wollten wir so nicht auf uns sitzen lassen.

Also haben wir uns noch mal an den Computer gesetzt, um uns noch mal genau mit dem Steuersystem auseinander zu setzen. In Australien kann man zum Glück so ziemlich alles über das Internet regeln. Wir haben einen Test gefunden der prüft, ob man steuerrechtlich gesehen Einwohner von Australien ist oder nicht. Siehe da, wir haben den Test sogar bestanden. Nach einem kurzen Telefonat wussten wir auch wie wir in Widerspruch gehen können. Gesagt, getan. Nun hieß es wieder warten, denn auch hier ist das Finanzamt nur beim Geld Eintreiben schnell. Es kann bis zu 50 Werktage dauern, bis wir eine Antwort bekommen.

Weil man ja sonst nichts Besseres zu tun hat, wenn man ein Auslandsjahr macht und wir ja sowieso gerade im Schwung waren, haben wir uns gleich noch mit unserer Bank herumgestritten. Eigentlich wollte Sando einfach nur seine neue Bankkarte bestellen, die aufgrund des Diebstahls und des Fehlers der Bank in Darwin immer noch fehlte. Nach unserer Ankunft in Geraldton sind wir gleich zur Bankfiliale gegangen und haben die Karte bestellt. Danach wollten wir den Frust über die Bank in Darwin loswerden und haben mit der Bankmanagerin über unsere schlechten Erfahrungen gesprochen. Doch wir haben herausgefunden, dass unsere Beschwerde, die wir in Darwin eingereicht hatten, nie an die zuständigen Stellen weitergeleitet wurde. Gut, Fehler passieren. Am darauffolgenden Dienstag, vier Werktage später, wollte Sando einfach noch mal sicherheitshalber den Status seine Karte abfragen. Dabei stellte sich heraus, dass die nette Filialleiterin, bei der wir uns über die mangelnde Genauigkeit bei der Kartenbestellung beschwert hatten, einfach mal vergessen hat, die Karte zu bestellen. Welch Ironie. Da die gute Dame gerade nicht im Haus war, hatte sie uns am Nachmittag angerufen, um uns voller Stolz zu verkünden, dass sie es jetzt doch fertig gebracht hat, die Karte zu bestellen. Sando hat daraufhin seine Meinung sachlich erklärt. Darauf hin legte sie einfach beleidigt auf. Ja auch in Australien gibt es manchmal schlechten Service. Doch das wollten wir nicht dulden. Somit haben wir uns direkt mit dem Kunden- und Beschwerdeservice der Bank in Verbindung gesetzt. Wir haben in der folgenden Woche dann vier Mal mit denen telefoniert und haben letzten Endes 170 Dollar als Entschädigung heraus gehandelt. Das Geld kommt dadurch zustande, dass Sando noch einmal von Arbeit aus ungefähr 70 Kilometer in die Stadt zur Bank fahren musste, um die Karte abzuholen. Dazu kam die Tatsache, dass die Filialleiterin ungefähr ein halbes dutzend schwere Fehler begangen hat und statt sich zu entschuldigten, wie ein trotziges Kind reagierte, das am Ende nicht mehr mit uns reden wollte. Es war zwar sehr nervig aber das Geld kam uns ganz recht, denn da wir eine Woche Hostel bezahlen mussten und keins aus den Reserven nehmen wollten, wurde es am Ende finanziell ziemlich knapp.

Wir mussten zwar damit rechnen, einen weiteren Monat mit nur einer Bankkarte leben zu müssen, da wir 12 Stunden von Montag bis Samstag arbeiten sollten, aber zumindest war sie diesmal wirklich unterwegs. Ein neues Auto hatten wir und die Steuern sollten auch wieder auf dem richtigen Weg sein. So konnten wir also in Ruhe den neuen Job anfangen.

Wir haben am ersten Tag gleich festgestellt, dass ein Auto wirklich notwendig war, da Yuna 70 Kilometer von Geraldton entfernt war. Der Ort bestand gerade mal aus 12 Häusern mit insgesamt drei Einwohnern und dementsprechend gab es dort auch keine Einkaufsmöglichkeiten. Aber da wir eine Unterkunft gestellt bekommen haben und 28 Dollar pro Stunde verdienten, war das der perfekte Ort um für die weiteren Reisen zu sparen. Es gab da einfach nichts, wo man das Geld hätte wieder ausgeben können.

Ich wurde an der Waage eingesetzt und durfte die ganze Zeit in einem klimatisierten Raum am Computer sitzen und ein paar Knöpfe drücken. Dabei konnte ich Musik hören und wenn keine LKW da waren, konnte ich im Internet »recherchieren«. Das klingt doch besser als surfen. Sando hatte es da nicht ganz so gut, da er an der Entladestelle eingesetzt wurde. Dieser Platz war nicht klimatisiert, zu laut zum Musik hören und ein Computer wäre wohl an Staublunge gestorben. Dafür hatte er einen Stuhl im Schatten bei 30 bis 40 Grad, ein Buch als Unterhaltung und die Gesellschaft von gefühlten zwei Millionen Fliegen. Aber auch er hatte nur ein paar Knöpfe zu drücken, die LKW einzuweisen und ab und zu etwas sauber zu machen. Es war also für beide eine sehr entspannte Arbeit, da es nicht stressig war. Die 12 Stunden waren gut auszuhalten, ohne das man groß müde wurde. Der perfekte Job: Gut bezahlt und recht wenig Arbeit. Natürlich kann es auch anstrengend sein, wenn man nicht so viel Arbeit hat, da man irgendwie den Tag herum bekommen muss. Aber es hat sich immer etwas gefunden.

Leider bezahlt auch CBH den Lohn erst nach einer Woche. Da wir aber gerade mal noch 40 Dollar auf dem australischen Konto und 30 Dollar Bargeld einstecken hatten, sind wir mit dem Taschenrechner durch den Supermarkt gelaufen und haben für eine Woche Lebensmittel eingekauft. Damit hat sich der Stress mit der Bank wenigstens in der Hinsicht gelohnt, da dieses Geld von der Entschädigung war. Es war wirklich ein sehr merkwürdiges Gefühl, seine Lebensmittel mit dem Taschenrechner einkaufen zu müssen. Natürlich mussten wir nicht verhungern, da wir ja immer noch die deutschen Reserven haben, aber wie schon erwähnt, wollten wir diese ungern nutzen. Und für eine Woche kann man auch mal auf luxuriöse Lebensmittel verzichten. Glücklicherweise kam dann auch schon der erste Wochenlohn von um die 1200 Dollar pro Person. Damit haben wir erst einmal die Strafe fürs wild Campen von Darwin bezahlt, da wir uns die Möglichkeit offen halten wollten ein zweites Visum zu beantragen. Bezahlt man die Strafen nicht, dann kann es passieren, dass man fünf Jahre lang nicht nach Australien einreisen darf.

An einem Tag mitten in der Woche hatten wir frei, weil es geregnet hatte. So konnten wir endlich Sandos Bankkarte holen. Da wir mit einem Arbeitskollegen in die Stadt gefahren sind und ohnehin einkaufen mussten, hatten wir keine Extrakosten für die Bankkarte. Aber das musste die Bank ja nicht wissen. An diesem Tag konnten wir auch die Ummeldung des Autos erledigen. Nun konnten wir uns endlich auf das Wesentliche konzentrieren und unseren Peter zum Reisen ausbauen.

Da der Baumarkt auch am Sonntag geöffnet hatte, konnten wir jederzeit Holz für die Bettkonstruktion kaufen. Wenn mal wieder keine LKW da waren, konnte Sando das Bett während der Arbeitszeit einbauen. Er war aber nicht der Einzige der sich mit anderen Dingen beschäftigte. Bei einem gemütlichen Beisammensein mit den Kollegen haben wir erfahren, dass ein anderer Arbeitskollege so gelangweilt war, dass er mit einer Brotbüchse Fliegen, die es ja an Massen gab, eingefangen und in das Tiefkühlfach gesteckt hatte, um das Verhalten dieser Fliegen beim Wiederauftauen zu beobachten. Das soll ein kleiner Hinweis darauf sein, dass es oft wirklich nicht viel zu tun gab. Am besten war immer noch, dass dieser Arbeitskollege der Sohn vom Chef war und dieser so locker drauf war, dass er darüber nur lachen musste. Der Boss war wirklich sehr angenehm. Allgemein war es ein sehr tolles Arbeitsklima. Vor allem war es sehr gutes Geld. Wir konnten unser Glück kaum glauben, dass wir nach den ganzen Strapazen so einen guten Arbeitgeber gefunden hatten. Wir mussten uns zwar schon im Mai dafür bewerben und vorher einige Tests bestehen, aber es hat sich auf jeden Fall gelohnt.

Leider war die Hauptsaison an dieser Station schon nach vier Wochen zu Ende und wir mussten weiterziehen. Eigentlich hätten wir gerne noch etwas länger gearbeitet, da wir die Ruhe schon sehr genossen hatten. Wir hatten sogar überlegt, uns bei Viterra in Südaustralien zu bewerben, was im Grunde genau die gleiche Firma ist. Doch da uns langsam die Zeit davon rannte, haben wir uns entschieden weiter zu reisen. Die Hauptsaison in Westaustralien ist von Oktober bis Dezember und in Südaustralien von November bis Januar. Diese beiden Firmen sind eine echt gute Adresse für Backpacker, die einen guten Job ergattern wollen. Allgemein ist es empfehlenswert, in der Region um Perth nach Arbeit zu suchen, da es dort viele Jobs und weniger Backpacker gibt. Außerdem kann man da gleich ein Auto mit der westaustralischen Zulassung kaufen, was in Bundesländern wie Queensland bei Backpackern sehr beliebt ist. Wenn man sein Auto wieder verkaufen will, ist die Ummeldung einfach über die Post zu erledigen. Die jeweilige Zulassung kann man problemlos online verlängern und man muss nicht, wie bei manch anderen Bundesstaaten, einmal im Jahr zum TÜV.

Für uns war die Saison aber auf jeden Fall vorbei und nachdem wir alle Reserven aufgefüllt und das Auto doch komplett ausgestattet hatten, haben wir uns auf den Weg nach Perth gemacht. Auf Grund des guten Zustandes vom Volvo, haben wir beschlossen, das Auto zu behalten und damit unsere Reise zu beenden. Leider kommt es anders als man denkt.

Auf dem Weg nach Perth haben wir uns die Pinnacles, bizarre und große Kalksteinsäulen mitten in der Wüste, angesehen.

Im ersten Moment sehen sie wie die Termitenhügel im Northern Territory aus, aber keiner weiß wie sie entstanden sind. Nach zwei gemütlichen Tagen Fahrt sind wir in Perth, der

Hauptstadt von Westaustralien, angekommen. Am Tag zuvor haben wir Vicky, der Journalistin aus Broome, eine SMS geschrieben, ob sie weiß, wo wir am besten schlafen könnten. Vielleicht hat sie auch ein paar Tipps, was man sich in Perth anschauen sollte. Einen Tag danach hat uns ihre Tochter Elisabeth angerufen, die den Befehl bekommen hat, sich um uns zu kümmern, da Vicky nicht in der Stadt war. Sie hat uns dazu eingeladen den Volvo vor ihrem Haus zu parken, damit wir einen Ort zum Übernachten haben. Sie wohnt in Freemantle, einem Vorort von Perth. Das war uns ganz recht, weil wir von der Metropole doch wieder etwas überrumpelt waren, da wir uns an Yuna mit seinen drei Einwohnern und das westaustralische Outback gewöhnt hatten. Nachdem wir uns durch den Straßendschungel gekämpft hatten, haben wir auch das Haus von Elisabeth gefunden. Nach einem kurzen Plausch, hat sie uns gefragt, ob wir an diesen Freitagabend mit ihr ausgehen wollen. Auch das war uns ganz recht, da Party in Yuna nicht wirklich möglich war.

Nachdem wir uns etwas Freemantle angeschaut hatten, haben wir uns um fünf mit ihr getroffen und noch ein paar ihrer Freunde kennengelernt. Gemeinsam sind wir zu einem Chinesischen Fastfood Restaurant essen gegangen. Das war wirklich schön, mal wieder in so einer Gruppe zu sitzen und sich zu unterhalten. Auch wenn Sando beim Bestellen ein Fehler unterlaufen ist. Er hat auf der Speisekarte Chicken SWEET Chili gelesen und dachte sich, das hört sich gut an. Das möchte er nehmen. Als dann das Essen kam, bemerkte er, dass es Chicken FEET Chili war. Also frittierte Hühnerfüße. Was macht der Backpacker: Egal, schließlich ist es bezahlt also wird es auch gegessen. Er musste zugeben, dass es sogar schmeckte. Es machte nur nicht wirklich satt, da es aus mehr Knochen als Fleisch bestand. Elisabeth hat vorgeschlagen in den Club zu gehen. Aber sie meinte damit keinen Tanzclub, sondern den Bowling Club, in dem eine Studentenparty statt fand. Das war dann doch etwas langweilig, da wir niemanden kannten und das eher ein gemütliches Beisammensein war.

Kurz bevor wir wieder zurück zu ihrem Miethaus wollten, hat Elisabeth eine Nachricht von ihrem Mitbewohner bekommen, dass jemand in unser geparktes Auto rein gefahren ist. Im ersten Moment dachten wir, sie will uns nur auf den Arm nehmen aber uns ist schnell klar geworden, dass das kein Scherz war. Da wurde uns ganz mulmig und wir hofften, dass es nur ein kleiner Schaden war. Doch das war leider nicht der Fall.

Nachdem wir uns ein Taxi genommen hatten, standen wir vor unserem total demolierten Auto und der Schock saß tief. Dass die komplette rechte Rückleuchte fehlte, war das kleinste Übel. Das Blech vom hinteren Kotflügel war vom Kofferraum bis zum Radkasten aufgerissen und auch der Rahmen hatte einen Treffer erlitten. Das Metall vom Kotflügel war so hinein geschoben worden, dass das Rad nicht mehr frei drehen konnte und wir ein großes klaffendes Loch in unserem Auto hatten. Uns lief ein Schauer über den Rücken als uns bewusst wurde, was wir für Glück hatten dass wir ausnahmsweise nicht in diesem Auto geschlafen hatten, als das passiert war. Wir hatten den Volvo gerade einmal vier Wochen und waren nur zwei Tage damit auf Reisen und dann das. Wir wussten da schon, dass dieser Schaden ein wirtschaftlicher Totalschaden war und nicht so einfach zu reparieren ist. Ironischer Weise ist der Vorbesitzer fast jedes Wochenende mit dem Auto nach Perth gefahren und nie ist was passiert.

Die Verursacherin ist weggefahren ohne eine Notiz zu hinterlassen. Nachdem wir uns etwas fassen konnten, wollten wir die Polizei anrufen. Leider bekamen wir da keine Unterstützung, da die westaustralische Polizei bei einem Unfall nur raus fährt, wenn Menschen zu Schaden gekommen sind. Man solle doch einfach online ein Formular ausfüllen und vielleicht hat man Glück und die Polizei fährt irgendwann mal raus und forscht nach. Wir fühlten uns sehr alleine gelassen und wussten erst einmal nicht, was wir machen sollten. Nachdem wir uns wieder etwas zusammengerissen hatten, sind wir auf die Idee gekommen, durch die Nachbarschaft zu laufen, um vielleicht das andere demolierte Fahrzeug zu finden. Wir hatten auch einen Anhaltspunkt, da wir eine Radkappe und den linken Spiegel von einem roten Ford gefunden hatten. Sando vermutete, dass es sich um einen Falcon oder Escort handeln musste. Doch auch mit dieser Beschreibung war in der Nacht kein passendes beschädigtes Auto zu finden. Also blieb uns nichts anderes übrig, als erst mal schlafen zu gehen und am nächsten Tag einen Plan zu entwerfen. Glücklicherweise war Elisabeths Mitbewohner nicht im Haus, so dass wir in seinem Zimmer schlafen konnten. Es war zwar sehr unordentlich, aber das war uns in diesem Moment egal. Trotz des weichen Bettes, konnten wir nicht sehr gut schlafen.

Am nächsten Tag stand der Schlachtplan fest und sah wie folgt aus: Wir wollten durch die Nachbarschaft laufen, um ein paar Leute zu befragen, ob bei so einem Krach irgendjemand was gehört beziehungsweise gesehen hat. Außerdem wollten wir Aushänge verteilen, Elisabeth sollte das bei den sozialen Medien veröffentlichen und Sando wollte das Auto so weit ausbeulen, damit wir wenigstens fahren können, ohne dass der Reifen durch das Metall aufgerissen wird. Leider hat die Befragung nichts gebracht, weil keiner so wirklich was gehört und gesehen hat. Ein Mann hatte zwar einen Knall gehört, aber nichts gesehen. Gut, es musste so zwischen 20.00 und 23.00 Uhr am Freitagabend passiert sein, aber es ist schon etwas merkwürdig, dass niemand was gesehen hat.

Also verteilten wir ein paar Plakate und haben das Unfallformular online ausgefüllt, auch wenn wir wenig auf die polizeiliche Hilfe hofften. Allgemein haben wir wenig Hilfe bekommen. Auch der Spruch von Elisabeths Mitbewohner in Bezug auf den Schaden, dass es ein »sehr beeindruckendes Loch« ist, war weder aufmunternd noch hilfreich. Nachdem Sando dann mehrmals das Auto ausgebeult hatte, wollten wir wo anders hinfahren, da wir uns auf dieser Straße nicht sicher fühlten. Des Weiteren dachten wir, dass es eine gute Idee wäre, wenn wir das Unfallfahrzeug aus dem Blick schaffen, damit der Verursacher sein demoliertes Fahrzeug aus der Garage bringt. Wir waren sicher, dass es jemand in der Nachbarschaft gewesen sein musste, da diese Straße keine Durchgangsstraße war und das andere Fahrzeug so massiv Schaden genommen haben muss, dass es nicht weit gekommen sein kann.

Da der Unfall mal wieder an einem Freitagabend – irgendwie haben wir immer an einem Freitagabend ein Problem mit dem Auto – geschehen ist, konnten wir erst mal eh nicht viel machen. Somit hat Sando auf dem Parkplatz des South Beach, einem sehr beliebten Erholungsort, weitere Ausbeulungen am Auto unternommen. Er versuchte damit mehr Freiraum für den Reifen zu bekommen und das Loch im Kotflügel wenigstens etwas zu schließen. Auch wenn viele Passanten nachgefragt hatten, ob sie helfen können, war das in keinster Weise hilfreich. Die meisten bevorzugten dann doch eher zu gaffen, dumme Sprüche zu lassen oder lieber den freien Tag zu genießen. Es kam sogar jemand vorbei und meinte, dass er eine Metallschere hätte. Das wäre ziemlich hilfreich gewesen, doch diese Person wollte nicht die fünf Minuten warten, damit wir die Abholung organisieren konnten. Damit hat der Passant zwar sein Gewissen beruhigt und uns seine Hilfe angeboten, aber zwischen Angebot und Durchführung besteht ein großer Unterschied. Wir hatten dadurch den Eindruck bekommen, dass die Leute in Westaustralien ihre Hilfe zwar anbieten, aber nicht wirklich etwas machen wollen. Wir mussten also das Beste aus dieser Situation machen. So haben wir dann die scharfen Kanten des Loches noch mit einem neongelben Arbeitspullover von CBH abgedeckt. Ironischer Weise war der Schriftzug » Take Safety Personally«, also »nimm Sicherheit persönlich« zu lesen. Wir haben dann eine Folie drüber geklebt, damit kein Wasser in das Auto läuft, keiner unser Auto so einfach ausrauben konnte und sich niemand daran verletzt. Mehr konnten wir erst mal nicht machen.

Am nächsten Tag waren wir in der Bücherei, um im Internet schon mal nach neuen Autos zu suchen. Danach wollten wir erst mal den Schock verdauen und uns etwas ablenken. Deswegen sind wir in das Marinemuseum gegangen. Plötzlich erhielten wir einen Anruf von einer Nachbarin von Elisabeth, die ein demoliertes Auto auf der Straße gesehen hat. Sofort haben wir die geplante Tour durch ein U-Boot abgebrochen und sind so schnell wie möglich zurück zu dieser Straße gefahren. Natürlich wussten wir, dass wir so mit dem Auto nicht hätten fahren dürfen, aber wir hatten keine andere Wahl. Dort angekommen, konnten wir das andere Auto eindeutig als Verursacher identifizieren. Es war ein roter Ford Falcon mit fehlendem Außenspiegel, einer fehlenden Radkappe und einer komplett demolierten linken Front. Volltreffer, dachten wir. Also wollten wir gleich bei dem Haus klingeln. Doch da wussten wir schon, dass wir es nicht mit »normalen« Leuten zu tun hatten. Die ganze Veranda war vermüllt und die Zeugin hat uns darauf hingewiesen, dass die Frau nicht ganz klar bei Verstand sei. Mit einem etwas mulmigen Gefühl wollten wir trotzdem mit den Leuten reden. Nach einer Weile klingeln, klopfen und rufen, öffnete ein Mann die Tür. Nachdem wir ihm alles berichtet hatten, behauptete er nur, dass er nur der Eigentümer des Autos ist und seine Partnerin gefahren sei. Das war seine Ausrede, dass er nichts mit der Sache zu tun hat. Wir müssen auch gestehen, dass wir durch den ganzen Stress schon sehr aufgebracht waren und schon etwas lauter geworden sind. Nachdem der Eigentümer nicht sehr hilfreich war, drohten wir damit die Polizei zu rufen. Dies schien ihn gar nicht zu stören und er schloss einfach seine Haustür.

Also haben wir bei der Polizei angerufen und ihnen mitgeteilt, dass wir den Verursacher gefunden haben, er aber nicht wirklich kooperativ ist. Wir dachten zumindest jetzt würde die Polizei uns helfen, da es sich gleichzeitig auch um Fahrerflucht handelte. Da haben wir wohl zu viel verlangt. Wir bekamen nur die Information, dass wir eine Nummer anrufen sollen und damit das Unfallprotokoll ändern können. Wir dachten, wir seien im falschen Film. Jetzt hat man schon selbst die eigentliche Arbeit der Polizei übernommen und den Verursacher gefunden und dann hält es die Polizei nicht für notwendig, uns zu helfen, den Schaden irgendwie bezahlt zu bekommen. Immerhin handelte sich hier um Fahrerflucht, aber gut andere Länder andere Sitten. Wobei das schon sehr erbärmlich war. Somit mussten wir eine andere Lösung finden.

Als erstes haben wir dem Verursacher, oder besser dem Eigentümer des Autos, eine Notiz an die Tür geheftet, dass er doch bitte nochmal über die Zusammenarbeit mit uns nachdenken soll, da wir uns sonst gezwungen sehen einen Anwalt einzuschalten, was seine Kosten wahrscheinlich erheblich steigert. Das war zwar auch nur Bluff, da man in Australien als Kläger alle Gerichtskosten vorstrecken muss, aber wir hofften, dass er wenigstens darüber nachdenkt.

Danach haben wir erst einmal Vicky, die Journalistin, angerufen um nach Rat zu fragen. Wir waren hilflos und kannten uns nicht sehr gut mit den westaustralischen Gesetzen aus. Nach dem Gespräch wurde uns klar, dass uns nichts anderes übrig blieb, als noch mal mit dem Eigentümer von dem Fahrzeug beziehungsweise noch besser mit der Fahrerin zu reden und irgendwie die Versicherungsdaten herauszubekommen, da es sonst wirklich nur über einen Anwalt möglich wäre. Nachdem wir also noch mal richtig tief durchgeatmet und unseren ganzen Mut zusammen genommen hatten, klingelten wir noch mal an der Tür. Diesmal versuchten wir, besser gesagt ich, mit einer ganz ruhigen und geduldigen Stimme mit dem Eigentümer des Fahrzeuges zu reden, während Sando aufpasste, dass der Typ nichts Dummes macht. In diesem Moment war das für uns beide nicht einfach. Jedoch hat es geholfen, da der

Eigentümer nun kooperativer war. Vielleicht lag es auch an der Notiz und er hatte Angst bekommen noch mehr bezahlen zu müssen. Auf jeden Fall wollte er die Versicherungsdaten rausgeben. Allerdings wurde die Versicherung von seiner Partnerin Amenda abgeschlossen und er hatte absolut keine Ahnung wo die Unterlagen zu finden sind. Er wusste noch nicht einmal, bei welcher Gesellschaft er versichert war. Leider war auch seine Frau nicht zurechnungsfähig, denn in diesem Moment kam sie total zerstreut raus. Dabei konnte man ihren runter hängenden BH unter dem Pullover sehen. Schreiend ist sie dann weggelaufen. Also ein absolutes Chaos, aber es kam noch schlimmer: Nachdem der Eigentümer des Fahrzeugs versucht hatte, in der vermüllten Wohnung die Versicherungsdaten zu finden, haben wir ihm empfohlen, dass er doch bei seiner Bank anrufen kann, da der Versicherungsbeitrag von seinem Konto abgeführt wurde. Doch dann stellte er fest, dass er kein Handy und kein Telefon hatte, da ihm seine Partnerin das angeblich weggenommen hatte. Damit bestätigte sich die Vermutung, dass es nicht einfach werden würde, weil wir es mit unzurechnungsfähigen Leuten zu tun hatten. Aber wir wollten nicht aufgeben. Deswegen haben wir dem Eigentümer unser Handy in die Hand gedrückt und ihm nahegelegt, dass er draußen auf der Veranda bleiben soll, damit er es uns nicht stehlen konnte. Somit konnte er seine Bank anrufen und wenigstens den Namen der Versicherung herausfinden. Als wir den hatten, haben wir ihn gleich noch dazu gebracht, da anzurufen und seine Daten abzufragen. Nach einer gefühlten Ewigkeit und mit viel Geduld, hatten wir damit alle Versicherungsdaten, die wir brauchten. Wir haben auch die telefonische Bestätigung erhalten, dass wir am Montag in die Werkstatt fahren können, um den Schaden begutachten zu lassen. Wir waren überglücklich und dachten, dass jetzt alles seine gewohnten Wege geht und wir entweder eine Reparatur oder zumindest Schadensersatz bekommen. Leider trog der Schein und es wurde doch nicht so einfach.

Am nächsten Morgen sind wir zur Vertragswerkstatt der Versicherung gefahren. Dort hat der Mechaniker festgestellt, dass es sich um einen wirtschaftlichen Totalschaden handelte, da die Reparatur etwa 6000 Dollar kosten würde. Unsere Vorahnung hat sich damit bestätigt. Somit wollte die Werkstatt alles bürokratische fertig machen, damit die Versicherung den Wert des Autos bestimmen kann. Wir wussten, dass wir das Auto für gute 3000 Dollar hätten verkaufen können und hofften, dass auch die Versicherung auf diesen Wert kommen würde. Wir sollten am nächsten Tag noch mal zwischen 8.00 und 12 Uhr auftauchen, da der Gutachter um diese Zeit da sein wollte.

Nach der Werkstatt sind wir noch mal in die Bibliothek gefahren und wollten nach weiteren Autos suchen. Dabei wollte ich die empfohlene Nummer von der Polizei anrufen, damit der online ausgefüllte Unfallreport aktualisiert werden konnte und die Verursacherin ihre Strafe bekam. Doch da kam die nächste Ernüchterung, da man mir nur sagte, ich solle doch eine E-Mail mit den Daten des Verursachers an die Polizei schreiben. Leider hatte ich in dem Moment weder Stift noch Zettel einstecken gehabt um mir die E-Mail Adresse aufzuschreiben. Außerdem konnte ich am Telefon herausfinden, dass dieses Unfalldezernat für ganz West Australien zu ständig ist. Da ich keine Lust mehr hatte, wieder zehn Minuten in der Warteschleife zu hängen, damit ich das Online-Formular ändern konnte, beschlossen wir beide, es sein zu lassen. Am Ende würde das Monate dauern, bis die Polizei doch was machen würde und die Frau bekommt wahrscheinlich nur eine Abmahnung, da sie nicht zurechnungsfähig ist. Wir wollten damit einfach keine weitere Zeit und Kraft verschwenden, auch wenn es schade ist, da die Verursacherin absolut nicht fähig ist, ein Auto zu führen und damit mehr als einen Blechschaden anrichten kann. Aber wir hatten dafür keine Nerven.

Danach haben wir uns zwei Autos angeschaut, leider waren beide kein Erfolg gewesen. Wir mussten auch feststellen, dass wir vorsichtiger werden müssen, da uns ein Beamter der Verkehrssicherheit angehalten hatte. Mit einem riesigen Loch im Auto fällt man halt auch in Australien auf wie ein Bunter Hund. Da wir ihm aber erklärten, dass wir auf dem Weg zur Werkstatt wären, hat er netterweise ein Auge zu gedrückt.

Am Abend haben wir darüber nachgedacht, das Auto einfach auf polnische Art zu reparieren, indem wir ein Rücklicht besorgen und das Loch mit einer Blechplatte und ein paar Metallschrauben schließen. Das war erst mal nur eine Überlegung, denn wir mussten mit der Reparatur eh warten bis die Versicherung das Auto begutachtet hat. Noch am selben Abend bekamen wir dann einen Anruf von der Werkstatt, dass wir wegen der Versicherungssache am nächsten Tag vorbei kommen sollen. Gesagt, getan. Leider drückte uns der Mechaniker nur eine ausgedruckte E-Mail in die Hand, die aussagte, dass wir doch bitte die Versicherung anrufen sollen und eine Adresse durchgeben müssen. Das hätten sie uns auch am Telefon sagen können, aber so mussten wir mit einem verkehrsuntauglichen Auto durch die Gegend fahren. Zumal die nur unsere Postadresse brauchten, die ja eh nicht zum Empfangen von irgendwelchen Briefen genutzt werden kann. Aber dies wurde benötigt, ansonsten würde das Computersystem nicht funktionieren.

Nachdem das alles geklärt war, versprach uns die Werkstatt, dass am Donnerstag ein Gutachter der Versicherung das Auto anschauen will. So hatten wir etwas Zeit uns abzulenken und sind am nächsten Tag in die Bibliothek gegangen, um noch mal nach neuen Autos beziehungsweise Ersatzteilen für den Volvo zu suchen. Danach wollten wir etwas entspannen und sind mit der Fähre nach Perth gefahren. Das gab uns neue Kraft. Leider wurde unser Durchhaltevermögen bald wieder angegriffen, da wir am nächsten Morgen einen gelben Sticker von der Polizei an das Auto bekommen haben. Das bedeutet, dass das Fahrzeug nicht verkehrssicher ist und der Mangel beziehungsweise Schaden innerhalb von zehn Tagen behoben sein muss. Um diesen Sticker zu entfernen, muss nicht nur der Schaden beseitigt werden, das Auto muss auch von einem zugelassenen Mechaniker komplett überprüft werden. Das kann man mit dem deutschen TÜV vergleichen, jedoch soll es in Westaustralien strenger zugehen. Mit diesem Sticker wurde dann auch der letzte Funken Hoffnung zerstört, dass wir den Volvo kostengünstig reparieren können, da er eine gesprungene Windschutzscheibe hatte. Damit wurden wir wieder auf den Boden gedrückt und das gerade an dem Tag, an dem die Versicherung sich das Auto anschauen wollte. Wir waren zwar auf einen abgeschirmten Parkplatz, aber so ein Schaden bleibt leider nicht lange geheim. Schlecht gelaunt sind wir zur Werkstatt gefahren. Nachdem es bereits um 11 Uhr war und der Mechaniker uns erzählte, dass der Gutachter nur zwischen 8 und 12 Uhr erscheint, wollten wir mal nachfragen, ob überhaupt jemand sich das Auto anschauen würde. Wir hatten ja auf Grund des gelben Stickers nicht mehr viel Zeit. Leider mussten wir uns erst mal eine neue Handykarte kaufen, da wir unser Guthaben bereits mit der Versicherung vertelefoniert hatten. Nachdem wir uns wieder quälende acht Minuten durch die Warteschleife gekämpft hatten und drei Mal weitergeleitet wurden, mussten wir erschreckender Weise erfahren, dass die Versicherung den Schaden nicht bezahlen wollte. Als Begründung wurde angegeben, dass die Verursacherin erst die 500 Dollar Selbstbeteiligung überweisen muss. Die Versicherung sieht sich auch nicht in der Lage diese selbst einzufordern, denn sie haben keine Telefonnummer von der Dame, um sie davon in Kenntnis zu setzen.

Wir waren geschockt. Jetzt mussten wir diese verrückte Frau irgendwie davon überzeugen, dass sie doch bitte die 500 Dollar bezahlen soll. Normalerweise sollte das nicht unser Problem sein, aber wir hatten keine andere Wahl. So mussten wir wieder zu diesem Haus fahren. Glücklicherweise war Amenda so klar bei Verstand, dass man wenigstens mit ihr reden konnte, auch wenn man ganz langsam sprechen musste und sie ziemlich begriffsstutzig reagiert hat.

Da die Versicherung sich ja darüber beschwert hat, das diese Frau nicht zu erreichen sei, haben wir ihr unser Handy gegeben und ihr erklärt das sie mit der Versicherung reden soll. Sie wollte die 500 Dollar über ihre Kreditkarte abrechnen lassen, aber aus irgendeinem Grund konnte die Versicherung die Kreditkarten-Nummer nicht annehmen. Amenda hat uns versprochen, dass sie das Geld am nächsten Tag besorgen will. Auch wenn die Versicherung uns selbst davon abgeraten hatte, alleine zu dem Haus zu gehen, wollten wir nicht auf einem Schaden von 3000 Dollar sitzen bleiben.

Da wir sichergehen wollten, dass Amenda das Geld auch wirklich einzahlt, sind wir also am nächsten Tag wieder zu ihr gefahren. Zu unserem Erstaunen verhielt sich Amenda ganz normal und war bei klarem Verstand. Das sollte ein gutes Zeichen sein. Sie hatte mit den 500 Dollar in Bar vor unserer Nase gewedelt und wir mussten ehrlich feststellen, dass wir kurz am überlegen waren einfach das zu nehmen. Damit wäre zwar nicht mal annähernd der Schaden bezahlt, aber der Alptraum hätte endlich ein Ende gehabt. Doch wir wollten uns damit nicht zufriedengeben. Nachdem sie wieder bei der Versicherung angerufen hat, diesmal erstaunlicher Weise mit ihrem eigenem Handy, haben wir beschlossen, dass wir gemeinsam zur Bank fahren, damit sie das Geld einzahlen kann. Am Anfang dachten wir, dass sie direkt auf das Konto der Versicherung einzahlt. Bei ihrer Filiale angekommen, hat sich herausgestellt, dass das ein Missverständnis war. Zusätzlich mussten wir leider feststellen, dass es dort technische Probleme gab und keine Bankgeschäfte möglich waren.

Wir wollten sicher gehen, dass die 500 Dollar direkt auf das Versicherungskonto eingehen. Also versuchten wir während der Fahrt zum nächsten Kassenschalter die Bankdaten herauszufinden. Sando ist Amenda gefolgt und hat dabei festgestellt, dass diese Frau absolut nicht in der Lage ist ein Auto zu führen. Ich hab mich währenddessen geduldig durch die Warteschleifen gekämpft. Nachdem mir gesagt wurde, dass es nur zwei Minuten dauern würde, ich aber am Ende zehn Minuten in der Schleife hing, wollte ich es noch mal probieren. Auch beim zweiten Versuch wurde mir gesagt, dass es nicht lange dauert. Wieder wartete ich zehn Minuten. Nachdem ich endlich mit dem richtigen Sachbearbeiter verbunden wurde, wollte die Dame aus einem unerklärlichen Grund die Bankdaten der Versicherung nicht rausrücken. Die Nerven lagen blank. Sando hat der Bearbeiterin dann erst mal klar gemacht, dass es auch das Geld der Versicherung ist. Damit konnte er die Telefonistin erweichen, die Daten herauszugeben. Wir haben das noch nie erlebt, dass sich jemand querstellt seine Bankdaten rauszugeben, um Geld zu bekommen. Sehr merkwürdig. In der Zwischenzeit war auf einmal Amenda verschwunden. Wir rannten beide wie verrückt durch das Kaufhaus. Wir hatten Angst, dass sie es sich anders überlegt hatte und stiften gegangen ist. Zum Glück haben wir sie bei der Bank gefunden, leider war das zu spät, da sie das Geld bereits auf ihr Konto eingezahlt hatte.

Doch dann kam schon der nächste Schock: Amenda hatte ihre Kreditkarte verloren und so konnte sie ihren Selbstanteil nicht über Telefon bezahlen. Es war ein schlechter Alptraum. Wir wussten schon ganz genau, warum wir nicht wollten, dass sie das Geld auf ihr Konto einzahlt. Mir war zum Heulen zumute. Am liebsten hätte ich Sando geschnappt und das ganze vergessen. Aber wir waren gerade so kurz vor dem Ziel und konnten doch jetzt nicht aufgeben.

Wir hätten schreien können, aber wir mussten ganz ruhig und geduldig bleiben, damit wir Amenda nicht überfordern, da sie an Depressionen leidet und eben nicht ganz klar bei Verstand war. Das war jedoch am schwersten in dieser verrückten Situation einen klaren Kopf zu behalten. Also ist Sando durch das Kaufhaus gerannt und hat geholfen die Kreditkarte zu suchen. In dem ganzen Durcheinander hatte ich wieder die Dame von der Versicherung am Telefon. Meine Nerven spielten verrückt und ich musste mir Luft machen. Deshalb hab ich die Bearbeiterin am Telefon erst mal ziemlich zur Sau gemacht. Ich konnte es nicht verstehen, dass wir 20 Minuten brauchten, um Bankdaten zu bekommen. Nachdem ich Luft abgelassen hatte, wollte ich eine direkte Durchwahl Nummer haben, damit ich nicht wieder zehn Minuten warten musste, wenn Amenda ihre Karte gefunden hat. Aber das war aus irgendeinem Grund nicht möglich. Wir fühlten uns hilflos und total verzweifelt.

Glücklicherweise hat Sando die Kreditkarte gefunden und so konnte Amenda direkt bei der Versicherung anrufen und telefonisch die Selbstbeteiligung bezahlen. Nachdem die Versicherung bestätigt hat, dass die Einzahlung eingegangen ist und wir jetzt endlich unseren Schaden bezahlt bekommen, mussten wir uns erst mal setzen. Die Unfallverursacherin hat sich bei uns noch mit den Worten entschuldigt, dass sie dachte, dass sie an einem Baum gefahren wäre. Sie hätte keine Fahrerflucht begangen, wenn ihr klar gewesen wäre, dass sie ein Auto gerammt hat. Wir hofften, dass wir diese verrückte Frau nie wieder sehen werden.

Auf Grund des ganzen Stresses und Durcheinanders haben wir uns erst mal eine dicke Tafel Schokolade gekauft. Jetzt war eine große Hürde geschafft und wir mussten nur noch warten, dass wir das Geld von der Versicherung bekommen. Uns fiel wirklich eine große Last von den Schultern. Wir mussten uns erst mal ausruhen. Da Vicky uns öfter in ihr Haus eingeladen hatte, sind wir zu ihr gefahren.

Sie lebt in den Bergen von Perth. Wir wussten, da können wir den ganzen Stress erst mal vergessen und das Wochenende genießen. Auf dem Weg zu ihr haben wir uns noch zwei Autos angeschaut. Eins war auch recht interessant: ein Ford Raider Baujahr 93, ein Allradfahrzeug mit einer gewissen Campingausstattung, 2,6 Liter Maschine und endlich mal mit einer manuellen Schaltung. So ein Auto wollten wir schon immer haben. Der Besitzer verkaufte es für 1200 Dollar. Da er etliche Mängel hatte und die Registrierung nur noch ein paar Tage gültig war, haben wir ihm einfach mal auf gut Glück 800 Dollar geboten. Da der eigentliche Eigentümer des Autos zu diesem Zeitpunkt in China war, mussten wir ein paar Tage auf eine Antwort warten.

Aber auch das wollten wir erst einmal über das Wochenende bei Vicky vergessen. Bei ihr angekommen, haben wir uns sofort wohl gefühlt. Sie hatte ein schönes, im tropischen Stil gebaut und eingerichtetes Haus. Vicky und ihr Mann Andy waren sehr gastfreundlich und hießen uns herzlichst willkommen. Das war genau das, was wir in diesem Moment brauchten. Am Wochenende haben wir Andy etwas im Garten geholfen und sind in den Bergen von Perth wandern gegangen. Endlich mal wieder etwas Ruhe. Auch wenn noch nicht alles vorbei war, aber das Größte sollte geschafft sein. Am Sonntagabend haben wir dann auch eine Einigung mit dem Besitzer des Fords erzielt, für 850 Dollar wollten wir das Auto kaufen.

Das bedeutete zwar wieder Stress für uns, weil wir am Montag den Ford abholen mussten, um ihn noch am selben Tag auf uns umzumelden. Damit konnten wir auch die Registrierung verlängern, da diese am Dienstag auslaufen würde. Ist diese erst mal ausgelaufen wird es teuer, da das Auto dann durch eine komplette Inspektion muss. Aber man muss die Gelegenheit nutzen, so günstig ein Allradfahrzeug zu bekommen. Gleichzeitig hatten wir aber am Montagmorgen auch unseren Gutachter-Termin, der endlich über den Volvo entscheiden sollte. Also doch ein etwas stressiger Wochenstart, nach diesem wunderbar ruhigen Wochenende. Mit ein bisschen Organisation bekommen wir das bestimmt reibungslos hin, dachten wir.

Leider existiert die Straße, die wir als Adresse für den Ford genannt bekommen haben, so ziemlich in jedem Stadtteil von Perth und so hat uns das Navi drei Mal zur falschen Adresse geführt. Wir wussten nicht, ob das ein schlechtes Zeichen sein sollte, aber wir hatten keine Zeit darüber nach zu denken. Nachdem wir endlich beim Ford angekommen sind und im Eilverfahren den Kauf über die Bühne gebracht hatten, sind wir gleich zur Werkstatt gefahren. Trotzdem waren wir eine gute Stunde zu spät, aber zum Glück war der Inspektor von der Versicherung noch nicht durch. Also stellten wir den Volvo mal wieder bei der Werkstatt ab. In der Zwischenzeit konnten wir erst mal das neue Auto auf uns ummelden und gleich die Zulassung verlängern. Nachdem das geschafft war, haben wir uns erst einmal einen genauen Überblick beschafft, was genau für eine Campingausrüstung vorhanden war. Dabei mussten wir auch erst einmal entmüllen. Der Vorbesitzer hatte das Auto schon reisefertig vorbereitet, aber war nie wirklich damit unterwegs gewesen. Das heißt, er hatte nicht nur nützliche Sachen wie Inverter, Gaskocher und Geschirr, sondern auch Lebensmittel die seit sechs Monaten in einem schwarzen Auto unter der australischen Sonne gelagert wurden. Alles in allem war es eine große Wundertüte, ein paar echt nützliche Sachen und ein Haufen Müll.

Als es wieder kurz vor 12 war und sich die Werkstatt wieder nicht gemeldet hatte, wollten wir uns bei der Versicherung erkundigen, ob ein Gutachter vorbeikommt oder nicht. Nach 15 Minuten wurden wir zurückgerufen. Wir wurden benachrichtigt, dass kein Gutachten notwendig ist, da man auf den Fotos die am ersten Tag von der Werkstatt geschossen wurden, eindeutig sehen kann, dass es sich um einen Totalschaden handelte. Als der Versicherungsgutachter nach dem Kaufpreis gefragt hat, erzählten wir ihm einfach, es seien 2500 Dollar gewesen. Nachdem wir der Versicherung die Kopie des Kaufvertrages vom Volvo geschickt hatten – natürlich so, dass der originale Kaufpreis von 1200 Dollar nicht zu sehen war – wurde dies akzeptiert. Das war natürlich nicht ganz korrekt aber wie schon erwähnt, war das Auto 3000 Dollar wert. Wir konnten unser Glück kaum fassen. Wir mussten jetzt nur noch auf das Geld warten.

Nach diesem Tag gönnten wir uns erst mal wieder eine Pause. Also sind wir mit der Fähre nach Rotnest Island gefahren. Rotnest ist eine kleine Insel an der Küste vor Perth, auf der es außer für Einheimische verboten ist, mit dem Auto zu fahren. Also wollten wir ein paar Fahrräder ausleihen, um die Insel zu erkunden. Am Fahrradverleih angekommen, entschieden wir uns für ein Tandem. Das hat wirklich Spaß gemacht, wenn es bergab ging. Abgesehen davon ist die Insel auch richtig schön. Dort gibt es zum Beispiel handzahme Quokkas, nur etwa 30 Zentimeter große Tiere, die einem Känguru ähneln. Wir hatten einen tollen Tag und haben unheimlich atemberaubende blaue Buchten und weiße Strände gesehen. Da wir in der Nebensaison auf der Insel waren, hielten sich auch die Touristenströme in Grenzen.

Mit neuer Kraft konnten wir den Ford weiter entmüllen. Sando hat das Bettgestell vom Volvo in den Ford eingebaut. In der Zwischenzeit hab ich den Volvo ins Internet gestellt. Glücklicherweise konnten wir ihn noch als Ersatzteilspender für 350 Dollar an einem Liebhaber verkaufen. So bekam Peter noch eine Chance und musste nicht auf den Schrottplatz.

Am nächsten Tag konnten wir auch gleich die Zulassung vom Volvo abmelden. Da sie noch bis März gültig war, bekamen wir noch etwa 245 Dollar zurück. Das wurde auch Zeit, da wir mittlerweile nur noch zwei Tage hatten, bevor die Zulassung aufgrund des gelben Stickers verfallen wäre. Nach ein paar Tagen war der Ford Raider komplett ausgestattet. Wir tauften ihn auf Mogli. Es war unser schwarzes Findlings- und Dschungelkind. Als wir die Nachricht bekamen, dass die Versicherung 2500 Dollar überwiesen hat, waren wir erleichtert und überglücklich. Wir haben so viel Zeit und vor allem Nerven reingesteckt. Doch unser Durchhaltevermögen hatte sich ausgezahlt. Wir konnten so sogar noch ein gutes Plus herausschlagen. Wir haben zusätzlich noch erfahren, dass meine Steuer bearbeitet wurde und ich dadurch keine Schulden mehr hatte. Es sollten sogar noch etwa 500 Dollar vom Finanzamt überwiesen werden. Wir konnten unser Glück nach den ganzen Strapazen kaum fassen.

Doch das ganze Hin und Her hätten wir nicht so einfach überstanden, wenn die unheimlich große Gastfreundlichkeit und die Unterstützung von Vicky und Andy nicht gewesen wären. Sie haben uns fast zwei Wochen lang aufgenommen und uns somit ermöglicht alles in Ruhe zu erledigen. Wir haben viele Gespräche mit ihnen geführt und viel zusammen gelacht. An dieser Stelle wollen wir uns dafür ganz herzlich bedanken, auch wenn sie dieses Buch aufgrund der fehlenden Deutschkenntnisse nicht lesen können. In dieser Form, so eine unbefangene und große Gastfreundschaftlichkeit wie diese, haben wir noch nirgendwo auf der Welt erlebt. Damit waren alle Probleme und Sorgen erst mal verflogen. Nun konnten wir uns endlich wieder auf das Schöne der Reise konzentrieren und wir hoffen, dass es diesmal länger anhält.

Das Schöne am Reisen

Nachdem wir noch ein paar kleine Dinge erledigt hatten, konnten wir wieder weiter reisen. Leider bedeutete das auch, dass wir uns wieder einmal schweren Herzens von Leuten verabschieden mussten, die wir gern gewonnen haben. So auch von Vicky und Andy. Aber wir mussten auch weiter, um rechtzeitig am Silvesterabend in Sydney zu sein. Immerhin lagen da noch 5000 Kilometer dazwischen. Doch erst mal wollten wir uns noch den Süden Westaustraliens anschauen. Also sind wir Richtung Margaret River, einer sehr bekannte Weinregion, gefahren. Auf dem Weg dahin, wollten wir erst mal ganz stolz den Allrad ausprobieren und ganz cool auf dem Strand lang düsen. Leider wurde nichts daraus. Wir haben den Allrad nicht rein bekommen und sind nach fünf Metern im tiefen Sand stecken geblieben. Wir haben versucht, uns irgendwie wieder raus zu graben, aber das war ziemlich aussichtslos. Geistig haben wir uns schon darauf eingerichtet, diese Nacht direkt am Strand schlafen zu müssen, was natürlich auch nicht schlecht ist. Doch glücklicherweise konnten wir noch ein anderes Allradfahrzeug anhalten. Zuerst dachten wir, dass wir mit dem großen Auto einfach nicht umgehen können. Doch auch der erfahrene Fahrer konnte das Auto nicht aus dem Sand bringen. Die Freude über ein günstiges Allradfahrzeug war dahin. Wir haben den Allradantrieb zwar bei der Probefahrt ausprobiert, aber ohne Strand. Glücklicherweise kannte der Fahrer jemanden, der ein LKW Abschleppseil hat. Bei zwei Tonnen, die aus dem Sand gezogen werden müssen, ist das auch notwendig. Nach ein bis zwei Stunden hatten wir wieder festen Boden unter den Rädern. Da Sando die Reifen eh wieder mit einem kleinen Kompressor aufpumpen musste, haben wir an dieser Stelle gleich Abendbrot gekocht. Das war sehr schön. Die Grillen zirpten, das Meer rauschte und wir sahen einen unheimlich klaren, schönen und leuchtenden Sternenhimmel. Dieser ist generell sehr atemberaubend von der Südhalbkugel aus, da man einen direkten Blick in die Milchstraße hat.

Am nächsten Tag sind wir in Margaret River angekommen. Da wir aber beide nicht so die Weinliebhaber sind, blieb es bei einer kostenlosen Schokoladen- und Käseverkostung. Ich hatte wieder mal richtig Lust bekommen, mit einem Pferd über die Felder und Wiesen zu preschen. Da musste auch Sando durch. Für mich war der Ausritt ein unheimlich schönes Erlebnis, durch die unendliche Weite zu galoppieren und dabei Kängurus wegspringen zu sehen. Zum Glück hatte ich das Reiten noch nicht verlernt, auch wenn ich schon etwas aus der Übung gekommen war. Sando ist im Gegensatz dazu, immer schön im Trab hinterher geschaukelt. Danach sind wir zu einer Tropfsteinhöhle gefahren, die sogar einen See hatte. Das war wirklich sehr atemberaubend, da sich die Stalaktiten im Wasser gespiegelt hatten. Wir hatten den Eindruck, dass man bis auf den Boden dieses Sees sehen kann. Einfach nur unglaublich. Am nächsten Morgen sind wir zum D`Entrecasteaux National Park gefahren, wo man auf sehr schönen Wanderwegen direkt am Strand lang laufen kann. Wir wollten gerne eine Abkürzung durch den Busch nehmen. Obwohl wir jetzt wussten wie wir den Allradantrieb rein bekommen, probierten wir das vorher sicherheitshalber nochmal in der Nähe von Zivilisation, an einem kleinen Strandabschnitt aus. Und siehe da, auf einmal funktionierte es. Also trauten wir uns wagemutig und naiv in den Busch. Doch leider gab es da nur wenige Straßenschilder und wir konnten uns nur grob orientieren. Außerdem war auf der einen Straße die Brücke gebrochen. Doch ein richtiger Allradfahrer gibt deswegen nicht auf. Also ging es quer durch den Fluss. Natürlich wussten wir da, dass es dort keine Krokodile gab. Trotzdem war uns etwas mulmig dabei, da wir nicht wussten, ob wir durch den Fluss kommen. Wir hatten Glück, dass wir es mit Müh' und Not geschafft hatten und die Wassertiefe nicht mehr als 70 Zentimeter betrug. Wir hatten zu tun gehabt, dass der Motor nicht ausgeht, da wir keinen Schnorchel haben. Wäre nicht so gut gewesen, wenn wir mitten in der Pampa ohne Handyempfang hätten stehen bleiben müssen. Wir waren sicher, dass wir bald da sein würden und auf dem richtigen Weg waren. Nachdem wir dann endlich wieder Häuser gesehen haben, mussten wir leider feststellen, dass es keine gute Idee ist mit einer sehr ungenauen Karte und nach Gefühl zu fahren. Wir sind wieder am Startpunkt raus gekommen. Das Fragezeichen und die Verwirrung war in unseren Gesichtern zu sehen. Wie konnte das nur sein, dass wir im Kreis gefahren sind? Wir waren uns doch so sicher, dass wir an unserem Ziel angekommen waren. Es war so oder so eine ziemlich blöde Idee, da es für uns auch sehr schnell lebensgefährlich hätte werden können, wenn wir zum Beispiel im Fluss stecken geblieben wären oder uns völlig im Wald verfahren hätten. Es hätte ja auch keiner nach uns gesucht beziehungsweise fährt ja da auch kaum einer lang. Da können wir schon von Glück reden, dass wir überhaupt heil auf festen Straßen angekommen sind. Somit mussten wir doch, wie alle anderen Touristen, auf dem Highway drum herum fahren. Am Abend haben wir uns bei einem Campground in der Nähe vom »Valley of the Giants«, dem Tal der Giganten, nach dem Preis pro Nacht erkundigt aber weil das Preis-Leistungs-Verhältnis nicht stimmte, wollten wir doch auf der Rest Area schlafen. Nach einer Stunde kam jedoch der Eigentümer dieses Campgrounds und hat herumgeschrien, dass hier campen verboten wäre und wir eine Strafe von 100 Dollar bekommen würden. Er hat uns angedroht, dass er den Förster anruft. Da wir aber weiter ungestört unser Abendbrot gekocht hatten, hat der Eigentümer weiter laut herum gezetert. Als er gemerkt hatte, dass wir das weiterhin ignorieren, hat er einfach in der Nähe geparkt und gewartet. Das war schon etwas gruselig. Das erste Mal auf unserer Reise, dass wir einem so unfreundlichen Australier begegnet sind. Wir wussten, dass wir an diesem Ort nicht ruhig schlafen können würden und sind daher zu einem anderen Campground gefahren. Wir mussten dafür zwar ein Stück zurück fahren, aber das war uns lieber, als die ganze Zeit von diesem Verrückten bewacht zu werden. Wahrscheinlich hat er 2013 dafür gesorgt, dass bei dieser Rest Area das Campen verboten ist. Ironischer Weise stand direkt nach diesem Rastparkplatz ein Schild, dass es 2013 sechs Tote gab, die wegen Übermüdung nicht mehr aufmerksam waren.

Am nächsten Morgen sind wir dann zu dem oben benannten Tal gefahren, wo man uralte hohe Eukalyptusbäume bewundern kann. Da wir schon die kalifornischen Mammutbäume gesehen hatten, waren wir davon nicht so sehr beeindruckt. Danach sind wir weiter zum William Bay Nationalpark, vor Albany gefahren. Das war ein sehr schöner Park mit vielen grünen Strandabschnitten, vielen kleinen Inseln und sehr interessanten Steinen. Es gab da auch Steinformationen, die einer Herde Elefanten ähnlich sahen. An einem Strandabschnitt war auch ein kleiner Wasserfall von einem Fluss zu sehen. Danach sind wir nach Albany gefahren und haben uns dort etwas umgeschaut. Erstaunlicher Weise mussten wir feststellen, dass diese Kleinstadt sehr schöne alte Gebäude hat. Am nächsten Tag sind wir zum Stirling Range Nationalpark, einer sehr schönen Gebirgskette, gefahren. Dort haben wir auch unseren ersten 1000 Meter hohen Berg bestiegen. Für mich war das eindeutig das erste und das letzte Mal, denn ich bin da hoch geschnauft wie eine Dampflok. Natürlich wurden wir beide mit einem tollen Ausblick belohnt und konnten wieder einmal die unendlichen Weiten Australiens bewundern. Auf dem Rückweg hatte ich dann auch Zeit, die wunderschön blühenden Wildblumen zu betrachten. Wir hatten genau die richtige Jahreszeit erwischt und die Blumen leuchteten in den verschiedensten Formen und Farben wie rot, lila, pink und weiß. Trotz des wunderschönen

Abstiegs, finde ich es viel schöner, acht bis fünf Stunden auf einer Ebene zu wandern.

Am Tag darauf sind wir zum Wave Rock, einer versteinerten Welle, gefahren. Das war zwar ein großer Umweg, doch dieses Naturphänomen war schon sehr lohnenswert. Da fährt man auch gerne mal die 500 Kilometer zusätzlich. Wir konnten um und auf diesem Stein lang laufen. So entstanden auch schöne Fotos, wie wir als » Surfer« die versteinerte Welle bändigten.

Danach ging es weiter nach Esperance. Dort gibt es einen sehr schönen, feinen, weißen Sandstrand. Wie im Paradies. Das Wasser war türkisblau und in 100 Metern konnte man einen Granitstein erklettern. Es war wirklich ein wahnsinnig toller Strand. Wir hatten perfektes Wetter, die Sonne strahlte über einem blauen wolkenlosen Himmel – ideal für ein Badetag. Glücklicherweise war der Strand nicht von Touristen überflutet.

Am nächsten Tag wollten wir wieder eine Abkürzung durch den Busch nehmen, in der Hoffnung diesmal anzukommen. Wir haben den richtigen Weg gefunden aber es war eine sehr steinige Straße mit vielen Schlaglöchern. Eigentlich wollten wir vorher noch zu einem anderen Nationalpark fahren aber auf Grund des schlechten Wetters haben wir uns dagegen entschieden. Darauf folgten dreieinhalb Tage Fahrt durch eine baumlose, endlose Weite nach Adelaide. Auf Grund der monotonen Strecke gibt es an dieser Stelle nicht sehr viel zu berichten.

Nachdem wir wieder in Adelaide angekommen sind, mussten wir wieder erst mal ein paar Erledigungen machen. Da wir bereits die Stadt gesehen hatten, wollten wir uns dort nicht sehr lange aufgehalten. Wir haben eine Nacht am Strand geschlafen aber das war eine sehr unruhige Nacht, denn an einem Sonntag Morgen parken sehr viele Jogger schon um 5 Uhr morgens aus und ein. Schon etwas verrückt, so früh schon unterwegs zu sein. Also beschlossen wir in die Adelaide Berge zu fahren, wo wir dann auch einen ruhigen Schlafplatz gefunden haben. Am Tag darauf sind wir nach Hahndorf, einer deutschen Siedlung, gefahren. Es ist kein Wunder, dass alle Welt denkt Deutschland sei wie Bayern. Diese Siedlung war ein bayerischer Abklatsch mit vielen Fachwerkhäusern, Dirndel-Verkaufsständen und Brezelanbietern. Das soll auf keinen Fall negativ gemeint sein aber wir finden es etwas schade, denn Deutschland hat mehr zu bieten. Wir freuten uns, auf einen deutsch ähnlichen Weihnachtsmarkt gehen zu können, der gerade an diesem Wochenende stattfand. Allerdings kam man absolut nicht in Weihnachtsstimmung. Es gab keinen Glühwein, die Sonne strahlte bei 30 bis 40 Grad und dann trat auch noch eine bayerische Tanzgruppe auf, die jodelte und klatschte. Für uns war das ganz und gar nicht wie ein Weihnachtsmarkt.

Nachdem wir uns mal wieder eine Brezel gegönnt hatten, haben wir noch einen Abstecher zu einer Erdbeerfarm gemacht. Da muss man dafür bezahlen, dass man Erdbeeren pflücken darf. Auch wenn man bedenkt, dass man an manchen Orten in Australien dafür bezahlt wird, Früchte zu pflücken und nicht bezahlen muss, war es trotzdem eine sehr beliebte Touristenattraktion. Es war interessant wie die ganzen Chinesen und Japaner sich wahnsinnig darüber freuten, überhaupt etwas Grünes um sich zu haben.

Danach haben wir auf dem Mount Lofty die schöne Aussicht auf Adelaide genossen und sind weiter nach Victor Harbour gefahren. Als wir uns etwas in dieser kleinen Stadt umgeschaut haben, entdeckten wir ein Wal-Museum, wo man viel wissenswertes über diese Tiere erfahren konnte. Danach waren wir auf einer kleinen Insel aus Granit spazieren, auf der man die kleinsten Pinguine der Welt beobachten konnte. Also haben wir uns auf die Lauer gelegt. Während wir auf einem Felsvorsprung saßen, ist ein Seelöwe aufgetaucht. Er ist sehr nah heran gekommen und hat uns etwas verwundert angeschaut. Das war ein Zeichen, dass es hier diese Zwergpinguine gibt, da die Seelöwen diese jagen. Nach einer Weile haben wir auch von weitem einen Pinguin über die Straße watscheln sehen. Leider war er nur als

Silhouette zu erkennen. Es wurde aber zu kalt, um noch länger zu warten. Deswegen sind wir wieder zum Auto gegangen.

Am nächsten Morgen sind wir mit der Fähre nach Känguru Island gefahren. An dieser Stelle muss man sagen, dass diese Fähre die teuerste auf der ganzen Welt ist. Die Fahrt von 45 Minuten kostete etwa 350 Dollar. Im Vergleich dazu, haben wir für die Fähre nach Tasmanien für 11 Stunden Fahrt nur 400 Dollar für zwei Personen und ein Auto bezahlt. Känguru Island ist dafür bekannt, dass man dort viele Wildtiere in der Natur beobachten kann. Nachdem wir eine Weile auf der Insel gefahren sind, konnten wir auch Seelöwen aus der Nähe anschauen. Diese Tiere verbreiten schon einen unangenehm aufdringlichen Gestank. Sie riechen nach einer Mischung aus nassem Hund und Fisch. An Land sehen sie einfach so aus, als hätten sie bei einem Fast Food Restaurant zu viel gegessen und sind jetzt in ein Fresskoma gefallen um alles zu verdauen. Wobei das gar nicht mal so weit hergeholt ist, da Seelöwen zwei bis drei Tage durchgängig im Meer nach Nahrung jagen und sich danach wieder zwei bis drei Tage an Land ausruhen müssen. Wir hatten Glück, denn sie hatten gerade Nachwuchs bekommen und wir konnten viele kleine Kälber sehen. Wir konnten sogar aus unmittelbarer Nähe beobachten, wie ein Junges von seiner Mutter gesäugt wurde. Auch die sehr großen starken Bullen lagen am Strand. Wir waren so fasziniert von diesen Tieren, dass wir dort gute ein bis zwei Stunden verbracht haben. Aber da es sehr windig war, mussten wir aufgrund der Kälte wieder aufbrechen. Am Abend haben wir dann eine Pinguin-Tour gemacht. Am Anfang waren wir etwas enttäuscht, da der Mann meinte, dass es noch etwas zu früh für die Pinguine ist. Da sie den ganzen Tag im Meer jagen, kommen sie erst abends so um neun oder zehn ans Land. Wir hatten Glück und konnten ein kleines Küken dabei beobachten, wie es gerade versuchte aus dem Nest zu klettern. Es hat uns sehr verdutzt angeschaut und nicht damit gerechnet, dass es so viele komische Gesichter sieht. Nachdem es sich sicher gefühlt hatte, kam es noch weiter raus gekrabbelt. Es hat sich etwas gestreckt, mit seinen kleinen Flügelchen gewackelt und ist dann wieder in die Höhle verschwunden. Das war wirklich sehr niedlich, wie der kleine Tollpatsch da aus der Höhle heraus kam. Später haben wir auch noch zwei erwachsene Pinguine gesehen. Sie sind wirklich total süß und nur etwa 30-40 Zentimeter groß. Am nächsten Morgen sind wir wieder zum Strand gefahren und konnten Neuseeländische Seelöwen beobachten. Die haben auch nicht besser gerochen als die Australischen. Nachdem wir noch etwas durch einen sehr schönen National Park gewandert sind, wollten wir in der Dämmerung Schnabeltiere beobachten. Auf dem Weg dahin haben wir auf einmal ein merkwürdiges Geräusch gehört. Dies hat uns vorher Otto, der Finne aus Broome, sehr gut beschrieben. Es klang als hätten ein Bär und ein Schwein Geschlechtsverkehr. Bei näherem Hinschauen, konnten wir auch den Verursacher im Baum entdecken: ein männlicher Koala. Endlich! Nach neun Monaten in Australien haben wir unseren ersten wilden Koala gesehen. Also sind wir etwas vom Weg abgekommen und konnten viele zusammen gerollte Wollknäuel in den Bäumen entdecken. Die Koalas fühlen sich so wohl in Känguru Irland, dass die Menschen sogar Verhütungsmittel für diese Tiere entwickelt haben.

Damit wir den Weg zum See mit den Schnabeltieren noch im Hellen finden, haben wir die Koalas dann erst mal sein gelassen. Wie Hans im Glück ging ich den Weg mutig voran, bis plötzlich direkt hinter dem Busch ein Känguru stand. Gerade mal 20 Meter entfernt! Dies lies sich von meinem erschrockenen Schrei nicht stören und kaute einfach weiter genüsslich sein Gras. Erst als wir vorbei laufen wollten, ist es weggehoppelt. Ab da an musste Sando voraus laufen.

Am See angekommen, mussten wir uns ein bis zwei Stunden sehr ruhig verhalten, da die Schnabeltiere sehr scheu und gegen Geräusche empfindlich sind. So saßen wir auf einer Brücke und starrten ins Wasser. Dabei kam ein anderes Känguru durch das

Gebüsch gesprungen. Wir mussten feststellen, dass diese Tiere sehr laut sind. Es hat überlegt, an uns vorbei zu springen, da es auf die andere Seite des Flusses wollte aber hat es dann doch lieber sein gelassen. Im Gebüsch, während der Dämmerung kann man schon sehr viele Tiere beobachten aber leider haben wir kein einziges Schnabeltier gesehen. Etwas enttäuscht sind wir wieder zurück zum Auto gelaufen. Auf dem Weg zum Campingplatz haben wir nicht nur Kängurus und Wallabys gesehen, sondern sind auch an einem Koalabär vorbei gefahren. Nachdem wir noch mal umgedreht sind, ist dieser Bär die Straße entlang gelaufen. Wobei man das nicht wirklich laufen nennen konnte, da er eher wie ein besoffener Säugling auf der Straße hin und her schwankte. Der weiße Hintern in der Luft machte das Bild perfekt – es sah aus als hätte er eine Windel an.

Auf der Weiterfahrt sind wir direkt auf ein Possum mit einem Baby auf dem Rücken zu gefahren, das mitten auf der Straße stand. Natürlich haben wir gebremst. Doch diese aufgerissen, schockierten und Angst erfüllten Augen vom Possum, waren sehr herzzerreißend. Das Bild werden wir nicht mehr vergessen. Ja nachts ist es für die Tiere sehr gefährlich aber da sieht man sie am besten.

Am nächsten Morgen haben wir verzweifelt versucht, uns etwas winterlicher zu fühlen, indem wir mit dem Board eine Sanddüne runter gerutscht sind. Natürlich war es überhaupt nicht winterlich, immerhin hatten wir kurze Sachen an und es waren angenehme 30 Grad. Trotzdem hat es Spaß gemacht. Vor allem war es sehr im-Po-sant. Denn ja man hatte wirklich überall Sand.

Am Tag darauf sind wir Richtung Morgan gefahren, weil wir Margret und John noch mal besuchen wollten. Das war der Ort, wo Sando als Elektriker gearbeitet hat. Leider ging es John nicht sehr gut, da er erst vor kurzem eine OP hatte. Ihm wurde der Hautkrebs aus dem Gesicht entfernt. Trotzdem war es sehr schön sie wieder zu sehen. Da wir ja immer noch rechtzeitig zu Silvester in Sydney sein wollten, konnten wir Weihnachten leider nicht mit den beiden feiern. So sind wir weiter nach Mount Gambier gefahren. Dort gibt es einen sehr babyblauen See. Während unserer Zeit bei John im Juni, haben wir Judi, die Schwester von Margret kennen gelernt. Sie war mal zu Besuch gewesen und wohnt in Mount Gambier. Da wir sie sehr nett fanden, wollten wir sie besuchen gehen. Am Telefon konnte sie uns überhaupt nicht verstehen und dachte, dass wir was verkaufen wollen. Nach einer längeren Zeit, ging das Licht auf und sie hat uns wieder erkannt. Natürlich blieb es nicht bei einem kurzen Vorbeischauen und wir haben da zwei Nächte geschlafen. Am nächsten Tag war es in Deutschland Heiligabend. Das ist die schlimmste Zeit beim Reisen, da man seine Familie und Freunde sehr vermisst. Aber wir wollten das Beste daraus machen und sind etwas auf einem ehemaligen Vulkan gewandert und haben eine Höhle mitten in der Stadt entdeckt. Glücklicher Weise hat Judi W-Lan. So konnten wir abends gemütlich mit unseren Familien über Videotelefonie reden ohne krampfhaft eine offene Bücherei suchen zu müssen. Am nächsten Morgen war der 25. Dezember und damit Weihnachten in Australien. Wir waren froh, dass wir so herzlich bei Judi aufgenommen wurden. So konnten wir ein sehr üppiges, typisch australisches Weihnachten feiern und mussten diesen Tag nicht auf dem Highway verbringen. Erst mal haben wir schön lange ausgeschlafen. Zu Mittag gab es dann ein richtig deftiges Essen mit Schwein, Gemüse und Pfannkuchen, die im Backofen gemacht wurden. Vollgestopft haben wir es uns alle auf dem Sofa vor den Fernseher gemütlich gemacht und zwei Filme geschaut. So richtig australisch eben. Judi und ihr Mann Darry waren auch sehr froh, dass sie nicht alleine feiern mussten. Eigentlich wollten sie mit Freunden grillen, aber die haben abgesagt. So hatten wir alle ein sehr schönen, faulen und gemütlichen Tag.

Vollgefuttert ging es am nächsten Tag auf der Great Ocean Road weiter Richtung Sydney. Das ist eine sehr schöne kurvige Straße, die direkt am Meer entlang führt. Wir konnten wundervolle Küstenabschnitte sehen. Auch die berühmten 12 Apostel haben wir besichtigt. Das sind große Steine, die von der Landmasse abgetrennt wurden. Auf der Fahrt konnten wir sehr blaues Meer, wunderschöne grüne Berge und tolle weiße Sandstrände sehen. Leider war es zu kalt, um baden zu gehen. Dafür hatte man nach jeder Kurve immer wieder ein sehr schönes farbenfrohes Bild mit wunderschönen Landschaften, die uns staunen ließen.

Nachdem wir die Küste verlassen hatten sind wir auf den schnellst möglichen Weg nach Sydney gefahren. Nach zweieinhalb Tagen Fahrt kamen wir in Campbelltown, etwa 100 Kilometer von Sydneys Stadtzentrum entfernt, an. Da es überall Mautstraßen gab und wir keine Hoffnung hatten, irgendwo im Zentrum einen bezahlbaren Parkplatz zu finden, haben wir uns in dieser Stadt eingenistet. Den halben Tag haben wir genutzt, um die passenden Informationen zu besorgen. Am nächsten Tag sind wir mit dem Zug ins Zentrum von Sydney gefahren. Nachdem wir begeistert das Opernhaus fotografiert hatten, haben wir einen Spaziergang durch den Botanischen Garten gemacht. Dort haben wir uns nach dem besten Platz für Silvester umgeschaut. Zum Glück gibt es richtige Programmhefte, die auch zeigen, an welchen Orten das Feuerwerk am besten zu sehen ist. Nachdem wir uns für einen guten Spot entschieden hatten, gingen wir zurück zum Opernhaus. Irgendwie sieht es von weitem hübscher aus, als aus der Nähe. Im Inneren ähnelte es eher einem Betonbunker, auf dessen Dach einfach ein paar Fliesen geklebt wurden. Aber immerhin ist es das Wahrzeichen von Sydney. Danach sind wir über die Harbour Bridge gelaufen. Da wir ein Wochenticket für alle öffentlichen Verkehrsmittel gekauft hatten, konnten wir auch mit der Fähre fahren.

Am nächsten Tag, beziehungsweise mitten in der Nacht um drei Uhr morgens sind wir aufgestanden, um rechtzeitig für den guten Spot für das Silvester-Feuerwerk anzustehen. So konnten wir uns bereits um sechs Uhr morgens an der Warteschlange »anstellen«. Abgesehen davon, dass sich jeder hingesetzt hatte, war bereits um diese Zeit schon eine sehr große Menschenmasse vorhanden. Dabei wurde das Tor zu diesem Spot erst um 10 Uhr aufgeschlossen. Also haben wir es uns mit unserer Picknickdecke gemütlich gemacht und konnten noch etwas schlafen, lesen oder mit unseren Nachbarn reden.

Um 9.30 Uhr sind dann alle aufgestanden und haben gewartet bis endlich Einlass war. Natürlich wurde die Schlange bis dahin noch sehr viel länger. Aber es ging alles sehr geordnet zu. Die Security kam sogar und hat Leute nach hinten geschickt, wenn sich jemand vordrängeln wollte. Auch Dixi-Klos wurden bereit gestellt. Nachdem wir dann durch die Sicherheitskontrolle geschleust wurden, die im Grunde darin bestand, dass wir einfach nur gefragt wurden, ob wir Alkohol oder Feuerwerkskörper einstecken haben, ist Sando etwa 700 Meter wie ein Wahnsinniger gerannt um einen guten Spot zu ergattern. Da ich eh viel zu langsam war, bin ich erst mal gemütlich auf die Toilette gegangen. Ich wollte die Toilette nicht vor dem Ansturm aufsuchen. Ein Mädchen hatte sogar Probleme reinzukommen, da sie kurz vor dem Einlass auf der Toilette war. Zwei Security wollten sie nach hinten schicken, da sich keiner vordrängeln sollte. Sie konnte die beiden Männer davon überzeugen, dass sie sogar die ganze Nacht vor dem Tor geschlafen hatte. Das war schon verrückt.

Nachdem ich Sando gefunden hatte, haben wir es uns auf unserer Picknickdecke gemütlich gemacht. Die ganze Wiese war bereits voll mit Decken und Rucksäcken. Das ganze Event erinnerte irgendwie an ein großes Picknick oder einen überfüllten Strand am Baggersee, bloß ohne Wasser. Wir hatten auch Glück, dass das Wetter nicht so heiß war, da wir keinen Schattenplatz hatten. Es war gut in der Sonne auszuhalten. So haben wir uns stundenlang gesonnt, gechillt, gelesen oder uns mit unserem deutschen Nachbarn unterhalten. Das war eine sehr angenehme Atmosphäre. Wir konnten direkt auf das Opern Haus und die

Harbour Bridge sehen. Leider waren ein paar Bäume im Bild, aber wir waren direkt hinter dem Fernsehteam. Auch hier ging alles sehr geordnet zu. Die indische Familie mit fünf Kindern, die sich noch auf ein paar Grünflächen quetschen wollte, wurde auch von der Security vertrieben. Obwohl der indische Mann sehr lange diskutiert hat, dass ja alle noch etwas zusammen rücken können und da noch genügend Platz sei. Für einen Inder war da auch noch genügend Platz aber für die normalen Touristen war die Nähe zum Nachbarn ausreichend. Um 18 Uhr gab es dann eine Flugshow und das Feuerlöschboot präsentierte sich. Um 21 Uhr wurde ein kleines Feuerwerk für Familien mit kleinen Kindern gezündet. Das war schon sehr schön, denn überall leuchtete es sehr hell auf. Da wurde unser Platz auch schon etwas voller, trotzdem konnte man sich wieder hinsetzen. Es wurde sehr darauf geachtet, dass sich keiner auf die Decke vom anderen stellt. Danach sind Boote durch den Hafen gefahren, deren Umrisse mit Lichterketten beleuchtet waren. Vor allem die richtig alten Segelboote mit Masten waren sehr schön anzusehen. Um 23 Uhr sind dann schon alle aufgestanden. Auch da ging es sehr geordnet zu, da keiner geschubst oder gedrängelt hat. Dann kam der Countdown. Wobei ich mich gewundert hab, dass ich mit dem deutschen Zählen nicht wirklich in die englisch zählende Masse reingepasst hatte. Aber das war mir egal. Das Feuerwerk war entzündet. Es war so atemberaubend. Überall leuchtete es rot, blau und grün auf. Die Lichter spiegelten sich im Wasser. Das Feuerwerk direkt auf der Brücke sah aus wie ein schimmernder Licht-Regen, der ganz zart vom Himmel »regnete«. Das Opernhaus wurde wunderschön angestrahlt. Ich fand das Feuerwerk so schön, dass mir sogar Freudentränen in die Augen stiegen. Dieser Moment war einfach unbeschreiblich. Wir hatten es geschafft! Wir konnten das weltberühmte Feuerwerk persönlich bewundern. Leider war das Ganze nach 12 Minuten schon wieder vorbei. Aber diese, wenn auch etwas kurze Zeit war ein Erlebnis, was wir nie vergessen werden. Wir müssen auch sagen, dass es das beste Großereignis ist, das wir jemals erlebt haben. Alles ging sehr geordnet zu und keiner hat gedrängelt oder geschubst. Und wenn es doch mal passiert ist, dass man aus Versehen jemanden angerempelt hatte, dann wurde sich entschuldigt. So begann das neue Jahr und wir waren gespannt, was es uns noch für Erlebnisse bringen würde. Uns wurde bewusst, dass unsere Reise bald zu Ende sein würde. Aber vorher erlebten wir noch sehr viele spannende Abenteuer.

Das Ende der Reise mit viel Adrenalin

Nach dem tollen Start in das neue Jahr konnten wir uns noch etwas Sydney anschauen. So haben wir noch die Stadthalle, den Skytower, das alte Viertel, das Parlamentsgebäude und vieles mehr besucht. Sydney hat wirklich viel mehr zu bieten als das Feuerwerk. Gerade von oben sieht man die ganze Schönheit der Hafenstadt. Leider konnten wir nicht länger bleiben, da die Fähre nach Tasmanien bereits gebucht war. Also sind wir wieder zurück nach Melbourne gefahren, um nach 11 Stunden Schifffahrt Tasmanien zu erreichen. Und schon beim ersten Blick wurde uns klar, dass man diese Insel nicht umsonst die grüne Lunge Australiens nennt. So gut wie überall wachsen grün leuchtende Bäume und Farne in verschiedenen Landschaften. Leider hat es an vier von neun Tagen ununterbrochen geregnet. Auf einmal ist uns aufgefallen, dass es in unser Auto rein geregnet hat. So standen wir vor dem Problem, wie wir unsere nassen Sachen wieder trocken bekommen. Da kam uns die glorreiche Idee in ein Parkhaus zu fahren, um vor Schlamm und Nässe zu fliehen. Ist zwar alles andere als romantisch, aber es hat etwas geholfen. Trotz des schlechten Wetters, wollten wir die Zeit nutzen und die wunderschönen Nationalparks bewundern. So ging es mit einer Ski-Jacke in den Regen, um sehr tolle Wasserfälle und naturbelassene Berge zu sehen. Der Vorteil war, dass das grüne Leuchten der Pflanzen noch intensiver war. Man hatte wirklich den Eindruck bekommen, dass man sich in eine verwunschene grüne Oase begibt. Man rechnete schon fast mit Elfen und Kobolden. Wir konnten auch sehr seltsame Naturgewalten sehen, wie ein vom Meer geschaffenes Mosaik aus Steinen. Wir durften auch eine große Glühwürmchen-Kolonie in einer Höhle besichtigen. Dies war nur mit einer Tour möglich. Es war wunderschön, als auf einmal alle Taschenlampen ausgemacht wurden und an der Höhlendecke unzählige Punkte erstrahlten.

Dabei hatten wir den Eindruck, dass wir auf den leuchtenden Sternenhimmel schauten. Leider hat Tasmanien nicht nur tolle Geschichten zu erzählen, sondern auch grausame. Denn in Port Arthur gab es die schlimmste Gefangenensiedlung Australiens. Dort haben wir eine Geistertour durch das ehemalige Gefängnis gemacht. Das war schon sehr gruselig, denn nicht nur der Tourleiter, sondern auch die alten Mauern erzählten von den grausamen Ereignissen.

Bevor es wieder zurück auf die Hauptinsel ging, wollten wir unbedingt Schnabeltiere sehen. Dabei war das gar nicht so einfach. Bei der trampelnden Meute war es an den ausgeschriebenen Stellen unmöglich eins zu sehen. Zum Glück hat ein Ranger uns einen Tipp gegeben, wo man die kleinen Tiere wirklich beobachten kann. Damit dass auch kein anderer mitbekommt, lehnte er sich über die Theke und flüsterte uns das ins Ohr. Schließlich sollen die eierlegenden Säugetiere nicht von den lauten und schreienden Homo Sapiens überrannt werden, denn diese Tiere sind sehr empfindlich und mögen keinen Lärm. Erst recht nicht 1000 Kamerablitze. In der Dämmerung an dem geheimen Ort angekommen, suchten wir uns eine gute Stelle. Ganz leise und ohne viel Bewegung schlichen wir dahin. An diesem friedvollen Platz haben wir auf einmal mehrere blubbernde Blasen im Wasser gesehen. Und plötzlich tauchten die Schnabeltiere auf. Maximal ein bis zwei Minuten waren sie an der Wasseroberfläche zu sehen. Dort haben sie sich auf ihren Rücken gelegt und von ihrem Beutel gefuttert. Das war sehr niedlich anzusehen. Und zack waren sie wieder abgetaucht. Bei dieser Beobachtung haben wir festgestellt, dass sie nur etwa 20 bis 30 Zentimeter groß sind. Auf Fotos sahen sie immer so riesig aus. Leider war es dann Zeit die geheimnisvolle Welt Tasmaniens wieder zu verlassen, da wir ja jetzt nur noch zwei Monate bis Cairns hatten.

Wieder auf der Hauptinsel angekommen – wir wollen immer Festland schreiben, aber das kann man von Australien ja nicht wirklich behaupten – wollten wir uns erst mal Melbourne anschauen, da wir ja nun zweimal dran vorbei gefahren sind. Vorher mussten wir noch ein paar Sachen in der Bücherei erledigen. Dort konnten wir auch den Flug nach Thailand buchen, da wir ja bald das Land verlassen müssen. Leider war das sehr stressig, da diese Erledigungen nicht so schnell vorankamen wie erhofft und das Internet sehr langsam war. Nachdem ich oft laut geschnauft hatte, kam nach einer Weile eine muslimische Frau auf mich zu und fragte, ob ich Probleme hätte. Darauf wusste ich erst mal nicht, was ich antworten soll. Ja was war jetzt eigentlich das Problem? Nachdenklich antwortete ich, dass alles in Ordnung sei. Die Frau bot mir Kleidung, Dusche und ein warmes Essen in ihrem Haus an. Einer der vielen Momente in Australien, an denen wir große Herzlichkeit und Gutmütigkeit erfahren haben. Ich war sehr überrascht von dem großzügigen Hilfsangebot einer total Fremden. Gleichzeitig fühlte ich mich aber beschämt. Denn da ist mir aufgefallen, dass ich gar keine Probleme habe und mich trotzdem beschwerte. Ganz anders als diese Frau, die vor ihrem gewalttätigen Mann aus dem Krieg geflohen ist. Da wurde uns schmerzlich bewusst, dass es uns viel zu gut geht und wir das nicht einmal zu schätzen wissen. Irgendwie sind wir echt zu bemitleiden.

Nachdem ich mir die Telefonnummer der Frau aufgeschrieben hatte, verabschiedeten wir uns. Ab sofort nahmen wir uns vor, glücklicher und bewusster die kleinen Dinge zu schätzen. Irgendwie hatte ich nach dieser Begegnung ein schlechtes Gewissen, dass ich mich über eine langsame Internetverbindung aufgeregt habe. Nun ging ich zurück an den Computer und war froh, dass ich überhaupt die Möglichkeit hatte, den Bürokram zu erledigen.

Dann hatten wir das große Glück die wunderschöne Stadt Melbourne anzuschauen. Dabei muss man sagen, dass Melbourne die Künstlerstadt schlechthin ist. Abgesehen von den ganzen Museen und Galerien, gab es in in der Stadt überall kleine Gassen, in denen sich jeder Straßenkünstler ausgetobt hat. Da waren sehr schöne Malereien dabei. Es gab sogar eine Straßenbahn, die sehr künstlerisch gestaltet war. An jeder Ecke fand man eine neue Überraschung, so zum Beispiel eine kleine Münztasche als Statue oder Bäume mit bestrickten Umhüllungen. Aber auch die Feuerwehrstation, mit einem großen Mosaik des Feuergottes an der Außenwand und das daneben liegende Feuerwehrmuseum waren sehr sehenswert.

In Melbourne hatten wir den perfekten kostenlosen, halblegalen Campground gefunden. Er war direkt am Stadtzentrum, man konnte dort den ganzen Tag kostenlos parken und es gab sogar Duschen. Wir mussten auch keine Angst haben, eine Strafe zu bekommen, da die Polizei bei ihrem täglichen Rundgang nie was gesagt hat. Aber dieser Platz hatte noch einen weiteren Vorteil, da genau an dieser Stelle das Feuerwerk für den Unabhängigkeitstag am 26. Januar in die Luft geschossen wurde. Somit hatten wir einen VIP Platz und konnten das Feuerwerk auf unserer Motorhaube liegend beobachten. Es dauerte sogar länger, als das in Sydney. Die Lichtfunken so nahe zu sehen, war sehr atemberaubend. Wir mussten aber aufpassen, dass wir keinen Hörsturz bekamen, da es auch sehr laut war. Leider hatte dieser Feiertag auch etwas Trauriges. Die Australier feiern an diesem Tag die Unabhängigkeit von der englischen Krone. Die Aborigines hingegen sehen diesen Tag als der Tag der Invasion, beziehungsweise Tag des Überlebens. An dieser Stelle merkte man wieder, wie schlecht die Aborigines behandelt wurden und dass die Spannungen immer noch sehr groß waren. Ein Aborigine hat auf der Bühne von seinen Urverwandten gesungen und dabei dargestellt, wie brutal sie behandelt wurden. Das hat mein Herz sehr berührt und ich konnte nicht anders, als später zu dem Sänger hinzugehen und mich dafür zu entschuldigen. Es ist schon sehr traurig, was mit den Ureinwohnern gemacht wurde. Nicht nur, dass sie versklavt wurden, ihnen wurden auch unter Zwang die Kinder entrissen um sie westlich zu erziehen, sie wurden ohne Verurteilungen getötet, mussten harte Zwangsarbeit leisten und vieles mehr. Das finden wir persönlich nicht sehr schön an Australien. Leider haben es die Ureinwohner auch heute nicht immer leicht, da sie oft nicht viel Respekt und Achtung bekommen. Aber jeder Mensch hat Anerkennung verdient, egal welcher Kultur er angehört. Schade, dass es nur wenige Menschen gibt, die das genauso sehen.

Diese Begegnungen in Melbourne brachten uns zum Nachdenken. Auf der Fahrt zurück nach Sydney konnten wir gemeinsam über diese Erlebnisse sprechen und unsere Gedanken sortieren.

Auf dem Weg dahin sind wir über Canberra, die Hauptstadt Australiens, gefahren. Dabei muss man sagen, dass es wirklich eine kleine, fast unscheinbare Stadt ist. An sich gibt es da nicht so viel zu sehen wie in Sydney oder Melbourne. Trotzdem finden wir, dass sich ein kurzer Besuch lohnt. Man kann das große Parlamentsgebäude mit über 4700 Räumen, das größte Militärmuseum der Welt und die Botschaften der verschiedenen Länder anschauen.

In Sydney angekommen, sind wir zu den Blue Mountains gefahren. Dort konnten wir uns mit viel Adrenalin beim Abseilen und Canyoning ausprobieren. Mit einer Tour durchquerten wir die tiefen Schluchten und wateten dabei in unseren ausgeliehenen Neoprenanzügen durch eiskaltes Wasser. Manchmal mussten wir in tiefe Wasserlöcher springen, um weiter zu kommen. Am Ende mussten wir an einem 30 Meter hohen Wasserfall herunter klettern und uns in einem Wasserloch von der Sicherheitsleine befreien. Das war sehr aufregend. Nach diesem Adrenalinschub fuhren wir weiter nach Norden. Auf dem Weg wollten wir noch etwas auf einem Strand lang fahren und mussten dabei die

Erfahrung machen, dass man dabei die Flut beziehungsweise Ebbe beachten sollte. Wir hatten uns wieder einmal im tiefen nassen Sand festgefahren. Als wir uns nicht von der Stelle bewegen konnten aber die Wellen immer näher kamen, wurde es immer unangenehmer. Was sollten wir tun? Das Auto vergrub sich immer mehr. Sando kam zum Glück auf die Idee, die Luft aus den Reifen zu lassen und mit Schieben bekamen wir das Auto aus dem Sand. Da waren wir heilfroh, denn das hätte für uns sehr böse enden können. Nachdem wir die Reifen mit unserem kleinen Kompressor, den man im Allradfahrzeug dabei haben sollte, wieder aufgepumpt hatten, konnten wir unsere Reise ohne Schaden fortsetzen.

Wir fuhren an den kleinen Ort, wo das Dschungelcamp mit den deutschen Stars gedreht wurde. Als wir bei dem Drehort angekommen sind, wurden wir natürlich nicht mit offenen Armen empfangen. Der Mann vom Sicherheitsdienst fragte uns, was wir denn hier wollen. Stotternd suchten wir nach einer Antwort. Daraufhin teilte er uns mit, dass es hier außer einer Erdnussfarm nichts gäbe. Auf Sandos Frage, warum eine Erdnussfarm einen Sicherheitsdienst benötigt, antwortete er grinsend, dass es sehr hochqualifizierte wichtige Erdnüsse seien. Nachdem er dann auch gesagt hatte, dass diese »Erdnüsse« nicht mehr da waren, sind wir weitergefahren. Wir wollten eigentlich gar nicht die Z-Stars sehen, sondern uns einen Überblick schaffen, wie es da wirklich aussieht. Dabei haben wir nicht nur festgestellt, dass es ein Privatgrundstück ist, sondern auch gerade mal 20 Kilometer von der nächsten Stadt mit Supermärkten und Krankenhäusern entfernt. Also nicht wirklich im australischen Outback. Da überall Farne wachsen wirkt es wie ein Dschungel, dabei ist es ein subtropischer Regenwald. Das war schon mal interessant zu sehen.

Wir waren vom Tropenwald nicht mehr allzu weit entfernt, da wir nach nur ein paar 100 Kilometern den Bundesstaat Queensland erreichten und schon Mangos an den Bäumen hängen sehen konnten. Leider waren sie noch nicht reif genug.

An unserem Zwischenziel angekommen, konnten wir mit der Fähre nach Fraser Island fahren. Das ist der größte Spielplatz für Allradfahrzeugfahrer überhaupt, da es eine reine Sandinsel ist. Natürlich wollten wir da erst mal richtig unseren Jeep ausprobieren. Schon der Fähranleger testete die Erfahrung im Umgang mit dem Fahrzeug, da es eine reine Sanddüne war. Sando war in seinem Element. Auf dieser Insel gab es nicht nur Sand, sondern auch sehr viele schöne Seen. Ein See hatte glasklares Wasser und sehr weißen Strand. Wir hatten den Eindruck, an einem paradiesischen Traumstrand angekommen zu sein. Der Vorteil war, dass man beim Plantschen kein Salzwasser, sondern Süßwasser schluckte. Ein anderer See hatte viele kleine Schildkröten und kleine Knabberfische, die einem die Hornhaut von den Füßen abfressen. Da hatten sie an unseren Füßen genügend zu tun. Friedlich und ruhig saßen wir da und beobachteten die Tiere, während wir entspannt eine natürliche Fußpflege bekamen. Und das sogar kostenlos.

Nachdem wir die schönsten Seiten von Fraser Island und einige Dingos gesehen haben, wollten wir quer über die Insel fahren. Schließlich lief unsere Genehmigung für die Insel aus und wir hatten schon die Fähre zurück zur Hauptinsel gebucht. Wir dachten, dass es schneller geht, wenn wir die wirklich abgelegenen Sandstraßen fahren. Aber das täuschte, da wir manchmal auch Äste von den Straßen entfernen mussten. So preschten wir auf der einspurigen Fahrbahn durch den Sand. Natürlich hat das Sando sehr viel Spaß gemacht, den Allrad mal wirklich zu testen. Allerdings ist das nicht wirklich zu empfehlen, da kaum jemand diese Straßen fährt und wenn ein Auto entgegenkommt, kann man nicht ausweichen, da der Straßenrand komplett zu gewachsen ist. Auf dieser Abenteuerfahrt war uns etwas mulmig geworden, da wir in der Nacht gefahren sind und kaum noch Benzin hatten. Die Insel ist zwar nicht so groß, aber wenn man sich mitten im Busch verfahren hat, dann kann das schon mal paar Tage dauern, bis dich einer findet. Aber zum Glück hat sich unser Auto auch bei kniffligen »Straßenverhältnissen« super durchgegraben und wir sind heil auf der anderen Seite der Insel angekommen. Allerdings mussten wir einen Verlust melden. Unsere tapfere Radioantenne konnte dem Peitschen der Büsche nicht mehr standhalten. Lange hat sie es durchgehalten aber das war dann doch zu viel.

Es war eine naive abenteuerliche Fahrt. Wir sind sehr froh, dass wir mit unserem eigenen Auto gefahren sind und so die Insel wirklich erkunden konnten. Eine Tour fährt zum Beispiel nicht an den See mit den Schildkröten. Bei den meisten steht Party im Mittelpunkt und nicht die wunderschöne Natur. Wir würden einen Alleingang also eher empfehlen. Es gibt genügend Firmen, die einen Allradfahrzeuge verleihen aber noch besser ist es, sich selber einen zu kaufen. Wir hatten so viel Spaß mit dem Auto. Wir sind oft einfach mal von der Straße runter und querfeldein gefahren. Wir hatten nicht nur Flutrinnen, Schlamm, Steine und Wasserwege auf der Straße, sondern oft auch einfach mal Kühe. Die Fahrten waren schon sehr aufregend, jedoch konnten wir das nicht immer machen, da das Auto im Allradantrieb unheimlich viel Sprit schluckt.

Zurück auf der Hauptinsel, sind wir nach einer Weile Fahrt in Bundaberg angekommen. Dort kommt nicht nur das berühmte Ginga Bier her, sondern hier beginnt auch das Great Barrier Reef. Wir hatten die wundervolle Möglichkeit Schildkröten beim Schlüpfen zu beobachten. Mit Hilfe eines Rangers haben wir in der Nacht die Eier aufgesucht und dann ging es los. Da kämpfte sich eine Babyschildkröte aus den Schalen und dem Sand. Da kam noch eine und noch eine. Der Ranger sammelte erst mal alle in einem aufgebauten Gehege. Er wollte erst mal warten, bis alle geschlüpft sind, um sie dann gemeinsam den Weg ins Meer finden zu lassen. Schildkröten reagieren auf Licht damit sie den Weg in den Ozean finden können. Deshalb durfte nur der Ranger eine Taschenlampe haben. Nachdem so gut wie alle geschlüpft waren, hat eine kleine Menschengruppe eine Reihe gebildet. Dann durfte ich mit der Taschenlampe den Weg zum Meer leuchten. Das war sehr aufregend, wie hundert so kleine Schildkröten auf mich zu krabbelten, um dann im Meer zu verschwinden. Ein unbeschreibliches Erlebnis. Nachdem die Kleinen weg waren, haben wir gemeinsam mit dem Ranger das leere Nest ausgewertet. Es wurden noch ein paar vereinzelte Schildkröten gefunden. Leider waren auch vier Eier dabei, die es nicht geschafft haben. Schildkrötenbabys haben sehr viele Feinde. Unter anderem den eingeschleppten Fuchs. Damit wird es immer schwieriger, dass viele überleben. Der Ranger erklärte uns, dass es auch manchmal vorkommt, dass zwei Nester übereinander gelegt werden. Damit hat das unterste keine Chance. Für uns war es ein unbeschreibliches Erlebnis. Gleichzeitig werden bei dieser Tour die Tiere auch erforscht und beschützt.

Zwei Tage später sind wir an dem Ort Agnes Water angekommen. Leider konnten wir da nicht lange bleiben, da eine Hurricane-Warnung für dieses Gebiet vorlag. Daher mussten wir schnell aufbrechen und noch 500 Kilometer weiter nach Norden fahren, sonst hätten wir in einem Überflutungsgebiet festgesessen. Was noch Schlimmeres passiert wäre, wollen wir nicht weiter ausmalen. Dieser Sturm sollte eine unheimliche Windgeschwindigkeit erreichen und es wäre für uns zu gefährlich gewesen, im Auto zu schlafen. Glücklicherweise konnten wir rechtzeitig aus dem Gefahrengebiet raus fahren und hatten eine ruhige, angenehme Nacht.

Nach einigen Tagen kamen wir in Rainbow Beach an. Dort wartete eine Segeltour durch die Whitsunday Inseln auf uns. Diese liegen direkt im Great Barrier Reef und wir konnten dort an wunderschönen Stellen schnorcheln. Dabei konnten wir einen Meter große Fische, Nemo den Clownfisch und sehr bunte Korallen beobachten. Des Weiteren hatten wir die wunderbare Möglichkeit mit einer großen Schildkröte zu schwimmen. Es ist der Wahnsinn neben so einem entspannten Tier zu schnorcheln. Wir hatten den Eindruck, dass dieses Tier schwerelos im Wasser schwebt. Doch auch das Segeln war schon sehr aufregend. Man musste sich zwar mit der engen Dusche und Toilette abfinden, aber immerhin hatten wir Sanitäreinrichtungen. Abends saßen wir mit den anderen neun Teilnehmern zusammen und haben uns unterhalten. Auch der Koch und der Kapitän waren sehr gut drauf. So kam der Koch an Deck und hat alle zusammen gerufen und aufgefordert, die Hose runter zu ziehen und einem anderen Boot unsere nackten Hintern zu zeigen. Eigentlich ist das daraus entstanden, dass das andere Boot übersetzt den Namen »Klatsch auf den nackten Hintern« hatte. Als es an uns vorbei fuhr, haben wir alle erstaunt festgestellt, dass es ein falsches Boot war. Trotzdem war die Aktion total witzig. Wir konnten uns gut die erstaunten Gesichter vorstellen, zumal alle sehr gut braungebrannt waren nur der nackte Po nicht. Natürlich darf man auch nicht das Schlafen auf dem Deck verachten. Es war wirklich wunderbar, unter diesem unglaublichen Sternenhimmel zu schlafen, am nächsten Morgen aufzuwachen und das Meer und den Sonnenaufgang zu sehen. Neben dem Schnorcheln hatten wir auch paarmal Landgang und konnten »Whitehaven Beach«, den weißesten Sandstrand der Welt, erkunden. Nach einer kleinen Wanderung sind wir auf einem Lookout angekommen und konnten die ganzen kleinen Inseln bestaunen. Das waren wirklich tolle drei Tage. Doch leider gingen auch die vorbei und wir sind wieder zurück am Hafen angekommen. Wir machten uns gleich zu unserem Auto auf, das bis dato für einen kleinen Preis auf dem Parkplatz eines Hostels stand und fuhren weiter nach Cairns. Immerhin hatten wir nur noch 11 Tage in Australien. Der Gedanke, dass unsere Reise bald zu Ende sein sollte war immer wieder erschreckend für uns. Es fühlte sich komisch an, weil wir uns gerade an unser neues Auto gewöhnt haben und unsere Reise endlich ohne Probleme genießen konnten. Wir wollten Australien nicht verlassen, bevor wir nicht Bungee Jumping, Wild Water Rafting und Tauchen im Great Barrier Reef mitgemacht haben. Gesagt, getan.

Auf dem Weg nach Cairns waren wir noch in den Atherton Tablelands und haben wunderschöne Wasserfälle und Seen bewundert. In Cairns verteilten wir erst mal Flyer von unserem Auto in den ganzen Hostels, damit wir es verkaufen können. Die zwei Jungs, die das Auto zuerst angeschaut haben, kamen nicht mit der Gangschaltung klar. Wir waren froh, dass wir unseren geliebten Mogli nicht an die unerfahrenen Jungs verkaufen mussten. Einen Tag später hat sich ein irisches Pärchen das Auto angeschaut und wollte es am nächsten Abend gleich abholen. Wir waren am Ziel und der Endstation unserer Reise angekommen und somit konnten wir es gleich verkaufen. Wir verbrachten einen ganzen Tag damit, das Auto auszuräumen und zu säubern. Wirklich Wahnsinn, was sich da immer so an Zeug ansammelt. Dann war es so weit. Mogli fuhr ohne uns weg. Das war wieder ein sehr komisches Gefühl. Wir schauten ihm mit einem lachenden und einem weinenden Auge hinterher. Auf der einen Seite waren wir traurig, da wir unsere Reisebegleitung und Wohlfühloase verkauft hatten. Und uns wurde bewusst, dass es das jetzt war mit Australien. Das jetzt andere IHR Abenteuer erleben. Gleichzeitig waren wir auch sehr glücklich darüber, dass wir das Auto für 2700 Dollar verkaufen konnten. Wenn man bedenkt, dass wir gerade mal 850 Dollar bezahlt haben und so viel Spaß mit dem Auto hatten, war das ein sehr gutes Geschäft. So konnten wir noch nach Thailand und Neuseeland fliegen, bevor es wieder zurück nach Deutschland in die Realität geht.

Nachdem das Auto verkauft war, konnten wir uns noch voll und ganz den letzten Abenteuern widmen. Gleich am nächsten Tag wurden wir von einem Shuttle-Service zum Wild Water Rafting abgeholt. Zuerst wurden wir in das Büro gebracht. Dort stellten wir fest, dass es eine fast rein asiatische Reiseveranstaltung war, da wir mit vielen Asiaten in einen anderen Bus gescheucht wurden. Nach zwei Stunden Fahrt mussten wir uns schnell den Helm und die Schwimmweste anziehen. Nachdem wir ein paar Einweisungen bekommen und auch das richtige Treibenlassen im Fluss geübt hatten, konnte es endlich los gehen. So sind wir bis zu einen Meter hohe Wasserfälle runter gefahren. Es wurde garantiert, dass wir von oben bis unten pitschnass wurden. Ein Wasserfall war so steil, dass wir mit dem kompletten Boot und sieben Leuten unter Wasser waren. Das war echt aufregend. Es hat total viel Spaß gemacht, leider mussten wir immer auf die anderen sieben Boote warten und manchmal mussten wir auch Absicherungen machen, damit, wenn einer raus fällt, keiner weit weggetrieben wird.

Am nächsten Tag ging es gleich spannend weiter, denn wir wurden wieder vom Shuttle Bus abgeholt und sind zum Bungee Jumping gefahren. Ja richtig gelesen, wir haben uns von einem 50 Meter hohen Turm kopfüber einfach so fallen lassen. Sando hat sich zuerst getraut. Er ist sogar mit dem Kopf ins Wasser getunkt. Als ich die Treppe hochstieg, wurde ich ziemlich nervös und hatte ein mulmiges Gefühl im Bauch. Ich war mir nicht so sicher, was ich da eigentlich mache. Als ich oben angekommen bin, bekam ich das Geschirr umgebunden. Ich musste mich dafür hinlegen und meine Füße wurden mit einem plüschigen Knäuel zusammen gebunden. Irgendwie schon etwas merkwürdig, wie ich da auf dieser Liege lag während mir die Füße verknotet wurden. Wie ein Pinguin bin ich dann an die Kante gewatschelt. Die Aussicht war der Hammer, da wir das Meer sehen konnten. Als ich nach unten schaute, wurde mir richtig schlecht. Der Angestellte hat ganz sanft auf mich eingeredet und mir die Gegend erklärt. Dann hab ich mich getraut und mich einfach fallen lassen. Mein Herz raste. Adrenalin wurde ausgeschüttet. Mir hat es nicht so gefallen, dass ich unkontrolliert an dem Seil baumelte. Ich hatte ständig das Gefühl, ich würde mich überschlagen, doch nichts passierte.

Danach hat uns der Busfahrer zu einem anderen Hostel, näher

am Hafen gefahren. Am nächsten Tag haben wir uns erst mal eine Pause gegönnt und uns einen groben Plan für Thailand gemacht.

Am Morgen darauf ging es sehr früh zum Tauchen in das Great Barrier Reef. Nach einer zweistündigen Bootsfahrt, konnten wir an dieser Stelle etwas schnorcheln. Wieder haben wir die bunten Korallen und Fische beobachtet. Wir entdeckten auch Korallen, die wie Spagetti im Wasser hin und her schwankten. Dann war es endlich so weit und wir wurden auf das Tauchen vorbereitet. Doch ich bekam etwas Panik, dass die Trommelfelle platzen oder ein Hai angreift. Schließlich waren vom Boot schon Riffhaie zu sehen. Nachdem wir ins Wasser gesprungen sind, hielten wir uns an einer Stange fest und haben den Druckausgleich für die Ohren geübt. Meine Panik wurde schlimmer, da es sich nicht sehr gut machte den Druck auszugleichen, wenn man eine Taucherbrille trug und das Mundstück von der Gasflasche den Mund blockierte. Außerdem hat die Gasflasche nach unten gezogen. Die Angst wurde auch noch dadurch verstärkt, dass zu viele Leute an dieser Stange waren und ich ständig eine Flosse ins Gesicht bekam. Trotz des starken Angstgefühls hab ich mich getraut zu tauchen. Nach sechs Metern haben wir den Boden erreicht. Ich konnte das Tauchen nicht wirklich genießen, da sich in meiner Taucherbrille ständig Wasser sammelte und ich immer das Gefühl hatte, nach oben zu müssen. Obwohl wir beide bei einer deutschen Tauchlehrerin eingehakt waren, hatte ich schon ziemliche Angst. Ich war jedenfalls sehr froh, als wir wieder oben waren. Ich war auch etwas enttäuscht, dass man genau das Gleiche gesehen hat wie beim Schnorcheln. Deshalb hab ich die Wasserwelt von oben genossen, während Sando einen zweiten Tauchgang startete. Alles in allem war es dennoch ein schönes Erlebnis. Wirklich eine atemberaubende Unterwasserlandschaft mit so vielen verschiedenen Lebewesen. Deswegen ist es auch sehr wichtig, diese sensible Welt zu schützen und jeder sollte den unnötigen Ausstoß von CO_2 verhindern.

Leider war das unser letztes Abenteuer in Australien. Wir haben so gut wie alles gesehen, was wir sehen wollten und nun ist das Jahr vorbei. Jetzt geht es nach Thailand und dann nach Neuseeland und wer weiß wie lange das nächste Abenteuer auf sich warten lässt ...

Epilog

Ihr konntet jetzt lesen, was wir so alles erlebt haben. Leider war es nicht immer einfach. Gerade als unsere Autos kaputt gegangen sind, haben wir uns gefühlt, als verlieren wir alles, was wir hatten. Wir haben uns auch wie Obdachlose gefühlt. Die Autos waren nunmal unsere Reisebegleitung, Küche und Schlafzimmer. Auch zu Beginn, als wir keinen Job finden konnten, haben wir uns ziemlich nutzlos und irgendwie am Rande der Gesellschaft gefühlt. Wir waren am Anfang sehr selbstbewusst und vielleicht auch etwas überheblich. Wir haben eine gute Ausbildung genossen – Sando als Elektriker mit acht Jahren Berufserfahrung und ich mit Abitur und Ausbildung zur Immobilienkauffrau – und standen in Deutschland mit beiden Beinen im Leben. Auf unserer Reise haben wir jedoch gemerkt, dass man ganz schnell alles verlieren und am Ende nichts vorweisen kann. Gerade in Australien zählt nicht wirklich, was auf dem Papier steht, sondern ob man Erfahrung hat. Für uns war es eine ziemlich Belastung, wenn man vom hohen Ross erst mal runter fällt. Des Weiteren waren auch der ständige Wechsel des Bekanntenkreises anstrengend für uns. Natürlich haben wir uns gefreut, immer neue Leute aus verschiedenen Nationen kennenlernen zu dürfen, aber meistens traf man sich nur einen Tag. Höchstens waren es mal drei Wochen, in denen wir die gleichen Leute um uns hatten. So redet man immer über das gleiche: Wie man heißt, woher man kommt, was man schon gesehen hat und so weiter. Das führte dazu, dass wir uns manchmal einsam fühlten, da wir in Australien niemanden hatten, außer uns. Dies ist zwar sehr romantisch, aber ab und zu hat man auch mal genug voneinander und möchte sich eigentlich nicht mehr jeden Tag sehen. So wird das vorhandene Heimweh und die Sehnsucht nach Freunden und Familie oft verstärkt. Des Weiteren kommt auch der ständige Ortswechsel dazu. Natürlich will man so viel wie möglich sehen, doch nach drei Monaten reisen haben wir gemerkt, dass wir einfach mal Pause von den ganzen Sehenswürdigkeiten brauchten. Wir konnten einfach keine Strände, keine neuen Städte, keine neuen Nationalparks mehr sehen. Das klingt ziemlich merkwürdig, aber wir hatten das Gefühl, dass wir das einfach nicht mehr sehen wollten. Natürlich kann man sich da Abhilfe schaffen und sich einfach mal die Pausen gönnen.

Aber auch als unser Abenteuer zu Ende war, haben wir gemerkt, dass es nicht so einfach ist wieder nach Hause zu kommen, da viele Freunde und Familienangehörige es nicht verstehen können, dass man was von der Welt sehen will. Manchmal hat man das Gefühl, dass sie eine andere Sprache sprechen und einen nicht so wirklich verstehen. Man muss eben auch bedenken, dass man ein ganzes Jahr voller Abenteuer erlebt hat und die Zuhausegebliebenen ganz normal ihren Alltag weiter geführt haben. Auch das ist ein großer Unterschied. Die Eingliederung zu Hause ist nicht immer einfach. Wir würden sagen, dass so eine Reise schon eine Belastung sein kann und man viele Höhen und Tiefen erleben wird. Aber das gehört zum Leben dazu. Wir können jedem so eine Reise nur empfehlen. Wir haben so viel gesehen, so vieles erlebt, was manche nicht mal im ganzen Leben schaffen. Es war das größte Abenteuer unseres Lebens. Wir haben auch unheimlich viel gelernt. Zum einen, dass man ganz schnell unten der Gesellschaft ankommt aber auch, dass man nicht viele Sachen zum Leben braucht. Das man einfach die kleine Dinge schätzt und sich somit unheimlich über eine warme Dusche, oder ein gemütliches Zusammensitzen am Lagerfeuer freut. Das wir, gerade in Deutschland ein unheimliches Luxusleben führen und man einfach mal mit dem zufrieden sein sollte, was man hat, da es viele Menschen gibt, die nicht diesen Standard haben und jeden Tag hungern müssen. Wir haben auch gelernt, dass es sich lohnt mal die Zähne zusammen zu beißen und durchzuhalten. Des Weiteren wurde uns in Australien bewusst, dass man seine Träume leben sollte und dass man Dinge manchmal einfach nur machen muss. Das klingt schwer, ist es aber nicht. Man kann so vieles einfach durchsetzen, allerdings muss man dafür oft seine Prioritäten ändern, aber es ist alles möglich. Und wenn die 90-jährige Oma Eislaufen lernen will, dann macht sie das. Oder wenn ein 60-Jähriger noch ein Haus bauen will, dann macht er das eben. Man ist nie für irgendwas zu alt, das ist einfach nur Kopfsache und damit steht man sich selber im Weg. Auf jeden Fall würden wir jedem so eine Reise empfehlen, auch wenn das bedeutet, dass man mit 55 den Job aufgibt und loszieht. Es ist alles möglich. Aber es lohnt sich auch und es wird eine der besten Zeiten des Lebens werden.

Tipps von A-Z

A-Auto: Jeder Bundesstaat hat seine eigenen Gesetze und Regeln rund ums Auto. In manchen Staaten ist z.b. ein TÜV erforderlich. In anderen wiederum ist eine Inspektion beim Verkauf des Autos vorgeschrieben. Wir haben eine Übersicht zu dem Thema Auto gesondert aufgestellt.

B-Bank: Um in Australien arbeiten zu können, ist es empfehlenswert sich einen Bankaccount zuzulegen. Damit spart man auch Kosten, da bei Geldabbuchungen mit einer deutschen Karte hohe Gebühren anfallen. Die meisten australischen Girokarten funktionieren bis zu einem gewissen Limit als Kreditkarte. Eine deutsche Kreditkarte ist in unseren Augen sinnvoll, gerade wenn man weiter reisen will. Falls man auf eventuelle Rückerstattungen vom Finanzamt (siehe unter F) und Superannuation (siehe unter S) hofft, sollte man den australischen Bankaccount nicht gleich schließen. Allerdings ist es schwierig das Konto von Deutschland aus zu löschen. Also am besten weiter reisen, auf Rückerstattungen warten und das Konto dann auf der Durchreise von Australien deaktivieren.

C-Couchsurfing: Auch das ist eine Möglichkeit um Kosten für die Unterkunft zu sparen und ganz nebenbei nette Leute kennenzulernen. Ursprünglich bedeutete der Begriff dass man bei wildfremden Leuten auf der Couch bzw. dem Sofa schläft. Doch in der heutigen Zeit können das auch andere Schlafmöglichkeiten wie eine Luftmatratze, Bett oder ähnliches sein. Als Gegenleistung kann man z.B. für den Gastgeber ein Gericht aus der Heimat kochen. Die Regel des Couchsurfing untersagt es dafür Geld zu bezahlen bzw. zu verlangen. Wichtig ist, dass man vorher abgesprochen hat, wie lange man bleiben will bzw. darf. Es erklärt sich von selbst, dass dabei gegenseitiges Vertrauen eine große Rolle spielt.

D-Dialekt: Zwar ist in Australien die Amtssprache englisch, aber wie in allen Ländern gibt es auch in Australien unterschiedliche Dialekte. Selbst die Aborigines, die Ureinwohner Australiens sprechen verschieden. So hat jede Region eine andere Aussprache. Hat man sich gerade an den Dialekt der Ostküste gewöhnt,versteht man plötzlich die Leute 100 km weiter im Outback nicht mehr. Auf Grund der Massen an Fliegen im Nirgendwo, ist es ratsam den Mund geschlossen zu halten. Deswegen hört man von den Bauern nur noch ein Nuscheln. Und wenn man dann noch bedenkt, dass die Aussies ganz andere Wörter benutzen als die Engländer, dann versteht man die Welt nicht mehr. Aber man gewöhnt sich dran.

E-Entertainment: Es kommt vor, dass man durch das Outback fährt und die einzige Zivilisation besteht nur aus einer kleinen Tankstelle. Des Weiteren kommt dazu, dass man in den abgelegenen Orten Australiens weder Handyempfang noch W-Lan hat. So ist es ratsam immer ein gutes Buch dabei zu haben. So gut wie in jedem Hostel gibt es das sogenannte Book-Swapping, was so viel heißt wie nimmt dir ein Buch und lass dein Buch da. So hat man immer wieder neue Bücher zum Lesen ohne viel Kosten zu haben. In fast jedem Hostel finden sich auch Reiseführer zum Teil auch schon von anderen Ländern. Man muss bedenken, dass alle Backpacker ihr ganzes Gepäck immer irgendwie schleppen müssen und froh sind, wenn sie den dicken Reiseführer im Land lassen können und dafür Platz für Souvenirs haben. Es bieten sich zwar auch E-Books an, da sie nicht viel Platz wegnehmen aber wenn man keinen Transformator hat, um seine mobilen Geräte während der Fahrt aufzuladen, kann man nicht lesen, weil die Batterie vom Buch leer ist. Wir finden es ganz ratsam auch Kartenspiele und anderes dabei zu haben. Ist man in einer Stadt, hat man auch Möglichkeit ins Internet zu gehen (siehe unter I) aber es gibt nichts Besseres als sich mit anderen Leuten am Lagerfeuer zu unterhalten (siehe unter L).

F-Finanzamt: Ja auch beim Arbeiten in anderen Ländern muss man sich damit beschäftigten. In Australien sollte jeder, der arbeiten möchte, eine sogenannte »tax file number kurz TFN« beantragen. Kann man keine Nummer vorweisen, wird man unnötig hoch versteuert. Diese Steuer-Identifikationsnummer kann man erst in Australien z.B. unter www.ato.gov.au beantragen. Das australische Steuerjahr geht von 1.Juli bis 30. Juni. Nach Ablauf des Steuerjahres hat jeder die Möglichkeit eine Steuererklärung zu machen, um eventuell zu viel bezahlte Steuern zurück zu bekommen. Dafür kann man einen Steuerberater aufsuchen aber man schafft dies mit etwas Recherche auch alleine. Je nachdem wie viel Zeit man dafür aufbringen möchte.

G-Government of Australia: Australien hat eine parlamentarische Demokratie als Regierungssystem. Zwar ist die Königin von England offiziell das Staatsoberhaupt, allerdings hat diese keine politische Handhabe. Über die offizielle Homepage unter www.australia.gov.au kann man sich genau über die Regierung Australiens informieren. Soweit es die englischen Sprachkenntnisse zulassen, kann man dort viele wichtige Hinweise z. B. Über das Visum, Steuern, Banken sowie auch die australische Kultur erfahren.

H-Handy: Es ist empfehlenswert sich einen australischen Handyanbieter zuzulegen. Gerade wenn man nach Arbeit sucht, muss man telefonisch erreichbar sein. Keiner ruft eine deutsche Nummer an. Oft bieten die Anbieter Freiminuten ins Ausland einschließlich nach Deutschland an.

I-Internet: Außer im Outback ist W-Lan kaum ein Problem. In jedem noch so kleinem Dorf gibt es eine Bücherei, in der es meist kostenloses W-Lan und Internetzugänge gibt. Das ist ganz praktisch, da man froh ist, wenn man wieder mit den Daheimgebliebenen in Kontakt treten kann. Auch Supermärkte und

Einkaufszentren sind oft mit W-Lan ausgestattet. Am besten man schaut sich um und da wo viele junge Leute mit einem Handy sitzen, gibt es zu 90 % kostenloses W-Lan. Manchmal findet man sogar auf einer öffentliche Toilette Internet. Da hält man auch den Gestank aus – Hauptsache man hat Internet. Hat man wieder Verbindung, kann man auch die Seite von Gumtree besuchen. Das ist in Australien die Online-Börse für alles. Egal ob man Jobs, Autos, Unterkünfte, Fahrräder, Housesitter oder was auch immer sucht, man findet es auf dieser Seite. Bei der Suche nach Arbeit sollte man da jedoch etwas vorsichtig sein, weil die meisten unseriösen Anbieter über Gumtree einen neuen Arbeitnehmer suchen.

J-26. Januar: Das ist Australiens Nationalfeiertag. Im ganzen Land wird die Ankunft der First Fleet in Port Jackson im Jahr 1788 gefeiert. Bei Sonnenschein (zu der Zeit ist Hochsommer in Australien) sind viele Menschen auf der Straße. Diese schauen sich die vielen Veranstaltungen an, lauschen der Musik und am Abend bewundern sie ein schönes Höhenfeuerwerk. Man kann hier wirklich erahnen, dass dieser Tag sehr groß gefeiert wird. Überall hängen australische Flaggen und selbst auf Wangen von Menschen kann man diese erkennen. Allerdings spaltet dieser Tag auch die Nation. Denn seit der Besiedlung Australiens, hatten die Aborigines ein sehr schweres Leben. Sie mussten Zwangsarbeit leisten, wurden versklavt, ermordet und ihre Kinder wurden sogar zwangsadoptiert. Deswegen feiern die Ureinwohner diesen Tag als Invasion Day oder Survival Day (Tag des Überlebens). [1]

K-Koffer oder Rucksack: Es wird viel diskutiert, ob man mit Rucksack oder mit Koffer reisen soll. Ein Rucksack hat den Vorteil, dass man den immer in eine Ecke quetschen kann. Egal ob es im Auto ist, unter dem Bett im Hostel oder im Bus. In unseren Augen ist es auch günstig, dass man bei einer Sightseeingtour seine ganzen Sachen mit hat und keine kostenintensive Staumöglichkeit suchen muss. Allerdings muss man sich am Anfang an das Gewicht des Rucksacks gewöhnen. Dies ist aber durch die guten Tragesysteme kein Problem. Beim Koffer hat man den Vorteil, dass man den bequem mit Rollen transportieren kann und bei einer Hartschale sind die Sachen besser vor äußeren Einflüssen geschützt. Es gibt auch Rucksäcke mit Rollen, die aber wiederum für gewöhnlich nicht so gute Tragesysteme haben. Jeder sollte für sich selber entscheiden, was für einen besser ist. Empfehlenswert ist es, sich im Fachgeschäft beraten zu lassen, weil nicht jeder Rucksack auf jeden Rücken passt.

L-Lagerfeuer: Lagerfeuer verbindet man oft mit dem australischen Outback. Allerdings sind da ein paar Regeln zu beachten. So kann es sein, dass Lagerfeuer nur auf bestimmten Campingplätzen an dafür vorgesehenen Stellen erlaubt ist. Diese Bestimmungen wie man wo ein Lagerfeuer machen darf, sind in jedem Bundesstaat unterschiedlich. Dabei spielt es auch eine große Rolle, was gerade für eine Saison ist. In der sogenannten »dry season« (Trockenzeit) von Juni bis Oktober kann es auch sein, dass Lagerfeuer generell auch an ausgewiesenen Stellen verboten sind. Es ist dringend zu empfehlen die Schilder und die Brandstufen zu beachten. Keiner will hohe Strafen oder sogar das Auslösen eines Buschfeuers riskieren.

M-Mosquito: Diese kleinen Stechfliegen sind ziemlich lästig und in Australien gibt es davon mehr als genug. Gerade außerhalb der Zivilisation kann man sich vor diesen Insekten kaum retten. Das macht es etwas schwierig, wenn man sein Essen draußen zubereiten möchte. Sinnvoll ist es, dass man sich ein Mückenspray im australischen Supermarkt kauft. Zum Teil sind diese Mittel schon etwas aggressiv, aber sie helfen auch. Am besten helfen die teuren. Ein deutsches Mückenspray ist viel zu harmlos für die Mosquitos in Australien. Also das lieber zu

Hause lassen, da das so oder so nicht hilft. Man kann sich das aber auch mit Babyöl und Citronella selber mischen. Citronella bekommt man in jeder Apotheke. Aber Achtung, dieses Mückenmittel ist nicht in der Sonne aufzutragen, da die Haut durch das Öl im Sonnenlicht sehr schnell verbrennt. Nachts hilft es ganz gut und vor allem reinigt es die bereits vorhandenen Stiche. Auf jeden Fall ist es ratsam sich davor zu schützen. Nicht nur weil das Jucken sehr unangenehm ist, sondern auch weil die Mücken Krankheiten übertragen können.

N-Nationalparks: Zum Glück wollen die Australier ihre atemberaubenden und zum Teil einzigartigen und unberührten Landschaften schützen. Deswegen gibt es sehr viele Nationalparks in denen Strandabschnitte, Felsen, tropischer Regenwald, Schnitzereien von Aborigines, karge Steppen, rote Wüsten, Wasserunterwelten und noch vieles mehr unter Schutz stehen. Jeder Nationalpark hat seine eigene Gebote und Verbote. So darf man z.T. nicht campen oder nur an den ausgewiesenen Stellen. In den meisten geschützten Bereichen gilt das Verbot irgendwelche Steine, Pflanzen oder andere natürliche Souvenirs mitzunehmen. Auch ein Lagerfeuer ist meist verboten. Es ist ganz besonders wichtig, auf den Wegen zu bleiben und sämtlichen Müll ordnungsgemäß zu entsorgen, damit diese Gebiete weiterhin natürlich bleiben. Es ist sinnvoll sich vor jeden Parkbesuch genauestens zu informieren, da Verstöße mit hohen Geldstrafen geahndet werden. Oft ist auch ein zuständiger Ranger vor Ort, der für Recht und Ordnung sorgt aber auch viele Informationen geben kann. [2]

O-Outback: Staubige Pisten, Millionen von Fliegen und Insekten, weit und breit keine Menschenseele und ein atemberaubender Sternenhimmel. So kann man sich das australische Outback vorstellen. Nicht umsonst nennt man Australien den roten Kontinent. Dadurch, dass der Boden sehr eisenhaltig ist,

ist dieser komplett mit rotem Staub bedeckt. Hier ist es wichtig anzuhalten wenn man auf nicht asphaltierten Straßen fährt und einem eine große Staubwolke entgegen kommt. Ein überdimensionaler großer LKW mit bis zu 3 Anhängern könnte dir entgegen kommen. Und die bremsen nicht. Wenn sie bremsen, dann ist eh alles schon zu spät. Des Weiteren ist es auch wichtig an die Seite zu fahren, da es auch vorkommen kann, dass sich ein Sandsturm über das Land hermacht. Es ist nicht zu empfehlen alleine ohne jegliche Erfahrung wirklich in das richtige Outback, in die Wüsten Australiens zu fahren, weg vom Highway und weg von regelmäßig befahrenen Straßen. Dies kann tödlich enden, denn in der Wüste gibt es kaum Tankstellen. Es gibt auch Aborigines Land, das man nur mit Genehmigung betreten darf. Wir denken, man kann das Outback schon erleben, wenn man auf den Highways bleibt. In den meisten Fällen gibt es da auch etwa aller 300 km eine Tankstelle. Am besten man erkundigt sich bei Einheimischen, ob es empfehlenswert ist die abgelegene Straße zu fahren, die man gerne erkunden möchte.

P-Payslips: Das sind nichts anderes als Lohnzettel. Dies sind wichtige Dokumente, die man aufbewahren sollte, wenn man mögliche Steuer und Superannuation (siehe S) zurück erstattet bekommen möchte. Wenn man einen Arbeitgeber verlässt, bekommt man eine Zusammenfassung des gezahlten Lohnes, eine sogenannte Payment Summary.

Q-Quarantäne: Bevor man in Australien einreisen darf, muss sich jeder einer Kontrolle unterziehen. Dabei werden die Sachen penibel kontrolliert. Deswegen sollte man alles einschließlich Koffer bzw. Rucksack gründlich reinigen. Besonders benutzte Campingausrüstung sollte fast schon klinisch rein sein. Da die Australier Angst haben, sich irgendwelche Krankheiten, Insekten und anderes auf die Insel einzuschleppen. Finden die Beamten einen Käfer in den Klamotten, kann es sein, dass alles in die Quarantänestation muss. Da wird alles desinfiziert und gegen eine hohen Betrag bekommt man seine Sachen wieder. Auch offene Lebensmittel ganz besonders Obst und Gemüse sollte man in das vorgesehene Quarantänelager einwerfen. Auch wenn der Apfel von der Oma für die Reise mitgegeben wurde, lieber vor Betreten des australischen Landes noch essen. Es werden auch Hunde eingesetzt, die nach Lebensmitteln suchen. Es ist wirklich zu empfehlen sich daran zu halten und alle Lebensmittel anzugeben, die man in das Land einführen möchte. Die Beamten verstehen in dieser Sache absolut keinen Spaß und das Schmuggeln von Lebensmitteln wird mit hohen Geldstrafen geahndet.

R-Resident for tax purposes: Das australische Finanzamt unterscheidet zwischen resident und nonresident. Ist man steuerlich gesehen Resident so zahlt man einen günstigeren Steuersatz. Die möglichen Steuerrückerstattungen erhöhen sich damit auch. Als Resident zählt man schon, wenn man sich mehr als 6 Monate in Australien aufhält und davon die meiste Zeit an einen Ort lebt. Wir finden diese Aussage sehr vage. Für uns bedeutet Leben an einem Ort, immer die gleiche offizielle Adresse zu haben aber nicht, dass man sich die ganze Zeit dort aufhalten muss. Ob man resident oder nonresident ist kann man unter ato.gov.au/residency mit einem Test heraus finden.

S-Superannuation: Auch dass muss jeder, der in Australien arbeiten möchte, beantragen. Wie in Deutschland sind das sogenannte Rentenbeiträge. Zwar sind das die einzigen Sozialabgaben, die man als Arbeitnehmer leisten muss, aber diese sind unabdingbar. Am besten ist, wenn man sich vorher genauestens darüber informiert, da das eingehende Geld verzinst wird und jede Bank andere Konditionen hat. Falls man keine eigene Superannuation hat, öffnet der Arbeitgeber eine für dich. Ratsam ist dabei, dass man sich den Namen und die Nummer des

Fonds aufbewahrt. Sobald man Australien verlassen hat und das Visum abgelaufen ist, kann man diesen wieder auflösen und bekommt das eingezahlte Geld wieder zurück. Sinnvollerweise sollte man das auflösen bevor man seine Steuererklärung macht, da auch die Superannuation versteuert wird.

T-Tax file Declaration: (kurz TFN declaration) Dieses Formular sollte man bei jeder offiziellen neuen Arbeitsstelle ausfüllen. Dabei wird nach der tax file number und der Nummer der Superannuation gefragt. Sinnvoll ist es immer die gleiche Superannuation Nummer anzugeben. Man wird auch gefragt, ob man resident oder nonresident ist. Bei der »Home Adress in Australia« ist es sinnvoll immer die gleiche Adresse anzugeben, um eventuell Post entgegen zu nehmen. Wir haben unser erstes Hostel gefragt, ob wir sie als »Home Adress« angeben dürfen. Nach ein paar Monaten waren wir wieder dort und haben unsere Post abgeholt. Beim Ausfüllen der Declaration können dir der Arbeitgeber oder andere Backpacker helfen. Bekommt man dieses Formular überreicht, kann man davon ausgehen, dass es sich um einen legalen Arbeitgeber handelt. Allerdings ist das keine Garantie.

U-unendliche Weite: Australien ist ein Land mit unheimlichen Weiten. Oft sieht man weit und breit keine Zivilisation. Manchmal fährt man drei Tage lang bis man wieder in einer Stadt ist. Man sollte die Größe des Kontinentes nicht unterschätzen und grundsätzlich immer genügend Wasser und Lebensmittel vorrätig haben. Des Weiteren ist es nicht zu empfehlen auf abgelegenen Wegen zu fahren, da man in solchen Gegenden keinen Handyempfang hat und bei einer Panne kann es ganz schnell lebensgefährlich werden. Muss man auf solchen Straßen fahren, ist es ratsam sich bei der Polizei der letzten Stadt abzumelden bzw. beim Ankunftsziel die geplante Anreise anzumelden. Weil nur dann jemand nach dir sucht.

V-Visum: Je nachdem ob man z.B. studieren, arbeiten oder nur als Tourist in Australien einreisen möchte, gibt es das entsprechende Visum. In jedem Fall ist dies für die Einreise unabdingbar und muss **vorher** online beantragt werden. So gibt es z.b. ein Touristenvisum, welches für 3 Monate gültig ist. Dieses ist kostenlos, untersagt aber das Arbeiten. Um Work and Holiday in Australien machen zu können, muss man das Visum »Working Holiday visa (subclass 417) beantragen. Dies erlaubt das Arbeiten unter bestimmten Voraussetzungen. Man kann die Hilfe von vielen Organisationen in Anspruch nehmen, um das passende zu finden oder man beantragt es selbst. Auch mit schlechten Englischkenntnissen ist der Antrag nicht schwer, da es meist nur eine Art Kreuztest ist. Zum Glück gibt es ja auch sehr viele Internetübersetzer, um die Fragen zu verstehen. Ganz wichtig ist, dass man nur mit der Genehmigung einreist und Australien vor Ablauf des Visums verlassen hat. Die Australier verstehen keinen Spaß, wenn man sich unerlaubt in ihrem Land aufhält.

W-Wwoofing: Möchte man kein Working Visa beantragen, ist während der Reise finanziell etwas knapp oder möchte einfach nur mit richtigen Australiern an einem Tisch essen, gibt es die Möglichkeit für Kost und Logis zu arbeiten. Man hilft z.b. im Haushalt, ackert das Feld, passt auf die Kinder auf oder was auch immer für Arbeiten anfallen, wird von dir erledigt. Dafür bekommst du eine kostenlose Unterkunft und Essen. Dabei sollte man die Regeln vom Wwoofing kennen. So sind z.b. 4-6 h arbeiten angebracht und meistens ist auch eine Bezahlung eines kulturellen Beitrages angemessen. Man sollte vorher alle Fragen mit dem Gastgeber genau klären. Auch sollte vorher geregelt sein, wie mit Mehrarbeit umgegangen wird. An sich eine tolle Sache, nur sollte man wie bei allem vorsichtig sein, da man sehr schnell ausgenutzt werden kann.

X-Xmas: Da Australien von englischen und holländischen Siedlern eingenommen wurde, feiert das Land auch Weihnachten. Aber nicht wie wir es kennen, sondern ganz anders. So wird nicht wie in Deutschland am Abend des 24. Dezember, sondern am 25.12. früh gefeiert und das bei 30 Grad, da im Dezember Hochsommer in Australien ist. Überall hängen zum Teil übertriebene weihnachtliche Dekorationen, die aber auch sehr witzig sein können, da viele Rentiere von Kängurus ersetzt wurden. Trotz des heißen Wetters, findet man zum Teil auch Schneemänner, Schneeflocken und Tannenbäume an den Fenstern. In kurzen Shorts und Flip Flops tummelt man sich auf den Weihnachtsmärkten, beschallt mit Songs von weißen Schneeflocken und umhüllt von viel süßer Nascherei. Doch eins wird man nicht finden: Glühwein. Abgesehen davon, dass Alkohol nur mit Lizenzen verkauft werden darf und nur in bestimmten Läden, würde Glühwein bei der Hitze unheimlich großen Schaden anrichten.

Y-Youth hostel: Oder auch als Jugendherberge bekannt. Dies sind sehr günstige Übernachtungsmöglichkeiten. Je nach Preislage schläft man in einem Bett in einem Raum mit bis zu 12, 10, 8, 6 oder 4 Personen. Fast jedes Hostel hat auch Einzelzimmer, die aber am teuersten sind. Bad, Dusche und Küche werden mit allen geteilt. In Reiseführern und den Sozialen Medien findet man genügend Tipps, welches Hostel am besten und günstigen ist. Es ist ein idealer Ort um andere Backpacker aus aller Welt zu treffen und Erfahrungen auszutauschen. Oft kann man auch Tipps bekommen, wo man gute Jobs bekommt. Möchte man sich ein Auto kaufen oder braucht eine Campingausrüstung, dann sollte man sich in den Hostels umschauen. An den schwarzen Brettern dort, kann man fast alles finden, was das Backpacker-Herz begehrt: Mitfahrgelegenheiten, Verkauf von Klamotten, Mitbewohner in einer WG, Ausflugspartner usw. Was man so gut wie nie im Hostel antrifft, sind Einheimische.

Die trifft man meist nur auf Campingplätzen an. Wir denken, ein Mix aus allem ist ganz ratsam.

Z-Zeitunterschied: Auf dem australischen Festland unterscheidet man zwischen den verschiedenen Zeitzonen: Western Standard Time (AWST), Central Standard Time (ACST) und Eastern Standard Time (AEST). In Westaustralien rechnet man in der deutschen Sommerzeit mit + 6 h. In der Winterzeit sind es entsprechend + 7 h. Central Australien hat ein Zeitunterschied von + 8,5 h von der deutschen Sommerzeit. Winterzeit beträgt der Unterschied 9,5 h. Ostaustralien hat einen Unterschied von + 8 h zur deutschen Sommerzeit. Im Winter beträgt die Zeitdifferenz + 9 h. Diese Unterschiede können abweichen, da Australien auch Sommerzeit und Winterzeit hat, die aber an anderen Tagen als in Deutschland umgestellt wird. Damit man richtig durcheinander kommt, entscheidet jeder Bundesstaat selbst, ob sie die Uhr zurück bzw. vor stellen wollen oder nicht. Deswegen ist es manchmal schwierig, mit den Daheimgebliebenen zu telefonieren, da man manchmal den Überblick verliert, wie groß der Zeitunterschied zu Deutschland gerade ist, da dies vom aktuellen Aufenthaltsort abhängt. Zumal manche Inseln Australiens ebenfalls ihre eigene Zeit haben. [3]

Quellen:

1 http://www.australia.com/de-de/events/2016/january/australia-day.html

2 http://www.in-australien.com/nationalparks_1030141

3 https://de.wikipedia.org/wiki/Zeitzonen_in_Australien

Autokauf in den verschiedenen Bundesstaaten Australiens

Hier eine kurze Aufstellung, worauf man bei einem Autokauf beziehungsweise -verkauf achten sollte. Aufgrund möglicher Veränderungen besteht für die Richtigkeit der Angaben keine Gewähr. Es dient lediglich dazu, eine kurze Übersicht zu bekommen. Die ganzen Daten wurden sinngemäß direkt von den jeweiligen offiziellen Seiten der Zulassung übersetzt. Für Übersetzungsfehler garantieren wir nicht.

Als Käufer sollte man grundsätzlich kontrollieren, ob Strafzettel auf das Auto laufen, da man die Strafen automatisch mitkauft. Unter https://www.ppsr.gov.au/ ist dies möglich. Hier ist es auch möglich zu überprüfen, ob das Auto als gestohlen gemeldet ist.

Bei allen Bundesstaaten ist eine Zulassungsgebühr fällig. In den meisten Fällen richtet sich diese prozentual nach dem eingetragenen Kaufpreis. Dieser kann sich aber auch nach dem Marktpreis richten.

Westaustralien:

- Was sollte ich als Verkäufer wissen:
    1. kein TÜV (»safety certificates«)
    2. keine anderen Durchsichten
    3. es ist ein Formular für den Käufer und Verkäufer auszufüllen. Das Verkäufer-Formular muss der westaustralischen Zulassungsstelle innerhalb von 7 Tagen zugesendet werden. Erst dann kann der Käufer sich ummelden. Gibt die Sicherheit, dass der Käufer nicht auf den Namen des Verkäufers Strafzettel sammeln kann.

- **Was sollte ich als Käufer wissen:**
  1. Ummelden geht ganz einfach per Post oder online (eine Adresse in Westaustralien muss angegeben werden, ein beliebiges Hostel ist dabei möglich)
  2. Die Zulassung kann ganz einfach online verlängert werden. Falls diese abläuft, ist eine Inspektion notwendig. Man muss sich dafür nicht in Westaustralien befinden.
  3. innerhalb von 14 Tagen muss die Ummeldung an die westaustralische Zulassungsstelle gesendet werden

- **Besonderheiten:**
  1. Wenn das Auto nicht verkehrssicher ist, kann die westaustralische Polizei bei einer Kontrolle einen sogenannten »Gelben Sticker« auf die Windschutzscheibe kleben. Dann hat man 10 Tage Zeit den Mangel zu beseitigen. Eine Inspektion ist erforderlich.
  2. Weitere Informationen und Formulare wie Kaufvertrag findet man unter:https://www.transport.wa.gov.au/licensing/my-vehicle.asp

Südaustralien:

- **Was sollte ich als Verkäufer wissen:**
  1. kein TÜV (»safety certificates«)
  2. keine anderen Durchsichten
  3. Kaufvertrag ist auf der Rückseite der aktuellen Zulassung. Dies muss vom Käufer und Verkäufer ausgefüllt werden.
  4. Zulassung mit dem Kaufvertrag wird dem Käufer mitgegeben.

- Was sollte ich als Käufer wissen:
  1. unter https://www.ecom.transport.sa.gov.au/et/checkRegistrationExpiryDate.do oder telefonisch 13 10 84 kann man überprüfen, wie lange die Zulassung läuft, ob es als gestohlen gemeldet ist oder abgemeldet ist.
  2. Ummeldung ist innerhalb 14 Tagen persönlich bei der südaustralischen Zulassungsstelle abzugeben. Eine postalische Ummeldung wird nicht akzeptiert.
  3. Die Zulassung kann online verlängert werden. Die Verlängerung der Zulassung ist im Vergleich zu anderen Bundesstaaten sehr günstig.

- Besonderheiten:
  1. Weitere Informationen finden man unter:https://www.sa.gov.au/topics/driving-and-transport/vehicles-and-registration

Tasmanien:

- Was sollte ich als Verkäufer wissen:
  1. Kaufvertrag ist auf der Rückseite der Zulassungspapiere oder kann online herunter geladen werden
  2. innerhalb von 7 Tagen muss dies bei der Zulassungsstelle eingereicht werden
  3. kann der Käufer nicht identifiziert werden, bleibst du offiziell der Halter des Autos
  4. es erfolgt keine Bestätigung, ob die Ummeldung erfolgte
  5. unter 1300 135 513 oder international +61 3 6233 8011 kann man nach 10 Werktagen nachfragen, ob eine Ummeldung erfolgreich war

- **Was sollte ich als Käufer wissen:**
    1. Bei einer ersten Registrierung bei der tasmanischen Zulassung ist eine sogenannte »Evidence of identity« (EOI) erforderlich. Zusätzlich sind gewisse Dokumente notwendig wie z.b. eine Medicare Card, Kreditkarte, ein Schreiben mit einer Tasmanischen Adresse (z.b. Hostel), die von bestimmten Institutionen sein müssen wie z.b. vom australischen Finanzamt
    2. innerhalb von 14 Tagen muss eine Ummeldung erfolgen, eine Ummeldung online geht nur, wenn beide Käufer und Verkäufer einen tasmanischen Führerschein haben
    3. unter https://www.transport.tas.gov.au/MRSWebInterface/public/regoLookup/registrationLookup.jsf oder telefonisch unter 1300 135 513 kann man überprüfen, ob das Auto als gestohlen gemeldet wurde.

- **Besonderheiten:**
    1. auch 3 Monate nach Ablauf der Zulassung kann die Registrierung verlängert werden, nach den 3 Monaten ist eine Inspektion erforderlich
    2. unter 1300 135 513 oder international +61 3 6233 801 kann man die Registrierung verlängern.
    3. es ist nichts erwähnt, dass ein TÜV oder eine Versicherung notwendig sind.
    4. weitere Informationen unter http://www.transport.tas.gov.au/registration

New South Wales:

- **Was sollte ich als Verkäufer wissen:**
    1. Alle Autos, die älter als 5 Jahre sind, müssen aller 6 Monate den TÜV erneuern (sogenannter »pink slip«), dies geht nur bei bestimmten Prüfstellen in New South Wales

2. Zulassung kann telefonisch, online oder persönlich verlängert werden. Ein gültiger TÜV und eine gültige Versicherung sind dafür notwendig

3. Der Kaufvertrag muss entweder online, per Post oder persönlich abgegeben werden.

- **Was sollte ich als Käufer wissen:**
  1. Ablauf der Zulassung kann unter: https://www.service.nsw.gov.au/transaction/check-vehicle-registration kontrolliert werden
  2. Ummeldung muss innerhalb von 14 Tagen erfolgen. Ist man bereits beim Verkehrsamt von New South Wales verzeichnet z.b. wenn man ein Führerschein von New South Wales hat, kann man sich online ummelden. Ansonsten geht dies nur persönlich bei der Zulassungsstelle.
  3. der Nachweis einer Adresse in New South Wales ist notwendig (einfach ein Lohnzettel, Schreiben von der Bank etc. mit der Hosteladresse)

- **Besonderheiten:**
  1. eine Versicherung für die Insassen ist erforderlich (sogenannter »green slip«)
  2. weitere Informationen unter https://www.service.nsw.gov.au/buying-vehicle

Victoria:

- **Was sollte ich als Verkäufer wissen:**
  1. eine Inspektion nicht älter als 30 Tage ist beim Verkauf erforderlich (sogenanntes »Certificate of Roadworthiness«), d.h. möchtest du das Auto verkaufen, musst du es vorher checken lassen

- **Was sollte ich als Käufer wissen:**
  1. Innerhalb von 14 Tagen muss die Ummeldung persönlich bei der Zulassungsstelle von Victoria erfolgen, es sei denn man besitzt einen Führerschein ausgestellt in Victoria. Wird das Auto von einem Händler gekauft, muss er sich um die Ummeldung kümmern
  2. der Kaufvertrag muss original sein
  3. Zulassung checken unter: https://www.vicroads.vic.gov.au/registration/buy-sell-or-transfer-a-vehicle/buy-a-vehicle/check-vehicle-registration

- **Besonderheiten:**
  1. Weitere Informationen und Formulare wie Kaufverträge unter: https://www.vicroads.vic.gov.au/registration

Queensland

- **Was sollte ich als Verkäufer wissen:**
  1. Bei jedem Halterwechsel ist ein Sicherheitscheck erforderlich (sogenanntes safety certificate) Dies ist auch erforderlich, auch wenn die Gültigkeit von 2 Monaten nicht überschritten ist. Das Sicherheitszertifikat kann nur für eine Ummeldung genutzt werden.
  2. das originale Sicherheitszertifikat muss dem Käufer mitgegeben werden
  3. Falls in dem Auto eine Gasanlage, ein gasbetriebener Kühlschrank oder ein Herd fest eingebaut sind, ist zusätzlich eine sogenannte gas inspection certificate notwendig.
  4. Teil B vom Vehicle Registration Transfer Application muss vom Käufer unterschrieben werden. Dies ist der Beweis, dass du das Auto verkauft hast. Behalte das Formular solange bis die Ummeldung erfolgte.

5. Unter https://www.service.transport.qld.gov.au/tmrportal kann man kontrollieren, ob der Käufer sich umgemeldet hat. Falls eine Ummeldung nicht erfolgte, dann kann man den Teil B vom Kaufvertrag eventuell online oder persönlich bei der Zulassungsstelle nachtragen.
6. Teil A des Kaufvertrag muss dem Käufer mitgegeben werden

- **Was sollte ich als Käufer wissen:**
  1. die Ummeldung kann nur persönlich innerhalb von 14 Tagen bei der Zulassungsstelle erfolgen oder bei ländlichen Region auch beim QGAP office, Magistrates Court oder sogar bei der Polizeistation. Telefonische Anfragen vorher sind sinnvoll
  2. Versicherungsschein bei der Ummeldung ist notwendig
  3. beim Kauf bei einem Autohändler, kann er für dich die Ummeldung und die Versicherung organisieren. Es ist dabei nur ein Ausweisdokument von dir notwendig.

- **Besonderheiten:**
  1. Man wird 1 Monat vor Ablauf der Zulassung informiert.
  2. Zulassung kann online oder telefonisch unter 13 23 80 verlängert werden
  3. eine Versicherung ist Pflicht in Queensland
  4. weitere Informationen und sämtliche Dokumente findet man unter https://www.qld.gov.au/transport

Northern Territory:

- **Was sollte ich als Verkäufer wissen:**
  1. ist das Auto älter als 5 Jahre muss aller 12 Monate das sogenannte »roadworthy inspection« (TÜV) erneuert werden
  2. ein sogeganntes »notice of disposal« mit der Unterschrift vom Käufer und Verkäufer muss der Zulassungsstelle geschickt werden (Dies kann z.b. ein leserliches Dokument sein mit den notwendigen Daten vom Verkäufer und Käufer)
  3. Ein Beweis für den Halterwechsel ist erforderlich z.b. ein Kaufvertrag

- **Was sollte ich als Käufer wissen:**
  1. Innerhalb von 14 Tagen muss die Ummeldung erfolgen. Dabei ist das Ummeldungsformular »Application to register a vehicle form« notwendig. Dies muss vom Käufer und Verkäufer unterschrieben sein
  2. ein Beweis, dass du der Eigentümer bist ist erforderlich z.b. ein zusätzlicher Kaufvertrag
  3. notwendigen Unterlagen für die Ummeldung kann man per Post, E-Mail oder persönlich bei der Zulassungsstelle einreichen

- **Besonderheiten:**
  1. die Zulassung kann per Post oder persönlich verlängert werden. Dabei ist ein gültiger Sicherheitscheck (TÜV) erforderlich.
  2. weitere Informationen unter https://nt.gov.au/driving

Australian Capital Territory:

- Was sollte ich als Verkäufer wissen:
    1. ist das Auto älter als 6 Jahre ist ein Sicherheitscheck notwendig, bevor das Auto umgemeldet werden kann
    2. Das sogenannte »notice of disposal« muss an die Zulassungsstelle gesendet werden, am besten macht man sich vorher eine Kopie
    3. Die sogenannte »Application to transfer vehicle registration« gibt man dem Käufer
    4. beide Formulare findet man auf der Rückseite der Zulassung

- Was sollte ich als Käufer wissen:
    1. Ummeldung innerhalb von 14 Tagen nur persönlich

- Besonderheiten:
    1. die notwendige Haftpflichtversicherung kann nur bei der Erneuerung der Zulassung geändert werden, bei einer Ummeldung ist dies nicht möglich
    2. Zulassung kann online, per Post oder telefonisch unter 13 22 81 verlängert werden, man bekommt 4-6 Wochen vorher eine Erinnerung. Dies ist auch per E-Mail möglich.
    3. weitere Informationen unter https://www.accesscanberra.act.gov.au/app/home/transport

Danksagung

Es war ein langer Weg bis dieses Buch fertig geworden ist. Ich hätte das aber nicht alleine geschafft. Zum Glück hatte ich ein paar Leute, die mir dabei geholfen haben.

Als Erstes möchte ich mich bei meinem Mann bedanken. Mit ihm konnte ich die vielen schönen und auch negativen Dinge erleben. Er hat auch immer konsequent die Autos repariert und sich mit der Steuererklärung befasst. Ohne seine Kenntnisse wäre ich nicht so weit gekommen. Ich bin ihm sehr dankbar dafür, dass er mich so bei diesem Buch unterstützt hat und die ganze Zeit hinter mir stand. Des Weiteren möchte ich mich bei Johannes dafür bedanken, dass er mir immer und immer wieder Mut zugesprochen hat, das Buch zu veröffentlichen. Und auch hier noch mal vielen lieben Dank für die Gestaltung des Buches und die vielen Tipps. Dann möchte ich mich bei Maria bedanken. Sie hat sich tagelang durch die Rechtschreibung gequält, die Grammatik geändert und Verbesserungsvorschläge gebracht. Hier noch mal ein großes Dankeschön für die tolle Textkorrektur. Danke auch für die ehrliche Kritik.

Dann möchte ich mich bei meiner Familie bedanken, die mich vor und während der Reise moralisch unterstützt hat. Ohne Euch alle wäre das Buch nicht zustande gekommen. Danke.

Der größte Dank geht aber an Dich! Danke, dass Du dieses Buch gekauft und gelesen hast. Ich hoffe Du hattest Freude daran und kannst daraus lernen: Verliere nie den Mut, Deine Träume zu verwirklichen. Nie!